Ulrike Platten-Wirtz

# Himmelfahrt

## Der zweite Fall für Franka Fröhlich

Kriminalroman

# Prolog
## Sommer 2018

Der schmale Pfad, der an der alten Bruchsteinmauer entlang zum Felsen führt, war im Dunkeln kaum zu erkennen. Rosa lauschte in die Nacht. Es war totenstill. Nur das Plätschern des Flaumbachs, der sich dicht an der mit Büschen bewachsenen Mauer seinen Weg zur nahe gelegenen Mosel suchte, war zu hören. Fast ehrfürchtig setzte Rosa einen Fuß vor den anderen. Das war doch das Mindeste, was sie der Situation schuldete. Den Weg kannte sie in- und auswendig. Tausend Mal war sie hier schon entlanggegangen. Aber diesmal war irgendetwas anders. Rosa spürte, dass sie nicht allein war. Jemand war in ihrer Nähe und schien sie zu beobachten. Ein ungutes Gefühl beschlich sie. Trotzdem tat sie, was sie tun musste. Rosa holte den Rosenkranz aus ihrer Tasche und fing leise an zu beten: „Gegrüßet seist du Maria voll der Gnade. Der Herr ist mit dir …"

Während die Worte fast wie von selbst aus ihr herausquollen, vernahm sie das Geräusch knackender Äste, gefolgt von einem kurzen Rascheln im Gebüsch. Spätestens jetzt war Rosa sicher, dass sie verfolgt wurde.

Ein Knirschen auf dem feinen Kiesweg bestätigte ihre Vermutung. Plötzlich war es wieder da, dieses Gefühl von Ohnmacht. Es war genau wie damals. Sie konnte es riechen: Moschus mit einem Hauch Sandelholz. Rosa versetzte es einen Stich ins Herz. Ihr Puls fing an zu rasen. Ohne darüber nachzudenken, drehte sie sich reflexartig um.

Für den Bruchteil einer Sekunde stand sie regungslos vor ihm: von Angesicht zu Angesicht.

Im Weiß seiner Augäpfel spiegelte sich blanker Hass wider.

Noch bevor Rosa einen Laut von sich geben konnte, presste sich eine Hand fest auf ihren Mund. Sie rang nach Luft. Sein Gesicht war dem ihren so nahe, dass Rosa seinen fauligen Atem spürte. Alte, längst verdrängte Erinnerungen stiegen in ihr auf und fielen wie ein Rudel Wölfe über sie her, zerfleischten ihr Herz und ihren Verstand. Rosa spürte noch einen stechenden Schmerz am Hals. Dann wurde ihr übel. Die Kirchenglocke schlug zwölf. Ihr letztes Stündlein war gekommen.

„… und gebenedeit ist die Frucht deines Leibes, Jesus …"

Doch wie durch ein Wunder ließ der Angreifer plötzlich von ihr ab und verschwand in der Dunkelheit. Rosa war allein.

Sie hörte das einsame Zirpen einer Grille. Es roch nach Mäusepisse und frisch gemähtem Gras. Vor Rosas Augen begann, sich das Dunkel um sie herum zu drehen. Ihre Knie gaben nach und sie brach zusammen. „… und bitte für uns Sünder jetzt und in der Stunde unseres Todes. Amen."

## Eins
## Sommer 2018

Diese Hitze war einfach unerträglich. Seit ein paar Tagen brannte die Sonne erbarmungslos vom Himmel und ließ das Thermometer weit über die dreißig Grad-Marke klettern. Noch vor einer Woche hatte man abends nicht mal ohne Jacke nach draußen gehen können. Und jetzt das. Franka stöhnte, und sie war offensichtlich nicht die Einzige, die unter der Wetterlage litt.

Vorm Nachbarhaus döste Elsjen mit halb geschlossenen Augen auf der alten Holzbank vor sich hin und hob erschöpft die Hand zum Gruß, als Franka in ihrem VW-Beetle vorfuhr.

Von der Kirchgasse drangen Kinderstimmen zu ihr herüber. Franka drehte sich um, und schaute den Knirpsen nach, die barfuß und leichtbekleidet über den heißen Asphalt hüpften und sich gegenseitig mit Wasserpistolen aus buntem Plastik bespritzten. Die Hitze schien den Kindern nichts auszumachen. Im Gegenteil. Ihr freudiges Kreischen ließ erkennen, dass sie das hochsommerliche Wetter in den großen Ferien richtig genossen. Franka dagegen machte der plötzliche Wetterwechsel zu schaffen.

Scheiß Klimawandel, dachte sie, während ihr der Schweiß über Gesicht und Rücken lief. Die klebrig-salzigen Rinnsale formierten sich zu reißenden Bächen, die sich sowohl zwischen ihren Brüsten als auch an ihrer Wirbelsäule entlang einen Weg nach unten bahnten, um sich über dem Hosenbund gleichmäßig am ganzen Körper zu verteilen. Zumindest fühlte es sich für Franka genau so an. Sie stieg aus dem Auto und wünschte sich gerade nichts sehnlicher als eine kalte Dusche. Oder vielleicht vorher lieber noch ein kühles Bier. Ein Kölsch! Das Einzige, was sie an ihrer alten Heimat wirklich vermisste. Sie war zwar keine große Bierliebhaberin und bevorzugte eigentlich eher einen guten Wein. Aber ein kühles Bier gegen den Durst, war nicht zu verachten. Den bitteren Gerstensaft, den man im Hunsrück bevorzugte, kriegte sie allerdings nicht runter. Wenn sie es richtig in Erinnerung hatte, lag noch eine Dose *Früh* im Gemüsefach ihres Kühlschranks.

Schon beim Gedanken daran, lief ihr das Wasser im Mund zusammen. In freudiger Erwartung [illegible] die alte Holztür ihres Hunsrücker Bauernhauses auf. Jedes Mal wenn sie nach Hause kam, fiel ihr auf, wie leicht sich diese

Tür doch aufbrechen ließe. Sie sollte sich endlich ein Sicherheitsschloss zulegen. Die Zeiten waren gefährlicher geworden. Selbst hier auf dem Land hörte man fast täglich von Wohnungseinbrüchen und Überfällen. In dieser Hinsicht war Franka viel zu leichtsinnig. Das sollte sie dringend ändern.

Im Hausflur erwartete sie eine angenehme Kühle. Franka warf ihre Tasche achtlos auf den Boden, streifte schnell die durchgeschwitzten Turnschuhe ab, öffnete den Hosenbund, um dem Schweiß endlich freien Lauf zu lassen, und betrat barfuß die Küche. Tatsächlich lag das Bier noch im Gemüsefach. Mit einem lauten Zischen öffnete sie die Dose. Der entweichende Druck ließ den Inhalt überschäumen. Natürlich landete ein Schwapp Bier auf dem Fußboden.

Franka beäugte mit kritischem Blick den Schmutz auf den Küchendielen und nahm sich fest vor zu putzen. Nicht sofort, aber sobald es draußen etwas abkühlte. Jetzt hatte sie erstmal Durst. Franka setzte die Dose an den Mund und leerte das Getränk gierig in einem Zug. Mit dem Handrücken wischte sie sich die Reste des leicht bitteren Schaums von den Lippen. Ihr ging es sofort besser.

Der plötzliche Temperaturanstieg war ungewöhnlich. Und im Hunsrück war man so eine Hitze schon gar nicht gewohnt. In der Regel herrschten hier eher kühle Temperaturen. Und es wehte meist ein rauer Wind. So wie heute erlebte Franka ihre Wahlheimat zum ersten Mal. Es musste am Klimawandel liegen. Anders waren diese Kapriolen nicht zu erklären, auch wenn es Leute gab, die das nicht wahrhaben wollten.

Franka riss ein Blatt Papier von der Küchenrolle. Doch bevor sie damit den feuchten Fleck auf dem Boden trocknen konnte, kam Rubens ihr zuvor. Der Kater schleckte sich genüsslich mit der Zunge übers Maul und strich dann schnurrend um Frankas Beine.

„Na, Dickerchen. Haste auch Hunger?“

Ein weiterer Blick in den Kühlschrank war ebenfalls vielversprechend. Zumindest herrschte keine gähnende Leere, so wie es noch vor einem Jahr üblich war. Franka griff nach dem Teller, auf dem eine Portion Kohlrabi mit Salzkartoffeln auf sie wartete, und schob ihn in die Mikrowelle. Während das Essen auf dem Teller seine Runden drehte und sich dabei erhitzte, füllte sie den Fressnapf für den Kater. Es war einfach herrlich, frisch zubereitetes Essen vorzufinden, wenn man von der Arbeit nach Hause kam. Seit einem Jahr sorgte Jan Berger dafür, dass Franka sich vernünftig ernährte. Er wusste, dass sie täglich vergaß einzukaufen, und sorgte dafür, dass ihr Kühlschrank immer gefüllt war. Mit gesundem Essen wohlgemerkt. Darauf legte der Kommissar großen Wert.

Jan und Franka hatten sich vor drei Jahren kennengelernt, als auf der Hängeseilbrücke ein Mord passiert war. Sie war als Journalistin gerade in den Hunsrück gezogen. Er, frisch geschieden, schien auf der Suche nach einer Partnerin zu sein. Ganz im Gegensatz zu Franka. Doch inzwischen trafen die beiden sich regelmäßig. Franka genoss es, von Jan, der nicht nur unglaublich attraktiv, sondern auch ein begnadeter Koch war, verwöhnt zu werden. Aber die Medaille hatte auch eine Kehrseite. Eigentlich war Franka nicht an einer festen Beziehung interessiert. Bindungsangst! Nachdem sie mehrmals sitzengelassen worden war. Die Sache mit Jan hatte sich mehr oder weniger zufällig entwickelt. Sie mochte ihn, aber ob er der Mann fürs Leben war?

Geistesabwesend stocherte Franka im Essen herum, als ihre Gedanken plötzlich jäh unterbrochen wurden.

Draußen heulte die Sirene. Das bedeutete nichts Gutes. Franka stürzte zum Fenster und sah gerade noch, wie das Löschfahrzeug der Freiwilligen Feuerwehr des Dorfes an ihrem Haus vorbeiraste. Sie warf ihren Kopf nach rechts, dann nach links, konnte aber draußen nichts Ungewöhnliches sehen. Lediglich ihre Nachbarin, die sich von der Holzbank erhoben hatte und ebenfalls in die Richtung sah, in die das Feuerwehrauto davongebraust war. Franka stopfte sich den Rest des Abendessens in den Mund, schnappte sich Autoschlüssel und Fototasche und stürzte aus dem Haus. Vom Löschtrupp war nur noch das durchdringende Geräusch des Martinshorns zu hören. Wo genau es hingefahren war, konnte Franka nicht mehr ausmachen.

„Die sinn Richtung Kastellaun gefahr“, rief ihr die Nachbarin noch in der Hofeinfahrt zu. Franka winkte Elsjen zum Dank für die Information zu und startete ihren Beetle.

Schon vor dem Ortsausgangsschild konnte Franka die Rauchschwaden sehen. Es war nicht schwer zu erahnen, was passiert war. Die wochenlange Trockenheit hatte für eine regelrechte Dürre gesorgt. Da genügte schon der kleinste Funke, um ein ganzes Feld in Brand zu setzen. Franka bog in den Feldweg, der gegenüber der Zufahrt zur Hängeseilbrücke lag und stieg aus dem Wagen. Die Feuerwehrmänner waren routiniert mit den Löscharbeiten zugange. Franka ging vorsichtig näher an die Brandstelle heran, blieb aber in sicherer Entfernung stehen. Auf eine Rauchvergiftung konnte sie gut und gern verzichten. Sie sah einen älteren Mann, der am Feldrand auf- und abmarschierte und dabei schrie und tobte und erkannte in ihm Jupp Schmitz, den dicksten Bauern aus dem Ort. Wie ein Wilder stampfte er mit den Füßen auf den Boden und fuchtelte dazu hektisch mit den Armen. Franka vermutete, dass das Feld, das da gerade lichterloh in Flammen stand, ihm gehörte.

Ein paar Schaulustige aus dem Dorf hatten sich auch schon eingefunden. Sie standen in Frankas Nähe und fachsimpelten lautstark über die mögliche Brandursache. Da wusste einer besser Bescheid als der andere, was Bauer Schmitz natürlich noch mehr erzürnte. Martin Friedhoff, der Bürgermeister des Dorfes, der kurz nach Frankas Ankunft auch mit seinem Jeep vorgefahren war, versuchte ihn zu beruhigen.

„Jupp, jetzt mach doch mal langsam, da ist doch jetzt nix mehr zu machen", redete er beschwichtigend auf den Bauern ein. Jupp Schmitz wollte sich aber nicht beruhigen. Mit hochrotem Kopf ging er auf den Ortschef los. Zwei freiwillige Helfer der Feuerwehr mussten eingreifen und ihn zur Raison bringen. Sie nahmen den Mann in den Schwitzkasten, bis er sich beruhigte und wieder einigermaßen zurechnungsfähig war.

„Tut mir leid, Martin", entschuldigte er sich kurz darauf ziemlich kleinlaut beim Bürgermeister. „Aber weißt du, watt datt für mich heißt? Datt ist schon das zwoote Mol für dies Jahr, datt et bei mir brennt. Da will mich doch einer in den Ruin treiben. Datt kann doch kein Zufall sein." Der Blutdruck von Jupp Schmitz stieg schon wieder an.

Martin Friedhoff zuckte mit den Schultern und blickte sich hilfesuchend um. Er schien sichtlich erleichtert, als er Franka entdeckte und kam schnurstracks auf sie zu.

„Wir haben die Vorfälle doch der Polizei gemeldet", sagte er. „Ich weiß ja auch nicht, was wir noch machen sollen."

Sein vorwurfsvoller Unterton war nicht zu überhören. Inzwischen waren auch die Beamten der Simmerner Dienststelle eingetroffen. Allen voran Polizeimeister F. Hansen, der im Dorf wohnte und sich mit den Begebenheiten natürlich bestens auskannte. Er wies seine Kollegen an, den Tatort weiträumig abzusperren und mögliches Beweismaterial sicherzustellen. Er selbst machte sich mit einer Spezialtaschenlampe daran, den Bereich um die Brandstelle akribisch auf eventuelle Spuren zu untersuchen.

Jupp Schmitz schaute sich das Treiben eine Weile an, dann platzte ihm erneut der Kragen. Er ging die Polizisten an: „Was steht ihr hier so untätig rum. Wenn ihr nicht wisst, was zu tun ist, ich weiß es“, schrie der Bauer. „Bürgerwehr! Wachposten! Da müssen wir eben selber tätig werden, wenn die Staatsgewalt dazu nicht in der Lage ist.“

Um Beifall heischend schaute er die schaulustigen Dorfbewohner an.

„Hey, Rudi, dich hätt et genauso treffen können. Wer weiß, denn ob dou net dä nächste bess“, schrie er den Kollegen an und stampfte wieder wütend mit den Füßen auf den Boden.

Martin Friedhoff schüttelte hilflos den Kopf und zog Franka beiseite. „Diese Brandfälle sind nicht gut für das Image unserer Gemeinde, Frau Fröhlich. Es wäre schon gut, wenn der Täter bald gefasst würde. Sie haben doch gute Kontakte zur Polizei. Können Sie da nicht mal ein gutes Wort einlegen?“

„Ich glaube nicht, dass Brandstiftung in die Zuständigkeit eines Kriminalhauptkommissars fällt, falls Sie das meinen. Solange kein Mensch zu Schaden kommt, wird das wohl Sache der örtlichen Dienstelle in Simmern sein.“ Sie legte ihre Hand auf Friedhoffs Arm. „Hansen tut sicherlich sein Bestes, das können Sie mir glauben.“

Die Leute waren ja gut. Nicht nur, dass jeder im Dorf von ihrer Liaison mit Jan wusste, jetzt sollte sie auch noch ihre private Beziehung einsetzen, um dem Dorf einen Vorteil zu verschaffen. Es war nicht zu glauben.

Aber verstehen konnte Franka die Aufregung natürlich schon. Das war bereits der dritte Brand innerhalb weniger

Wochen. Tatsächlich war Bauer Schmitz schon zum zweiten Mal betroffen. Er war zwar der dickste Bauer im Dorf, der die meisten Äcker sein Eigen nennen konnte. Da war die Chance, eines seiner Felder zu treffen natürlich deutlich höher als bei anderen. Trotzdem sah das Ganze für Franka schon nicht mehr nach Zufall aus. Die Aufregung im Dorf nahm zu. Vermutlich zu Recht. Die Leute hatten Angst. Was, wenn es nicht bei Strohballen und Feldern blieb? Franka musste, so schnell es ging, mit Jan darüber reden. Es war wichtig, dass die Leute nicht durchdrehten und in ihrer Angst tatsächlich zur Selbstjustiz griffen. In den meisten Fällen gingen solche Aktionen in die Hose. Besser man sorgte dafür, dass es gar nicht erst soweit kam.

Langsam brach die Dämmerung herein. Franka schoss noch ein paar Fotos vom Tatort, bevor es vollends dunkel wurde, interviewte die Helfer und ging dann noch zu Jupp Schmitz, der der Journalistin gegenüber seinem Ärger nur allzu gern Luft machte.

Die Floriansjünger, wie die Feuerwehrleute im Dorf genannt wurden, hatten den Brand bereits unter Kontrolle. Trotzdem stellten sie eine Wache ab, die aufpasste, dass kein neues Feuer ausbrach, das möglicherweise auf die benachbarten Felder übersprang.

Martin Friedhoff hatte sich mit den Schaulustigen aus dem Dorf, die vor dem rot-weißen Absperrband gegafft hatten, auf den Weg ins Dorf gemacht. Vermutlich wurde die Sachlage jetzt gemeinschaftlich bis zum frühen Morgen im Wirtshaus ausdiskutiert. Nur Franka und Jupp standen weiterhin am Feldrand und schauten wie zwei begossene Pudel auf die verkohlte Feldfrucht. „Wertlos, alles wertlos", grummelte Jupp, dessen Wut sich mittlerweile in Trauer und Enttäuschung verwandelt hatte.

## Zwei
## Sommer 1956

Wie gelähmt stand Rosa am Rand des Weizenfeldes und starrte in die Flammen. Sie war klatschnass. Es regnete in Strömen. Den ganzen Weg war sie von zu Hause bis hierher gerannt.

Dabei hatte der Tag eigentlich ganz gut angefangen. Sie hatte alle Hausaufgaben ordentlich erledigt. Der Lehrer hatte nichts an ihrer Arbeit auszusetzen. Im Gegenteil, er lobte wieder einmal ihre schöne Handschrift. Rosa war selbst ein bisschen stolz darauf, dass sie so schön und sauber schreiben konnte und auch ohne liniertes Papier die Buchstaben in eine schnurgerade Reihe setzte. Nach der Schule verabschiedete sie sich von ihren Freundinnen, ohne sich für den Nachmittag zu verabreden. Zu Hause gab es jede Menge Arbeit. Sie musste die Mutter unterstützen, das war wichtiger, als die Zeit unnötig zu vertrödeln. Auch wenn sie sich gern mit Helga, ihrer besten Freundin, zum Versteckenspielen im Dorf getroffen hätte, lief sie schnurstracks nach Hause. In der Küche setzte sie Wasser auf und kochte zwei Kartoffeln. Es würde sicher nicht lange dauern, bis die Mutter kam.

Rosa zog schon mal die Pelle ab und legte eine Kartoffel auf ihren, eine auf Mutters Teller. Mutter brachte Dickmilch in einem Blechtopf mit und stellte ihn wortlos auf den Tisch. Rosa drückte ihre Kartoffel mit der Gabel zu Brei und goss die saure Milch darüber. Sie bemerkte Mutters strengen Blick.

„Iss langsam und schmatz nicht wieder so“, ermahnte sie die Tochter. Rosa hatte Hunger, gab sich aber große Mühe, der Aufforderung nachzukommen. Sie wollte nicht, dass die Mutter sich wieder über sie ärgern musste. Nach dem Essen stellte Rosa Teller und Besteck ordentlich in den Spülstein, um es später zusammen mit dem Geschirr vom Abendessen abzuwaschen. Anschließend erledigte sie ihre Hausaufgaben und machte sich für die Christenlehre fertig. Zweimal in der Woche gingen die Schulkinder zum Religionsunterricht, den der Pastor des Dorfes in der Schule abhielt. Der Priester war streng. Wenn einer der Schüler den Text, der auswendig gelernt werden musste, nicht fehlerfrei aufsagen konnte, gab es eins mit dem Rohrstock auf die Finger. Wenn man Glück hatte. Hatte man Pech, wie Helga oder die Lausbuben aus dem Dorf, gab es sogar manchmal eins aufs Hinterteil. Und das tat höllisch weg. Das hatte Helga Rosa unter Tränen erzählt. Rosa konnte ihren Text immer auswendig. Sie hatte nichts zu befürchten. Helga schon. Der Pastor konnte Rosas Freundin nicht ausstehen. Sie hatte rotes Haar und der Pastor hielt sie für eine Hexe. Die arme Helga musste jede Stunde vorsprechen und ihren Text ganz fehlerfrei aufsagen, damit der Rohrstock nicht zum Einsatz kam. Manchmal flüsterte Rosa ihr heimlich die richtige Antwort zu, wenn Helga sie in der Aufregung vergaß.

Aber nach einer Stunde hatten die Kinder es geschafft und konnten den Unterricht bei dem ungeliebten Pastor endlich verlassen. Meist spielten die Schüler noch auf dem Schulhof Fangen oder Verstecken. Doch wie am Vormittag verabschiedete Rosa sich gleich nach der Stunde von Helga und machte sich auf den Heimweg. Der Himmel hatte sich verdunkelt. Dicke schwere Wolken hingen über dem ganzen Dorf. Ein kräftiger Wind zog auf. Sicher würde es bald ein Gewitter geben. Rosa sah zu, dass sie schnell nach Hause kam. In der Küche war es schon stockdunkel, obwohl es noch nicht mal zum Abendgebet geläutet hatte. Aber Rosa traute sich nicht,d die Petroleumlampe anzuzünden, bevor die Mutter es erlaubt hatte. Das Mädchen setzte sich an den

Küchentisch und wartete. Es wurde immer dunkler. Blitze zuckten am Firmament und erhellten für einen kurzen Moment den kleinen Raum. Kurz darauf folgte schon der erste Donner. Rosa erschrak, sie hatte zwischen Blitz und Donner nicht einmal bis zwei zählen können. Das Gewitter schien direkt über ihrem Haus zu sein. Rosa machte sich auf der Küchenbank ganz klein und zog ängstlich die Knie ganz fest an ihren Körper. Sie starrte zum Fenster hinaus. Wenn nur die Mutter bald wieder nach Hause käme.

Der nächste Blitz war so heftig, dass er die ganze Küche für einen kurzen Moment in gleißendes Licht tauchte. Gleich darauf krachte es. Von draußen waren Schreie zu hören. Der hat eingeschlagen, dachte Rosa. Vermutlich ganz in der Nähe. Das Mädchen öffnete die Haustür und sah die Nachbarn, wie sie in Richtung Ortsausgang liefen. Es roch nach Feuer. Ohne sich etwas überzuziehen, lief Rosa hinter ihnen her, bis sie das brennende Feld am Ortsrand erreichte. Sie starrte auf die Flammen, die sich wie hungrige Tiere durch das Getreide fraßen und Meter für Meter die kostbare Feldfrucht vernichteten. Rosa entdeckte ihre Mutter. Sie stand ein ganzes Stück von Rosa entfernt und hielt sich die Hände vors Gesicht. Rosa wusste, dass sie weinte. Es war das einzige Feld, das ihnen geblieben war. Nach Vaters Tod hatten sie das meiste Land verkaufen müssen, um über die Runden zu kommen. Aber das war jetzt auch schon eine Weile her, das Geld war längst für Essen und Kleidung aufgebraucht, obwohl sie wirklich sparsam lebten. Außerdem half Rosa ihrer Mutter, wo sie nur konnte. Immer, gleich wenn sie aus der Schule kam, erledigte sie Arbeiten in der Küche und im Garten. Sie schälte Kartoffeln, jätete Unkraut und kümmerte sich um die Hühner. Sie war immer ganz vorsichtig, wenn sie die Eier aus dem Hühnerstall holte, damit ja keins kaputtging.

Rosa machte die Arbeit im Haushalt Spaß. Am liebsten ging sie samstags mit Mutter und den anderen Frauen ins Backhaus im Dorf, um Brot und Kuchen zu backen. Dabei konnte Rosa es sich nie verkneifen, immer ein großes Stück Teig zu naschen. Wenn Mutter sie dabei erwischte, gab es eins auf die Finger. Aber Rosa liebte süßes Backwerk. Ihre jungen Hüften setzten schon leichte Rundungen an. Rosa träumte davon, bei einem richtigen Bäcker in die Lehre zu gehen. Und später, wenn sie groß genug war, wollte sie in die Stadt ziehen und eigene Torten kreieren, die die feinen Leute ihr dann für sehr viel Geld abkaufen würden. Zweistöckige Hochzeitskuchen aus Biskuit und Buttercreme, obendrauf mit wunderschönen Marzipanrosen verziert. Rosa hatte schon einmal so einen Kuchen gesehen. Als die Tochter des Bürgermeisters, dem reichsten Mann aus dem Dorf, verheiratet wurde, gab es ein so großes Fest, dass das ganze Dorf darüber staunte. Die Torte kam extra von einem richtigen Konditor aus Koblenz. Das war schon lange her, damals hatte Vater noch gelebt. Aber in Rosas Erinnerung wurde die Torte von Mal zu Mal größer und schöner. Rosa lief das Wasser im Mund zusammen, wenn sie nur daran dachte.

Ein schmerzender Stich riss sie jäh aus ihrem Tagtraum. „Rosa, wie kannst du hier herumstehen und lächeln. Dummes Ding." Die Mutter rüttelte unsanft an Rosas Schulter und zog das Kind mit sich fort.

„Wir gehen nach Hause, hier gibt es für uns nichts mehr zu sehen", sagte sie in einem strengen Ton und trat mit eiligen Schritten den Heimweg an. Die Mutter ging so schnell, dass Rosa mit ihren kurzen Beinen und den nassen Kleidern kaum hinterher kam. Hinter den beiden tänzelten die letzten Flammen auf dem abgebrannten Feld. Ihre einzige Einnahmequelle war vernichtet. Der Regen würde das letzte bisschen Feuer wohl von allein löschen. Rosas Mutter kümmerte sich nicht weiter um das verbrannte Feld. Sie drehte sich nicht ein einziges Mal mehr um. Mit starrem Blick ging sie voran.

Als sie ihr Zuhause erreichten, verschwand sie sofort in ihrer Kammer. Rosa schlich leise hinterher und drückte ein Ohr fest an die Tür. Von drinnen war nichts zu hören. Aber Rosa wusste, dass die Mutter weinte, ganz leise, fast tonlos, so wie sie es immer tat, wenn sie sich unbeobachtet fühlte. Rosa war traurig. Nicht wegen des verbrannten Feldes. Irgendwie würden sie schon genug zu essen bekommen, um zu überleben. Rosa war mit ihren dreizehn Jahren kräftig genug, um hart zu arbeiten. Sie konnte den anderen Bauern bei der Ernte helfen, Ställe ausmisten oder Botendienste ausführen. Rosa war sich für keine Arbeit zu schade. Was sie traurig machte, war, dass die Mutter sich in ihrer Kammer einschloss und alleine vor sich hin weinte. Ohne sie, ihre einzige noch lebende Tochter. Behutsam zog Rosa ihre Schuhe aus, hängte das nasse Kleid ordentlich über den Herd und legte sich auf das Sofa, das in der Küche stand und ihr als Schlafplatz diente.

Die zweite Kammer, die es im Haus gab, hatte die Mutter untervermietet. An Greta. Sie war als Magd bei einem benachbarten Bauern beschäftigt, bei dem sie gegen Kost und einen kleinen Geldbetrag von morgens bis abends schuftete. Von dem wenigen Geld, das sie verdiente, gab sie der Mutter etwas ab für die Schlafkammer. Es war nicht viel, aber besser als nichts.

Rosa lag noch lange wach. Immerzu kamen ihr die Bilder von dem brennenden Feld in den Kopf, von der Mutter, die ihr Gesicht unter den dreckverschmierten Händen verbarg. Als der Schlaf endlich über sie kam, liefen Rosa dicke Tränen über die Wangen. Wie sollte es jetzt bloß weitergehen?

## Drei
## Sommer 2018

„Das ist jetzt der dritte Brand in Mörsdorf innerhalb von wenigen Wochen.“ Wütend knallte Polizeimeister Hansen die Akten auf seinen Schreibtisch. Er hatte die Schnauze gestrichen voll. Da zündelte irgendein Trottel wahllos im Dorf herum und machte ihn, Polizeimeister F. Hansen, zum Gespött des ganzen Hunsrücks. Das konnte er sich nicht bieten lassen. Wie stand er denn da vor seinen Nachbarn. Ach was, vor dem ganzen Dorf, und vor allem vor seinen Stammtischbrüdern?

Bisher hatte er die Sache noch ganz gut unter Kontrolle. Aber je mehr Brände auf das Konto dieses Vollidioten gingen, desto gefährdeter war sein eigener Ruf. Lange hielt er das nicht mehr durch. Der Bürgermeister saß ihm im Nacken, die freiwillige Feuerwehr machte Druck und täglich gab es mehrere Anrufe von erzürnten und verängstigten Bürgern, die um ihr Hab und Gut, schlimmer noch, um Leib und Leben fürchteten. Glücklicherweise war es bislang lediglich zu Sach- und nicht zu Personenschäden gekommen. Das wäre aber auch der Gipfel der Unverschämtheit. Wenn sich da ein paar Jugendliche einen makabren Scherz mit ihm erlaubten, war genau jetzt das Ende seiner Gutmütigkeit erreicht. Hansen hatte keine Lust, wegen ein paar unerzogener Bengel seine Karriere aufs Spiel zu setzen.

„Die Leute haben Angst, dass sie die Nächsten sind, bei denen es brennt“, hörte er sich laut sagen, während er einen besorgten Blick auf den Telefonapparat auf seinem Schreibtisch warf. Am liebsten hätte er das Gerät aus seinem Sichtfeld verbannt. Aber es war Hansen vollkommen klar, dass das ein Ding der Unmöglichkeit war. Eine Polizeidienststelle ohne Telefon, war wie ein Dings … ohne … Ja, was eigentlich?

Ohne es zu wollen, starrte Hansen weiterhin auf den Apparat, der wenig später tatsächlich anfing zu läuten. So, als hätte er ihn hypnotisiert. Der Polizist erschrak, aber er rührte sich nicht. Hansen stand wie versteinert da. Er war einfach nicht in der Lage, den Hörer von der Ladestation aufzuheben.

„Hansen, willste nicht mal rangehen?“, ertönte es wie aus dem Nichts im Hintergrund. Die sonore Stimme kam Hansen bekannt vor. Blitzartig drehte der Polizist sich um und wäre im selben Moment am liebsten vor Scham im Erdboden versunken. Direkt hinter ihm stand Kriminalhauptkommissar Jan Berger, der mit einer schnellen Handbewegung über Hansens Schulter hinweg zum Hörer griff.

„Polizeiinspektion Simmern, Berger. Was kann ich für Sie tun?“

Einen Moment herrschte Stille, dann hörte Hansen den Kommissar sagen: „Aber selbstverständlich arbeiten wir an dem Fall. Und zwar auf Hochtouren. Machen Sie sich keine Sorgen. Wir werden dem Brandstifter das Handwerk legen, und zwar sehr viel schneller, als ihm lieb ist.“

Hansen starrte Berger an. Er wusste nicht, ob er sich freuen sollte, den Kollegen aus Koblenz wiederzusehen. Oder ob der Besuch einer Kontrolle gleichkam, die ihm sagen sollte, dass er seinen Job nicht im Griff hatte.

Aber dann klopfte Berger dem jungen Kollegen auf die Schulter. „Mach dir keine Sorgen, Hansen. Du schaffst das schon.“

Hansen war beruhigt, das klang doch eher nach Anerkennung als nach Kontrolle. Trotzdem sah er Berger noch immer ungläubig an.

„Wa… Warum sind Sie hier, Chef?“, stammelte er. „Etwa wegen dem Brandfall. Ich krieg das hin …“

„Nein, keine Angst. Ich bin nicht wegen des Brandfalls hier. Obwohl es sich ja, wenn wir ehrlich sind, vielmehr um Brandfälle handelt. Nicht wahr?“

Hansen atmete erleichtert auf. Dass er wieder einmal den Dativ satt des Genitivs benutzt hatte, war nun auch schon egal. Dabei hatte er sich fest vorgenommen, in Gegenwart des Hauptkommissars auf die korrekte Anwendung der deutschen Grammatik zu achten. Bloß, wenn er sehr aufgeregt war, vergaß er es manchmal. Und alles, was er jetzt vor dem Kommissar herausbrachte, war ein „Nicht?“

„Nein“, bestätigte Berger noch einmal. „Es gibt tatsächlich Dinge zwischen Himmel und Erde, die noch dramatischer sind als brennende Felder und Strohballen.“

Hansen nickte ungläubig und starrte Berger noch immer sprachlos an.

Der Kommissar schüttelte ihn sanft an der Schulter. „Hansen, wir haben wieder einen Mord aufzuklären.“

Der Polizist zuckte zusammen: „Oh nein, nicht schon wieder.“

„Doch!“

„Wieder auf der …“

„Nein, diesmal nicht auf der Geierlay“, antwortete Berger. „Die Tote liegt im Klostergarten von Maria Himmelfahrt und ist eine Nonne.“

Hansen bekreuzigte sich. „Um Gottes willen.“

„Ob das Gottes Wille war, weiß ich nicht. Aber wir beide werden den Fall aufklären“, sagte Berger und klopfte Hansen noch einmal ermutigend auf die Schulter.

„Aber ich habe doch … die Brandserie.“ Hansen war bleich geworden.

„Na, zusammen werden wir die beiden Fälle schon lösen. Was meinst du?“

Hansen nickte zustimmend. Insgeheim war er froh, dass er Unterstützung von Berger bekam. Ihm fiel regelrecht ein Stein vom Herzen. Nicht, dass er den Feuerteufel nicht auch allein zur Strecke bringen könnte. Also theoretisch. Aber einen so erfahrenen und kompetenten Kollegen an seiner Seite zu haben, beruhigte ihn doch ungemein. Dafür stand er selbstverständlich gern bei der Aufklärung eines Mordfalls zur Verfügung. Mit Bergers Hilfe würde alles gut werden, da war er sich ganz sicher. Und er selbst könnte vor seinen Stammtischbrüdern – drei davon waren ohnehin die Brüder seiner Freundin – wie das tapfere Schneiderlein damit glänzen, zumindest zwei Fälle gleichzeitig gelöst zu haben. Denn, dass Berger beide Täter überführen würde, daran zweifelte Hansen keine Sekunde. In seinem Gesicht kam die natürliche Hautfarbe langsam wieder zum Vorschein. Er atmete ganz tief ein und aus.

Als das Telefon zum zweiten Mal klingelte, war Hansen schneller. Noch bevor er seinen Namen sagen konnte, vernahm er am anderen Ende der Leitung die Stimme des Mörsdorfer Bürgermeisters.

„Herr Friedhoff, machen Sie sich keine Sorgen. Kommissar Berger und ich arbeiten auf Hochtouren“, beruhigte er den Ortschef. „Wir werden dem Brandstifter das Handwerk legen. Da können Sie Gift drauf nehmen. Sprichwörtlich gesehen, sozusagen“, fügte er schnell noch hinzu, bevor er mit einem triumphierenden Lächeln auf den Lippen den Hörer auflegte.

„Na, Hansen. Da haben wir uns aber mächtig weit aus dem Fenster gelehnt, was?“

Berger grinste vielsagend. Der Kommissar stand bereits im Türrahmen und sah Hansen erwartungsvoll an. Als der Polizist keine Reaktion zeigte, gab Berger ihm mit der Hand ein Zeichen, das ihn zum Aufbruch animieren sollte. Hansen schien komplett auf dem Schlauch zu stehen. Er wusste gerade mal gar nicht, was der Kommissar von ihm wollte.

Berger musste deutlicher werden. „Wären der Herr Polizeimeister dann so freundlich, mich zum Tatort zu begleiten, solange die Leiche noch nicht abtransportiert ist. Und es möglicherweise sogar noch Spuren gibt, die die Kollegen nicht vernichtet haben?“

„Ich soll mit … ich meine … darf, natürlich meine ich, ich darf mit, Chef?“ Hansen strahlte wie ein Honigkuchenpferd. Das wäre dann jetzt der zweite Fall, den er zusammen mit dem Hauptkommissar lösen dürfte. Hansens Selbstbewusstsein wuchs von der Größe einer Erbse zu der eines Heißluftballons. Er konnte die Gesichter seiner Stammtischbrüder förmlich vor sich sehen. Na, die würden Augen machen. Von wegen kleiner Dorfpolizist …

Hansen hatte noch immer das breite Grinsen der Glückseligkeit im Gesicht, als Berger ihm mit einem gezielten Wurf seinen Autoschlüssel zuspielte. Nach der anstrengenden Fahrt über die Hunsrückhöhenstraße von Koblenz bis Simmern hatte der Kommissar wohl keine Lust mehr, sich selbst hinters Steuer zu setzen.

„Wir nehmen meinen Dienstwagen. Ich möchte nicht, dass die Betschwestern einen Schreck kriegen, wenn eine Streife vorfährt.“

Zielstrebig steuerte Berger auf den Parkplatz zu, auf dem der Dienstwagen, ein nagelneuer Audi Q 3, stand. Während Hansen ihm folgte, überlegte er, wieso der Kommissar glaubte, dass ein Streifenwagen Einfluss auf die Aussage der Ordensleute hätte. Aber so schnell fiel ihm keine plausible Erklärung ein. Er konnte auch nicht, wie er es sonst gewohnt war, in aller Ruhe darüber nachdenken. Schließlich musste er sich jetzt darauf konzentrieren, den Chef in seinem offensichtlich nagelneuen Wagen zum Kloster im Flaumbachtal zu chauffieren. Und zwar ohne einen Kratzer am Fahrzeug zu verursachen.

Hansen löste die Zentralverriegelung per Knopfdruck und stieg auf der Fahrerseite ein. Der Geruch von „neuem Auto“ stieg ihm in die Nase. Hansen atmete tief ein. Er liebte diese Kombination aus Leder und Kunststoffausdünstungen. Für seinen alten VW hatte er sich extra ein Duftbäumchen der Geruchsrichtung „Neuwagenduft“ zugelegt. Das vermittelte ihm ein angenehmes Wohlgefühl von Reichtum, Freiheit und Abenteuer.

Die Strecke von Simmern ins Flaumbachtal kannte er im Schlaf. Von der Dienststelle aus, war es am einfachsten, den Weg über seinen Heimatort Mörsdorf zu nehmen. Zu gern hätte er dem Kommissar das Mehrfamilienhaus gezeigt, in dem er vor ein paar Wochen zusammen mit Ulla die Souterrain-Wohnung bezogen hatte. Ihre erste gemeinsame Wohnung. Hansen war mächtig stolz auf seine neu gewonnene Freiheit und hätte Berger zu gern an seinem Glück teilhaben lassen. Aber in Anbetracht der Situation und der Tatsache, dass eine Leiche auf sie wartete, musste er die Sache noch einmal verschieben. Zudem würde man sich sicher in nächster Zeit häufiger begegnen. Hansens Wohnung lag schräg gegenüber dem Bauernhaus, in dem Franka Fröhlich wohnte. Und im Dorf munkelte man, die Journalistin und der Kommissar seien sich bei dem letzten Todesfall mit ungeklärter Ursache – übrigens dem ersten Mord im Dorf – näher gekommen. So nahe, dass man Bergers Wagen bereits mehrfach auch über Nacht in der Hofeinfahrt hatte stehen sehen. Das war nicht nur Hansens Freundin Ulla aufgefallen, sondern sogar ihm selbst.

Der Polizist räusperte sich kurz und konzentrierte sich dann wieder auf die Fahrt. Sie passierten gerade die alte Mühle, in der sich neuerdings wieder eine Gaststätte befand. Das Haus lag idyllisch mitten im Grünen und war zum Besuchermagnet für Wanderer und Naturfreunde geworden. Hinter dem Haus gab es zwei Fischteiche, aus denen die Gäste sich ihr Mittagessen selbst angeln konnten. Das gefiel vor allem Leuten aus der Stadt. Selbst an gewöhnlichen Wochentagen war hier immer viel los. Hansen fiel auf, dass auf dem Parkplatz vor dem Gebäude schon einige Fahrzeuge mit fremden Kennzeichen parkten. Als er Bergers kritischen Blick registrierte, konzentrierte er sich schnell wieder auf den Straßenverkehr. Obwohl von Verkehr kaum die Rede sein konnte. Auf der Strecke begegnete ihnen kaum ein anderer Wagen. Trotzdem war Hansen erleichtert, als das Kloster nach wenigen Minuten in Sichtweite kam. Obwohl er hier zu Hause war und die Umgebung kannte wie seine Westentasche, beeindruckte ihn der Anblick des majestätischen Gebäudes jedes Mal aufs Neue.

Das Kloster war sehr idyllisch im Seitental der Mosel gelegen. Die Landesstraße L202 trennte das Anwesen, das aus einem Haupthaus sowie einigen Nebengebäuden und Stallungen bestand, von dem Bach, der sich vom Hunsrück kommend, seinen Weg durch das Tal bis zur Mosel bahnte. Zurzeit hatte sich das rauschende Fließgewässer allerdings in ein größeres Rinnsal verwandelt. Aber wo sollte das Wasser auch herkommen, wenn es seit Wochen nicht geregnet hatte?

Hansen bugsierte den Wagen durch die schmale Toreinfahrt und parkte im Innenhof des Klosters. Die Kollegen von der Spurensicherung waren noch bei der Arbeit. Hansen und Berger stiegen aus und gingen auf die ganz in weiß gekleideten Leute zu.

„Wo ist die Tote?“, fragte Berger einen der Männer, der gerade dabei war, mit einem dicken Pinsel über die Bruchsteinmauer zu streichen, um eventuelle Spuren sichtbar zu machen.

Ohne sich nach dem Kommissar umzudrehen, zuckte er mit den Schultern und knurrte unfreundlich: „Keine Ahnung, schon weg, glaub ich.“

„Wie, schon weg?“ Berger war außer sich. „Wohin weg?“ Die Stimme des Kommissars war so laut geworden, dass Hansen neben ihm zusammenzuckte.

„Bitte regen Sie sich nicht auf. Es tut mir leid“, sagte ein Mann in schwarzem Habit, der plötzlich hinter den Polizisten stand. Seinem Tonfall sowie dem äußeren Anschein nach war er einer der Mönche, die hier lebten. Berger drehte sich zu dem Mann um.

„Pater Benedikt. Ich bin hier der Vorsteher des Klosters.“ Der Geistliche streckte Berger seine Hand zum Gruß entgegen.

„Berger, Kriminalhauptkommissar, und mein Kollege Hansen“, brummte er. „Können Sie mir vielleicht sagen, wo die Leiche hingekommen ist?“

„Ja, das kann ich. Ich sagte bereits, dass es mir leid tut. Schwester Scholastika ist in ihrer Zelle. Ihre Mitschwestern haben sie dort aufgebahrt.“

Berger sah Hansen mit funkelnden Augen an. Als ob er etwas dafür konnte. Um seinem Chef weitere Strapazen zu ersparen, nahm er den Geistlichen beiseite und bat ihn im Flüsterton, sie zu der Toten zu führen.

„Selbstverständlich. Bitte folgen Sie mir“, forderte der Superior sie auf.

Hansen und Berger folgten dem Pater zur Klosterpforte. Benedikt klopfte an die schwere Holztür, die umgehend von einer Schwester, die sich als Maria Teresa vorstellte, geöffnet wurde. Sie trug ebenfalls einen schwarzen Habit. Oder hieß das bei den Betschwestern anders? Hansen war sich nicht sicher. Er tat es Berger gleich und nickte der Ordensfrau ebenfalls wortlos zu. Ihm fiel auf, dass Maria Teresas Augen vom Weinen gerötet waren. Hansen blieb einen Schritt hinter Berger, als sie der Nonne über eine breite Holztreppe nach oben folgten. Von einem schmalen, langen Gang aus gingen mehrere Türen ab. Hansen schätzte, dass es ungefähr zwölf waren. Wie bei den Aposteln, dachte er. Die Nonne öffnete geräuschlos eine der Türen und bedeutete den Polizisten mit einer kaum sichtbaren Handbewegung, einzutreten.

Die Tote lag auf dem Bett. Fein säuberlich gewaschen und bekleidet. Mit Schleier und Schuhen. Hansen sah Berger an. Der Kommissar bewahrte die Contenance. Zumindest nach außen. Jemand, der ihn nicht so gut kannte wie Hansen, bemerkte nicht, dass der Mann innerlich kochte. Der Kommissar wusste seinen Gemütszustand gut zu verbergen. In dieser Hinsicht war er ein echtes Pokerface.

„Wer hat den Totenschein ausgestellt?“, fragte Berger betont ruhig.

„Unser Hausarzt, Doktor Hausmann“, erklärte Maria Teresa. „Möchten Sie ihn sprechen? Er ist noch im Refektorium. Man hat ihn zum Mittagessen gebeten.“

„Ja, gern. Bringen Sie den Mann hierher. Bitte“, sagte Berger.

Die Nonne drehte sich um und verschwand auch diesmal wieder vollkommen lautlos von der Bildfläche.

„Hansen, ich platze gleich vor Wut. Haben wir es hier nur mit Dilettanten zu tun, oder was?"

„Regen Sie sich nicht auf Chef. Es wird sich sicher alles klären", versuchte Hansen Berger zu beschwichtigen. Wenn das so weiterging, konnte er seinen Chef heute Abend als Grillhähnchen in der Dorfwirtschaft servieren.

Dass man eine Leiche, die vermutlich keines natürlichen Todes gestorben war, an Ort und Stelle liegen lässt, bis die Polizei eintrifft, das hätte auch den Geistlichen, die fernab von jeglicher Realität in einem Elfenbeinturm mitten im Wald thronen, klar sein müssen.

„Es tut mir wirklich leid." Pater Benedikt stand mit gesenktem Kopf in der Tür der Klosterzelle. Entweder hatte er Hansens Gedanken erraten, oder, was wahrscheinlicher war, das Gespräch zwischen ihm und seinem Chef mitangehört. Der Superior entschuldigte sich zum wiederholten Male.

„Sie müssen wissen, wir haben zurzeit hohen Besuch im Haus. Da geht es sozusagen drunter und drüber. Ich kann eben nicht immer überall sein, um zu kontrollieren, wer was wann tut."

Seinem Verhalten nach zu urteilen, war es dem Superior unangenehm, dass man die Polizei verärgert hatte. Dem Mann tat es wirklich leid, das sah Hansen doch sofort, trotzdem schüttelte er verständnislos den Kopf. Er wusste nicht, was er dazu sagen sollte. Aber er brauchte sich auch nicht länger das Hirn zu zermartern, denn schon nach kurzer Zeit war Gepolter auf der Holztreppe zu hören. Ganz anders als die lautlose Nonne, betrat Doktor Hausmann geräuschvoll den Raum. Mit dem Hemdsärmel wischte er sich einen Rest Bratensoße vom Kinn, bevor er Berger die Hand zum Gruß entgegenstreckte.

„Hausmann, ich bin hier der Doktor“, sagte er in einem harschen Ton. Hansen kannte den Arzt und wusste, dass sich unter der harten Schale ein ganz weicher Kern verbarg. Doktor Hausmann war dafür bekannt, auch schon mal eine Behandlung durchzuführen, wenn von vornherein klar war, dass sie nicht beglichen wurde. Dafür lehnte er allerdings Einladungen zum Essen ungern ab. Er war häufig zu Gast im Kloster. Die Schwestern konnten nämlich, wie man hörte, nicht nur hervorragend kochen, sondern bewirtschafteten auch einen kleinen Weinberg, aus dessen Trauben sie – auch das wusste Hansen leider nur vom Hörensagen – einen recht akzeptablen Wein zauberten. Es wunderte ihn, dass hier überhaupt Trauben reiften. Das Tal war nicht gerade sonnenverwöhnt. Es musste also doch an der Frömmigkeit der Betschwestern liegen.

Berger begrüßte den Arzt und wurde sogleich sachlich. „Haben Sie die Frau untersucht? Was ist die Todesursache?“

„Jein und vermutlich Herzinfarkt“, antwortete Hausmann betont langsam.

„Vermutlich“, wiederholte Berger und schaute den Arzt ungläubig an. „Gehen Sie immer so mit Ihren Patienten um? Vermutlich dies oder das, mal sehen, probieren Sie doch mal das Medikament und wenn es nicht hilft, nehmen wir ein anderes?“

Hausmann warf Berger einen bösen Blick zu.

„Tut mir leid“, entschuldigte er sich sofort. „Ich bin ein wenig gereizt.“

„Kein Problem“, sagte Hausmann. Er nahm den Kommissar vertraulich zur Seite und flüsterte ihm etwas ins Ohr. Leider konnte Hansen kein Wort verstehen, weil just in dem Moment die Sirene eines Rettungsfahrzeugs ertönte.

Vom Fenster aus konnte Hansen sehen, wie das Fahrzeug vor dem Kloster anhielt und zwei Sanitäter ausstiegen. Er sah Berger verwundert an. Der nickte ihm kurz zu und signalisierte Hansen damit, dass sein Chef alles im Griff hatte.

Die drei Männer warteten ganz entspannt ab, bis die Sanitäter die Klosterzelle erreicht hatten, Hausmann zwinkerte den beiden zu und drückte jedem von ihnen einen Geldschein in die Hand. Dann verließen der Arzt, die Polizei und die Rettungskräfte mit der Toten den Schauplatz.

„Was ist hier los? Wo bringen Sie sie hin?“ Die aufgeregte Maria Teresa folgte dem Trupp. Keine Sorge, Schwester“, beruhigte Hausmann sie. „Wir wollen nur sicher sein, dass ihr Herz tatsächlich aufgehört hat zu schlagen. Sie wollen ihre Mitschwester doch nicht bei lebendigem Leib begraben, oder?“

„Oh mein Gott“, stieß die Nonne aus und bekreuzigte sich.

Hausmann tätschelte ihren Arm. „Keine Angst, wir bringen sie so schnell es geht zurück.“

Der Doktor nahm beim Hinuntergehen gleich zwei Stufen auf einmal und verschwand schnell wieder hinter einer der zahlreichen Türen im Erdgeschoss. Vermutlich zog es ihn erneut ins Refektorium. Das Essen war noch nicht beendet. Hansen hatte zuvor einen Servierwagen mit Herrencreme in der Küche erspäht. Vanillepudding mit Sahne und Schokostücken war auch sein Lieblingsnachtisch. Besonders lecker war das Dessert, wenn es mit einem Schuss Cognac verfeinert wurde. Hansen lief das Wasser im Mund zusammen, wenn er nur daran dachte. Er schluckte die angesammelte Spucke runter und folgte Berger zum Dienstwagen.

Von den Geistlichen war niemand mehr zu sehen. Hansen vermutete, dass Hausmann im Kloster alles unter Kontrolle hatte. Im Auto sah er Berger fragend an. Das süffisante Grinsen seines Chefs war ihm allerdings Antwort genug.

„Dieser Hausmann … ein Teufelskerl. Der weiß, wie man die Gottesanbeter um den Finger wickelt“, murmelte er.

„Wo bringen die Sanis die Leiche hin?“, wollte Hansen wissen.

„In die Gerichtsmedizin. Hausmann vermutet, dass es kein Herzinfarkt war. Er hat eine ganz andere Vermutung. Aber dafür müssen die Profis ran.“

Hansen war zwar der Meinung, dass Tote von einem Bestatter transportiert werden sollten, laut Gesetz sogar müssten, aber er hielt den Mund. Es hatte sicher einen guten Grund, was der Kommissar und der Doktor sich da ausgedacht hatten. Hansen wendete, bugsierte den Wagen ein zweites Mal vorsichtig durch das schmale Tor und setzte den Blinker nach rechts in Richtung Dienststelle.

## Vier
## Sommer 1956

Seit dem Brand war die Stimmung im Haus unerträglich geworden. Die Mutter starrte die meiste Zeit ins Leere und anstatt zu reden, nickte sie nur stumm oder schüttelte den Kopf. Rosa hielt das nicht mehr aus. Aber sie wusste auch nicht, wie sie die Situation ändern konnte. Sie half bei der Arbeit im Haus und im Stall so gut sie konnte. Am Abend fiel sie müde auf ihr Schlafsofa in der Küche, kaum dass sie den Abwasch erledigt hatte. Manchmal hörte sie, wie Greta von der Arbeit nach Hause kam und sich zu der Mutter, die im Halbdunklen Näh- und Flickarbeiten verrichtete, an den Tisch setzte. Die beiden redeten leise miteinander. Meistens verstand Rosa nicht, was sie sagten. Sie war auch viel zu müde, um die Ohren zu spitzen. Aber an diesem Abend war es anders.

Rosa erwachte, weil sie schlecht geträumt hatte. Dabei hörte sie, dass Mutter und Greta noch redeten. Rosa hielt die Augen weiter fest geschlossen. Die beiden sollten nicht merken, dass sie sie belauschte.

„… du musst das tun, Lenchen." Greta redete eindringlich auf die Mutter ein. „Wie sollt ihr beide sonst überleben?"

„Ich weiß nicht, Greta. Das Kind ist doch noch so jung und es ist das Einzige, was mir geblieben ist." Fast fremd klang die Stimme der Mutter, so lange hatte Rosa sie nicht gehört. Aber das, was sie sagte, ließ ihr Herz vor Freude hüpfen. Am liebsten wäre sie aufgesprungen und der Mutter um den Hals gefallen. Rosas Herz klopfte laut. Sie atmete ruhig und langsam weiter, um noch mehr zu erfahren.

„Die Schwestern sind gut, da brauchst du dir keine Sorgen zu machen. Sie werden dem Kind nichts Böses tun. Im Gegenteil, sie bekommt Kleidung, Essen und ein Dach über dem Kopf. Was willst du denn noch, in deiner Situation?" Das war wieder Gretas Stimme.

Rosas Herz schlug lauter. Welche Schwestern, welches Kind? War sie damit gemeint? Wollte die Mutter sie wegschicken? War sie deshalb in letzter Zeit so abweisend zu ihr?

Rosa konnte es nicht fassen. Sie stellte sich weiterhin schlafend. Auf keinen Fall sollte die Mutter bemerken, dass sie das Gespräch mitanhörte.

Sehr überzeugt schien die Mutter von Gretas Plan ohnehin nicht zu sein. *Das Einzige, was ich habe,* das hatte sie doch vorhin gesagt. Nein. Niemals würde eine Mutter ihr Kind wegschicken.

Wieder sagte Greta etwas, aber Rosa hatte es nicht verstehen können. Ihr Herz klopfte so laut und Gretas Stimme war noch leiser geworden als zuvor.

„Überleg es dir. Ende der Woche soll ich Bescheid geben. Wenn du nicht zusagst, dann bekommt eben ein anderes Kind die Chance. Es gibt auch eine gute Schule dort. Rosa ist doch nicht dumm. Vielleicht kann sie es sogar noch zu etwas bringen. Und … man muss ja nicht ewig im Kloster bleiben."

Kloster?! Voller Panik riss Rosa die Augen auf. Glücklicherweise war es dunkel in der Küche. Mutter hatte die Petroleumlampe bereits gelöscht und war aufgestanden, um in ihre Kammer zu gehen. Rosas Herz klopfte inzwischen bis zum Hals. Sie sollte ins Kloster? Niemals. Eher würde sie davonlaufen.

## Fünf
## Sommer 2018

Franka liebte ihren Beruf. Zumindest meistens. Heute war allerdings einer der Tage, an dem sie ihren Job am liebsten an den Nagel gehängt hätte. Schon als sie den vierstelligen Nummerncode in das Lesegerät an der Redaktionstür tippte, die Tür daraufhin aber nicht aufsprang, wusste sie, dass sie besser im Bett geblieben wäre. Franka versuchte es noch einmal. Wieder nichts. Sie war erleichtert, als die Redaktionssekretärin ihren verzweifelten Versuchen ein Ende machte, indem sie die Tür von innen öffnete. Franka nickte ihr dankbar zu. Ihre böse Vorahnung, schien sich zu bestätigen, als sie den Gang zu ihrem Büro hinunterging.

Im Konferenzraum saß bereits Walter Windig, der Chefredakteur aus Koblenz. Das verhieß nichts Gutes.

Der vertraute Duft von frisch aufgebrühtem Kaffee, der Franka für gewöhnlich aus ihrer allmorgendlichen Lethargie weckte, vermischte sich diesmal mit einem Hauch Bitterkeit. Wie ein Damoklesschwert schwebte seit einigen Wochen ein Anforderungskatalog aus der Zentrale über der kleinen Lokalredaktion. Der sogenannte Lesewert bestimmte die Auswahl der Lokalthemen. Man schaute den Redakteuren und Reportern in jüngster Zeit sehr genau auf die Finger. Und wenn ein Abo gekündigt wurde, machte man natürlich die Redakteure dafür verantwortlich. Franka war klar, dass es früher oder später darauf hinauslief, Geld zu sparen. Es werden Köpfe rollen, auch im Lokalen, hatte Frankas Chefin, Paula Linden, schon vor Wochen verlauten lassen. Die Angst, selbst eine von denen zu sein, die ihren Job verlieren, schwang in ihrer Stimme mit. Das war nicht zu überhören. Eigentlich wollte Franka sich von den neuen Vorgaben den Spaß an ihrer Arbeit nicht verderben lassen. Sie liebte es, mit Menschen zu reden, und fand, dass sie in der Vergangenheit ein gutes Händchen in der Auswahl ihrer Themen bewiesen hatte. An der Qualität der Zeitung lag es nicht, dass es immer weniger Leser gab. Vermutlich war es einfach ein Zeichen der Zeit. Jungen Leuten war es egal, was nebenan passierte. Zum örtlichen Musikverein gab es keinen wirklichen Bezug und die Freiwillige Feuerwehr war nur dann interessant, wenn sie ein Fest gab, auf dem man Bier trinken konnte. Das war leider die Realität. Aber davon wollte man in der Zentrale nichts wissen.

Franka riss sich zusammen, setzte ein freundliches Lächeln auf und begrüßte den Chef per Handschlag. Nach einem kurzen Smalltalk verzog sie sich an ihren Schreibtisch.

Arbeit gab es mehr als genug. Die Geschichte vom Feuerteufel war etwas, mit dem man sogar in Koblenz punkten konnte. Da gab es Spannung, Emotionen und einen lokalen Bezug. Franka drückte auf den blauen Knopf am Rechner, um den Computer zu starten. Dann öffnete sie die Seite mit dem vorgegebenen Zeilenraster, das ihr den Überblick über die geschriebene Textmenge erleichterte.

Mit der Überschrift *Mörsdorfs Feuerteufel schlägt schon wieder zu* eröffnete sie ihren Bericht und wählte ein Feature zum Einstieg ins Thema. Am Brandort hatte sie jede Menge O-Töne ergattern können. Sie hatte mit Bauer Schmitz, dessen Feld abgebrannt war, geredet. Außerdem hatten einige der Schaulustigen ihrem Unmut freien Lauf gelassen. Das war emotional und kam bei den Lesern gut an.

Franka verstand, dass die Leute Angst hatten. Bisher brannten ein paar Strohballen und ein Getreidefeld. Was aber, wenn der Feuerteufel sich als Nächstes ein Wohnhaus aussuchte. Vielleicht sogar ihres. Der alte Kasten brannte bestimmt wie Zunder. Allein der Gedanke daran ließ Franka erschaudern. Immer, wenn sie mit den Leuten aus dem Dorf sprach, spürte sie neben der Angst vor dem Brandstifter auch zunehmend Ärger über die Untätigkeit der Polizei. Die Leute fühlten sich im Stich gelassen. Leider hatte Franka den Dorfpolizisten an der Brandstelle nicht mehr zu packen bekommen. Immer dann, wenn sie gerade auf ihn zugehen wollte, hatte er einen Kehrtwende gemacht und so getan, als habe er etwas Wichtiges in entgegengesetzter Richtung zu tun. Franka hielt es durchaus für möglich, dass er ihr absichtlich ausgewichen war. Für eine korrekte Recherche musste sie aber mit ihm sprechen. Als Journalistin sah sie sich in der Pflicht, die Leute auch über den Stand der laufenden Ermittlungen zu informieren, bevor wilde Spekulationen im Dorf die Runde machten. Und das ging erfahrungsgemäß viel schneller als gewünscht. Vielleicht hatte die Polizei ja schon jemanden im Visier. Franka nahm den Hörer zur Hand und wählte die Nummer der Dienststelle in Simmern. Es dauerte eine ganze Weile, bis jemand abnahm.

„Polizeiinspektion Simmern, Pies“, meldete sich eine Frauenstimme.

Franka war irritiert. „Ist Hansen nicht da?“, fragte sie etwas unverblümt.

„Mit wem spreche ich?“, wollte die Frauenstimme wissen. Ihr Ton klang sachlich, aber nicht unfreundlich.

„Oh ja, Entschuldigung. Hier spricht Franka Fröhlich von der Lokalredaktion. „Ich hätte gern mit Herrn Hansen gesprochen, wegen des aktuellen Brandfalls in Mörsdorf.“

„Herr Hansen ist leider nicht an seinem Platz“, antwortete Frau Pies einsilbig.

„Hmm, ach so. Na, könnten Sie ihm dann bitte ausrichten, wenn er von der Toilette zurück ist, dass er mich doch in der vorgenannten Angelegenheit zurückrufen möchte.“

„Herr Hansen ist nicht auf der Toilette. Er ist außer Haus.“

Die Empörung in der Stimme der Sekretärin war nicht zu überhören. Ansonsten blieb es allerdings still am anderen Ende der Leitung. Wenn Franka jedem Gesprächspartner dermaßen die Würmer aus der Nase ziehen müsste wie dieser Frau, würde sie an ihrem Job schier verzweifeln. Sie holte tief Luft und versuchte es noch einmal.

„Ich melde mich auch gern später noch einmal. Wissen Sie, Frau Pies, die Sache mit dem Feuerteufel ist doch sehr brisant, da möchten wir unsere Leser schon richtig informieren. Und wer wäre für eine sachkundige Auskunft besser geeignet als Herr Hansen. Wissen Sie denn vielleicht, wann er zurück sein wird?“

„Das ist schwer zu sagen.“ Die Stimme klang immer noch zögerlich.

„Ja Himmelkruzitürken, wo isser denn hin?“ Franka platzte jetzt doch der Kragen.

„Frau Fröhlich, dass darf ich Ihnen doch nicht sagen.“

Franka gab nicht auf. Eine Chance hatte sie noch. Sie legte ihre Ich-bin-eine-gute-und-einfühlsame-Journalistin-Stimme an den Tag. „Was ist denn los, Frau Pies?“, flötete sie.

Das zog. Endlich. Am anderen Ende der Leitung ging man zwar zum Flüsterton über, aber immerhin verstand Franka – obwohl sie schon sehr die Ohren spitzen musste, um die Worte überhaupt zu hören – dass es länger dauere, da Hansen mit einem Kriminalhauptkommissar aus Koblenz unterwegs sei, und vor Dienstschluss nicht mehr zurückerwartet werde.

Franka bedankte sich und legte auf. Sie grübelte: Ob Hansen mit Jan unterwegs war? Aber davon hätte er ihr doch sicher etwas erzählt. Um die Wahrheit herauszufinden, würde sie sich noch ein wenig gedulden müssen. Für ihren Artikel war es dann vermutlich zu spät. Franka disponierte um. Mit flinken Fingern schrieb sie über die bisher verübten Taten des Feuerteufels und den Unmut der Bürger. Die O-Töne des Bauern und der Schaulustigen gaben der Geschichte die nötigen Emotionen. Die Fotos, die trotz der Dunkelheit erstaunlich scharf geworden waren, trugen das ihre dazu bei. Franka fand den Artikel rundum gelungen. Damit brauchte sie sich auch vor Walter Windig nicht zu verstecken. Der Text entsprach genau den Vorgaben seines Anforderungskatalogs: Spannung, Gefühl und ein lokaler Bezug. Franka sah auf die Uhr, schnappte sich Notizblock und Schreibzeug und marschierte gut gelaunt ins Besprechungszimmer. Für den frühen Nachmittag war eine Konferenz mit den Kollegen sowie dem Chef aus Koblenz anberaumt. Mit dem aktuellen Artikel in petto fühlte Franka sich dafür bestens gewappnet.

*

Wie erwartet verlief das Gespräch positiv. Windig verließ kurz darauf das Redaktionsbüro. Allem Anschein nach war er mit der Arbeit der Kollegen zufrieden. Zudem hatte Paula Linden, die Redaktionsleiterin, ihn mit den aktuellen Zahlen besänftigen können. Keine neuen Kündigungen in den letzten zwei Monaten. Windig führte das darauf zurück, dass man sich an seine Anweisungen hielt. Na, wenn er meinte. Paula war da zwar anderer Meinung, hatte sich aber klugerweise mit Bemerkungen zurückgehalten. Wenn der Chef zufrieden war, egal aus welchem Grund, sollten die Mitarbeiter das auch sein. Schließlich sollte man keine schlafenden Hunde wecken. Als die Runde sich aufgelöst hatte, packte Franka ihre Sachen zusammen, und machte sich auf den Heimweg.

In der Einfahrt vor ihrem Haus stand ein fetter SUV mit Koblenzer Kennzeichen. Wer sollte das sein? Hatte Jan einen neuen Dienstwagen? Franka fiel das Gespräch mit Frau Pies von der Dienststelle in Simmern ein. Ob Jan tatsächlich mit Hansen unterwegs war und deshalb schon jetzt bei ihr zu Hause sein konnte? Mit klopfendem Herzen öffnete Franka die Haustür. Schon im Flur stieg ihr der Duft von gebratenen Kartoffeln in die Nase. Natürlich war Jan da.

„Ich hab Gedämpte gemacht“, tönte es aus der Küche. Er hatte Ohren wie ein Luchs. Ihm entging wirklich nichts. Obwohl es auf dem Herd dampfte und zischte, hatte er gehört, wie Franka den Schlüssel im Schloss drehte.

„Zu den Kartoffeln gibt es leider nur Maddeschmea“, fügte Jan hinzu, kaum dass Franka die Küche betreten hatte. Der Kommissar trat Franka mit Bratpfanne und umgewickelter Schürze entgegen und küsste sie auf den Mund. Er schmeckte nach Kräutersalz und Kartoffeln und weckte in Franka das Gefühl von Landliebe und Heimat, obwohl es in Frankas Heimat so etwas Schönes nie gegeben hatte.

„Hmm, lecker“, sagte sie und leckte sich die Lippen. „Ich weiß zwar nicht, was eine Maddeschmea ist, aber wenn du es kochst, schmeckt es sicher super.“

„Eine Maddeschmea kocht man nicht“, korrigierte Jan seine Freundin. Er stellte die Pfanne mit Untersetzer auf den Tisch und nahm Franka in die Arme. Er drückte sie fest an sich, bevor er ihr liebevoll erklärte, dass es sich um ein Butterbrot mit Quark handele.

„Schmeckt aber zu den Kartoffeln echt lecker. Das gab es früher schon bei meiner Oma.“

„Klingt gut“, sagte Franka und löste sich vorsichtig aus der Umarmung. Sie hatte Hunger wie ein Bär und häufte sich eine große Portion Kartoffeln auf den Teller während Jan den Kühlschrank öffnete: „Bier oder Weißwein?“

„Lieber Wein“, entschied Franka nach kurzem Zögern. Das letzte Kölsch hatte sie am Vortag vernichtet und das Einzige, was sie jetzt noch da hatte, war eine Halbliterflasche von dem ortsüblichen Gebräu aus der Eifel. Ihr Nachbar Leo hatte ihr das Bier mitgebracht, aber Franka schmeckte es nicht. Es war ihr, die an das schale Bier aus dem Rheinland gewöhnt war, einfach zu bitter.

„Ich habe uns einen schönen Riesling, feinherb, aus der Steillage des Calmonts mitgebracht.“ Jan drehte die Flasche in der Hand, als hielte er einen kostbaren Schatz.

„Hmm, steilster Weinberg Europas. Klingt schon wieder gut", sagte Franka und ließ sich von ihrem Freund einschenken. Sie hielt das Glas vor ihre Augen und drehte es in großen kreisförmigen Bewegungen, sodass der Inhalt bis zum Rand aufstieg, um anschließend sanft zurückzulaufen. Dabei bildete der Wein kleine Schlieren auf der Innenseite des Trinkgefäßes. Ein untrügliches Zeichen dafür, dass es sich um ein edles Getränk handelte. Franka atmete tief ein und nahm dann einen großen Schluck.

„Perfekt. Fruchtig, nicht zu viel Säure, ein bisschen mineralisch. Genau mein Geschmack." Franka lächelte zufrieden.

„Wusste ich es doch." Jan strahlte ebenfalls über das ganze Gesicht. Er freute sich, dass er mit der Auswahl des Weins richtig lag.

Nachdem Franka einen zweiten Schluck genommen hatte, biss sie in ihr Butterbrot und fragte auf beiden Backen kauend: „Warst du heute mit Hansen unterwegs?" Die Frage sollte beiläufig klingen, aber Jans breites Grinsen verriet, dass er seine Freundin längst durchschaut hatte.

„Hätte mich auch gewundert, wenn Karla Kolumna nicht schon wieder auf dem neuesten Stand wäre."

„Gar nicht auf dem neuesten Stand", maulte Franka und probierte die Kartoffeln, die nach Rosmarin und einem Hauch Knoblauch schmeckten. Köstlich. Ungeduldig wippte sie auf ihrem Stuhl und wartete darauf, dass Jan endlich loslegte. Es machte ihm offensichtlich Spaß, sie zappeln zu lassen. Betont langsam nahm auch er einen Schluck Riesling und bestätigte mit einem Kopfnicken die gute Qualität. Franka trat ihm mit dem Fuß leicht gegen sein Schienbein.

„Also gut, mein Schatz, früher oder später wirst du es sowieso erfahren. Aber du behältst es für dich. Vorerst zumindest", befahl er.

Nach einer bedeutungsvollen Pause, die Franka wie eine Ewigkeit vorkam, rückte er endlich mit der Sprache raus. „Wir haben eine Leiche“, flüsterte er geheimnisvoll.

„Was? Schon wieder? Hier bei uns? Hoffentlich nicht wieder auf der Brücke.“ Vor Schreck fiel Franka eine Kartoffel von der Gabel.

„Komisch, das hat Hansen auch als Erstes gesagt. Nein, diesmal nicht auf der Geierlay, sondern im Kloster.“

„Bei uns in Maria Himmelfahrt?“

„Genau.“

„Wer wurde denn da ermordet. Doch wohl nicht einer der Mönche?“

„Nicht ganz, Eine der Betschwestern hat es erwischt.“

„Was? Wieso bringt jemand eine Nonne um, die in ihrem Leben vermutlich noch nichts anderes getan hat, als demütig zu beten und die Befehle anderer auszuführen.“

„Genau das war auch mein erster Gedanke.“

„Jung?“

„Nee, eigentlich nicht. Eher sogar alt, könnte man sagen. Ich hab nicht in die Papiere geschaut, aber allem Anschein nach mindestens siebzig, eher älter. Kann ich nicht so genau sagen.“

„Na, da bin ich aber gespannt, wie die offizielle Pressemitteilung aussieht, die wir ja hoffentlich spätestens morgen früh auf dem Tisch haben.“

„Franka!“ Berger schaute seine Freundin eindringlich an. „Untersteh dich und geh mit der Information hausieren.“ Seinem Tonfall nach zu urteilen, meinte er es wirklich ernst.

„Ja, ja. Reg dich ab. Das war ein Scherz“, beschwichtigte Franka ihren Freund, während sie die Kartoffel, die vorhin neben dem Teller gelandet war, aufspießte und die Gabel seelenruhig zum Mund führte.

Jan war deutlich weniger gelassen. Er bereute es schon jetzt, Franka reinen Wein eingeschenkt zu haben und tigerte unruhig in der Küche auf und ab.

„Setz dich wieder hin. Ich halte dicht. Ehrlich." Frankas Versuch, Jan zu beruhigen, war nicht wirklich erfolgreich. Dabei kam ihr gerade noch ein ganz anderer Gedanke in den Sinn.

Ein Mord in dieser Idylle war bedenklich. Aber für Franka konnte die Situation durchaus von Vorteil sein. Bei einem Kapitalverbrechen musste doch vor Ort ermittelt werden. Und zwar Tag und Nacht. Ob sie Jan vorschlagen sollte, bei ihr einzuziehen, bis er den Fall gelöst hatte?

Als hätte er ihre Gedanken erraten, kam Jan ihr mit seiner Frage zuvor.

„Du, Franka. Hast du etwas dagegen, wenn ich mich diesmal bei dir einquartiere, bis der Fall gelöst ist?"

Auf diese Frage hatte Franka gewartet. Ihr Herz machte vor Freude einen Hüpfer. Jan gegenüber tat sie allerdings ziemlich reserviert. Der Kerl sollte sich bloß nix einbilden.

„Nee, ist schon okay", antwortete sie deshalb möglichst gleichgültig. Jan schien ihre Taktik zu durchschauen. Er lachte laut auf, packte sie und zog Franka auf die Couch im Nebenzimmer, wo er sie heftig küsste. Es wurde ein leidenschaftlicher Abend, der dafür sorgte, dass die beiden weder an Brandstifter noch an tote Nonnen dachten.

## Sechs
## Sommer 1956

Am Morgen wachte Rosa pünktlich auf. Die Kirchenglocken läuteten zum Morgengebet. Es war halb sieben. Rosas Kleid war über Nacht getrocknet. Sie zog sich an und befeuerte den Herd, um später heißes Wasser für Mutters Kaffee zu haben. Im Haus war noch alles still. Die Tür von Gretas Kammer stand einen Spalt offen. Ihr Dienst beim benachbarten Bauern begann früh. Mutter schien noch zu schlafen. Rosa wollte sie überraschen und schon vor dem Frühstück die Hühner füttern und nach Eiern sehen. Der Regen vom Vortag hatte große Pfützen auf dem unbefestigten Boden zwischen Haus und Hühnerstall hinterlassen. Rosa ging vorsichtig, um sich nicht schmutzig zu machen. Heute war Samstag. Nach dem Frühstück würden sie zum Backhaus gehen, um von dem wenigen Mehl, das sie noch hatten, Brot und Kuchen für die nächste Woche zu backen.

Rosa freute sich schon so sehr auf die Arbeit, dass sie eine Pfütze übersah. Platsch, macht es. Das schmutzige Wasser bespritzte ihre Beine und den Saum ihres Kleides. Rosa ärgerte sich darüber, dass sie so unaufmerksam war. Sicher würde die Mutter jetzt mit ihr schimpfen. Vielleicht durfte sie zur Strafe nicht mit ins Backhaus. Rosa wurde heiß und kalt zugleich. Das durfte auf keinen Fall passieren. Ohne nach den Eiern zu sehen, lief Rosa zurück ins Haus, um sich zu säubern. Mit einem feuchten Lappen und einem Tropfen *Spüli* rieb sie über die Flecken am Kleid, als Mutter die Küche betrat. Erschrocken hielt Rosa inne. Auf eine ordentliche Gardinenpredigt gefasst. Doch die Mutter schien sie gar nicht zu bemerken. Sie hatte kaum einen Blick für ihr einziges Kind übrig. Rosa versetzte das einen Stich ins Herz. Es wäre ihr viel lieber gewesen, Mutter hätte sie ausgeschimpft oder ihr sogar eine Ohrfeige verpasst. Aber die Mutter setzte sich nur wortlos und mit leeren Blick an den Küchentisch. Schnell brühte Rosa ihr eine Tasse Kaffee auf. Der würde sie sicher wieder munter und glücklich machen.

Als Rosa der Mutter einschenkte, berührte sie kurz ihre Hand. Da schaute die Mutter das Kind ein einziges Mal an und drückte kurz die zarte Kinderhand, bevor sie schweigend nebeneinander saßen und ihre Brote mit Sauerrahm aßen.

Eine Frage brannte Rosa unter den Nägeln. Sie hielt die Ungewissheit nicht aus. „Gehen wir nachher zum Backhaus?“, fragte sie vorsichtig, schaute dabei die Mutter an. Die wich ihrem Blick aus, nickte aber kaum merklich mit dem Kopf. Rosas Herz machte vor Glück einen Hüpfer.

Die Mutter blieb wortkarg. Auch später in der Backstube. Die anderen Frauen, die gleichzeitig mit Rosa und ihrer Mutter einen Platz im Backhaus bekommen hatten, lachten und schwatzten. Der Mutter warfen sie ab und zu traurige Blicke zu. „Wird schon werden, Lenchen“, sagte eine zu ihr. Die Mutter nickte stumm, ohne die Frau auch nur anzusehen. Rosa kannte sie. Es war Martha, die Frau von Bauer Stein. Er hatte seinen Hof am Ortsausgang, bewirtschaftete mindestens zehn Hektar Land und hatte einen Stall voller Kühe. „Notfalls kannst du als Magd bei uns anfangen. Wir brauchen immer gute Leute, auf die man sich verlassen kann“, bot Martha an. Die Mutter nickte wieder stumm.

Rosa war entsetzt. Das meinte sie nicht im Ernst? Die Mutter konnte doch nicht in Betracht ziehen, ihr Haus zu verlassen, um bei einem anderen Bauern als Magd zu arbeiten? Was sollte dann aus ihr werden? Niemand würde ein Kind als Magd einstellen und schon gar nicht das Kind einer Magd mit durchfüttern. Schmerz und Trauer überfielen sie. Wie versteinert stand Rosa in ihrem geliebten Backhaus und war nicht fähig, sich zu bewegen. Wie in Zeitlupe nahm sie das Geschehen um sie herum wahr, sah wie Brot- und Kuchenteig in den glühenden Ofen geschoben wurden. Zum ersten Mal, ohne dass Rosa vorher von dem süßen Backwerk genascht hatte.

## Sieben
## Sommer 2018

Für den Mord im Kloster galt erst einmal absolute Nachrichtensperre. Franka hatte Jan noch am Abend hoch und heilig versprechen müssen, es unbedingt für sich zu behalten, dass es eine Tote in Maria Himmelfahrt gab. Sollten die Leute ruhig glauben, dass er extra zur Aufklärung der Brandserie da war. Vielleicht sorgte das wieder für mehr Ruhe im Dorf. Franka konnte das nur recht sein.

Als sie am nächsten Morgen das Haus verließ, traf sie in der Hofeinfahrt auf Leo.

„Mensch, dich hab ich ja ewig nicht gesehen, wo treibst du dich rum?“

„Morgen Herzlein“, flötetet ihr der Nachbar zu. Erst jetzt bemerkte Franka, dass Leo irgendwie anders aussah. Er wirkte glücklicher als sonst.

„Was ist los? Hast du im Lotto gewonnen?“

Leo sah seine Nachbarin verzückt an und lächelte süffisant: „Könnte man so sagen.“

„Jetzt rück endlich raus mit der Sprache.“ Dass man den Männern im Hunsrück aber auch jedes Wort aus der Nase ziehen musste, nervte Franka. Geduld war nicht gerade ihre Stärke. Sie ging auf Leo zu, drückte ihn kurz zur Begrüßung und schaute ihn weiter herausfordernd an.

„Ich bin verliebt“, flötetet ihr Gegenüber endlich.

„Was, das ist ja toll“, entfuhr es Franka. Sie freute sich für ihren Freund. Und darüber, dass es ihm gerade genauso ging wie ihr. Natürlich brannte Franka vor Neugier:

„Erzähl mir alles. Sofort.“

„Na, jetzt musst du doch zur Arbeit, wie es aussieht. Wie wär's heute Abend mal wieder mit einem Glas in der Dorfwirtschaft? Resi hat uns vermutlich schon vermisst.“

„Klar gern. Ich freu mich schon und bin total gespannt. Soll ich schon mal eine Meldung für's Blatt verfassen?“

„Untersteh dich.“ Leos Lächeln sprach Bände. Er drehte sich um und schwebte förmlich zur Tür des Nachbarhauses, in dem er bislang allein mit seiner Mutter wohnte. Vielleicht würde sich das bald ändern. Franka war wirklich neugierig, aber bis zum Abend musste sie sich wohl oder übel noch gedulden. Bis dahin sollte ihre ungeteilte Aufmerksamkeit der Brandserie gelten.

Auf dem Weg nach Simmern ließ sie die Szene vom Feldbrand noch einmal Revue passieren. Irgendwas stimmte da nicht. Hatte sie nicht einen Schatten am anderen Ende des Feldes wahrgenommen? Ob auf den Fotos, die sie am Tatort gemacht hatte, etwas zu erkennen war? Sie würde sie nachher im Büro noch einmal intensiv betrachten. Es wäre nicht das erste Mal, dass ein Brandstifter sich länger am Tatort aufhält, beziehungsweise später noch einmal dorthin zurückkehrt. Vielleicht hatte sie ja Glück, und auf den Bildern war tatsächlich etwas zu sehen.

*

In Anbetracht der vielen Arbeit fiel es Franka nicht sonderlich schwer, zu vergessen, was Jan ihr ganz vertraulich mitgeteilt hatte. Auf ihrem Arbeitsplatz verteilten sich jede

Menge Fotos. Alle zeigten in etwa das gleiche Motiv. Mit bloßem Auge konnte man erkennen, dass es sich um einen Brandort handelte. Ein Getreidefeld stand in der Dämmerung lichterloh in Flammen. Im Hintergrund konnte man die angrenzenden Äcker erkennen. Franka hatte die Wehrleute fotografiert, die dem Feuer mit Wasserschläuchen zu Leibe rückten. Die Vergrößerungen nahm Franka jetzt im wahrsten Sinne des Wortes genauer unter die Lupe. Mit der Sehhilfe schien manches deutlicher und tatsächlich hatte sie sich nicht getäuscht. Man konnte es zwar nicht hundertprozentig scharf sehen, aber dass eine menschliche Gestalt am anderen Ende des Felds stand und die Szenerie beobachtete, war doch deutlich zu erkennen. Das musste natürlich erst einmal gar nichts heißen. Schließlich standen auch auf der Seite des Feldes, von der aus Franka fotografiert hatte, jede Menge Schaulustige. Möglicherweise war einer der Dorfbewohner einfach nur von der anderen Seite gekommen, um zu sehen, was los war. Machte das Sinn? Franka überlegte kurz. Eigentlich nicht, es sein denn, derjenige wäre schnurstracks aus dem Wald übers Feld marschiert. Aber auch das wäre unter Umständen denkbar.

Einen Beweis konnte sie für ihre wilde Theorie – wie Kollege Tom die Angelegenheit nannte – nicht liefern. Noch nicht. Aber Franka war klar, dass sie nicht aufgeben würde, bis sie wusste, wer der Zuschauer war, der offensichtlich nicht gesehen werden wollte. Eine weitere Vergrößerung konnte sie im Labor der Zentrale machen lassen. Die Kollegen waren dafür ausgerüstet. Sie würde Andy Jakobs, den sie auf der Sommerparty in Koblenz kennengelernt hatte, kontaktieren und ihn bitten, ihr in der Sache weiterzuhelfen. Vermutlich standen auch der Polizei die nötigen Möglichkeiten offen, aber Jan wollte sie vorerst von ihrem Verdacht nichts erzählen. Auch in diesem Fall war es besser, keine schlafenden Hunde zu wecken. Außerdem hatte ihr Freund einen Mord aufzuklären, was eindeutig Vorrang hatte.

Der Brand war ärgerlich für Bauer Schmitz, aber wenn man ganz realistisch darüber nachdachte, ging es nur um Getreide. Vermutlich war der Bauer auch noch gut versichert. Der Schaden war für Schmitz finanziell wohl überschaubar. Viel schlimmer war die Angst vor neuen Anschlägen. Und die galt es zu verhindern. Franka spürte deutlich, wie ihr detektivischer Instinkt schon wieder Witterung aufnahm. Sie konnte nichts dagegen tun. Selbst wenn sie wollte.

Normalerweise war Leo ihre Anlaufstelle Nummer eins, wenn es um unlösbare Probleme ging. Aber momentan schien der auf rosa Wolken und im siebten Himmel zu schweben.

Als Franka gleich nach Redaktionsschluss im Gasthaus einkehrte, saß ihr Freund und Nachbar bereits an der Theke und starrte verträumt Löcher in die Luft. Auch Resi, die Wirtin, schien es schon bemerkt zu haben. Sie zwinkerte Franka zu und deutete mit dem Kinn auf Leo, während ihr breites Grinsen verriet, dass sie schon Bescheid wusste. Franka setzte sich auf den Barhocker neben Leo und bestellte zum Tagesgericht ein Glas Moselriesling. Wie üblich hatte Franka seit dem Frühstück kaum etwas gegessen und war hungrig wie ein Bär. Das würde sich vermutlich nie ändern. Ihre Essgewohnheiten waren wirklich eine Katastrophe. In dieser Hinsicht musste sie Jan recht geben. Von gesunder und ausgewogener Ernährung war sie Lichtjahre entfernt.

Zu gern hätte Franka Leo von der toten Nonne erzählt. Aber sie kannte ihren Nachbarn inzwischen gut genug, um zu wissen, dass er ein solches Geheimnis auf keinen Fall für sich behalten konnte. Franka verkniff sich deshalb eine Bemerkung. Zudem kam Resi gerade mit ihrem Essen aus der

Küche. Das Schnitzel war wie üblich größer als der Teller. Dazu gab es hausgemachte Pommes und eine Extraportion Rahmsoße mit Champignons, wie Franka sie liebte. Leo warf einen verächtlichen Blick auf Frankas Teller.

„Was?“, fragte sie mit vollem Mund. Ihr schmeckte es. Dass der Teller optisch nicht den Ansprüchen der Haute Cuisine entsprach, war Franka vollkommen schnuppe.

Aber eigentlich war das Essen für Franka nur Nebensache. Sie war schließlich hier, um etwas über Leos neue Liebe zu erfahren. Ein leichter Stups in die Seite, sollte Leo dazu bewegen, endlich loszulegen. Leo kapierte den Wink und sofort begannen seine Augen zu leuchten.

„Er heißt Pierre. Pierre Lagare. Findest du nicht auch, dass allein der Name eine Sünde wert ist?“

Franka zuckte mit den Schultern. Sie wusste nicht, was sie dazu sagen sollte? Glücklicherweise fuhr Leo fort, auch ohne eine Antwort abzuwarten.

„Na ja. Eigentlich ist das gar nicht sein richtiger Name. In Wirklichkeit heißt er Peter Laux und kommt aus der Eifel. Sein Vater war Bahnbeamter, deshalb der Nachname Lagare – von Bahnhof, verstehst du?“

Leo schaute Franka um Zustimmung heischend an. Eigentlich verstand Franka nur Bahnhof, war aber bereit, weiter zuzuhören. Dabei schnippelte sie ununterbrochen an ihrem Riesenschnitzel herum und schob eine Gabel nach der anderen in den Mund. Auf beiden Backen kauend, konnte sie Leo ohnehin nicht antworten. Er schien zu verstehen und redete weiter:

„Für einen Spitzenkoch – Peter ist in der Gastronomie tätig, musst du wissen – bringt der Name viel besser das zum Ausdruck, was er in der Küche so alles zaubern kann.“

Franka grinste, als Leo einen zweiten verächtlichen Blick auf das Essen warf und sein Gesicht zu einer Grimasse verzog.

Sie ließ sich nicht beirren und aß artig ihren Teller leer, so wie sie es als Kind gelernt hatte, damit auch am nächsten Tag die Sonne schien. Leos Geschwafel über den erfundenen Namen irritierte sie zwar ein bisschen, aber sie hatte Verständnis für ihn. Verliebte redeten ja oft wirres Zeug. Leo schien jedenfalls glücklich zu sein. Er saß neben ihr auf dem Barhocker und schien die Welt um sich herum völlig vergessen zu haben. Ob sie ihren Nachbarn doch lieber wieder auf den Boden der Tatsachen zurückholen sollte, bevor er sich vollends im siebten Himmel verlor?

„Leo, das ist ja alles schön du gut. Ich stelle mich auch gern als Testesserin zur Verfügung. Falls dein Pierre zeigen will, was er drauf hat. Aber jetzt mal ohne das Gesülze: Wie habt ihr euch kennengelernt und was ist dein Pierre für ein Typ? Meint er es ehrlich mit dir?"

Franka interessierte das wirklich. Es war ihr nämlich nicht egal, an wen Leo sein Herz verlor. Er war viel zu gutmütig für die Welt und es würde Franka nicht wundern, wenn er auf den erstbesten Gauner, der ihm schöne Augen machte, hereinfiel.

Aber Leo war sich mit Pierre ganz, ganz sicher. Die beiden hatten sich auf dem Maimarkt in Simmern kennengelernt.

„Es war Liebe auf den ersten Blick", schwärmte Leo. „Wir kamen schnell ins Gespräch und stellten fest, dass wir viele gemeinsame Interessen haben. Pierre liebt die Natur und gutes Essen, genau wie ich. Außerdem ist er ein Landei, auch genau wie ich. Ich könnte mir nicht vorstellen, in einer Großstadt zu leben, und Pierre auch nicht. Wir haben auch schon gemeinsame Zukunftspläne."

„Na, das ging ja schnell.“ Franka war sichtlich überrascht. Sie blieb aber nach wie vor skeptisch. Leo wollte doch wohl nicht Hals über Kopf heiraten. Jetzt, wo auch gleichgeschlechtlichen Paaren der Weg in den Hafen der Ehe offen stand. Franka befürwortete die Entscheidung des Staates. Trotzdem sollte Leo nichts überstürzen. Frankas Herz schlug einen Tick schneller als sonst, sie machte sich wirklich Sorgen, dass ihr Nachbar sich da verrannte. Glücklicherweise klärte Leo die Lage schnell auf.

„Pierre träumt schon lange davon, ein eigenes Restaurant zu eröffnen.“

Franka fiel ein Stein vom Herzen. Das war es also. Uff, sie war erleichtert, brachte allerdings nur ein „Ach ja?“ hervor.

„Und du wirst es nicht glauben, wir haben auch schon eine super Location in Aussicht.“ Leo war ganz euphorisch und redete immer schneller. Und je schneller er sprach, desto lauter wurde seine Stimme.

Als er bemerkte, dass Resi hinter dem Tresen die Ohren spitzte, um mitzuhören, was die beiden zu bequatschen hatten, drosselte er seine Lautstärke und fuhr im Flüsterton fort. Soweit Franka verstand, sollte Pierre kochen und Leo ihn im Service unterstützen. Klang gar nicht so übel. Franka konnte sich ganz gut vorstellen, dass Leo der richtige Mann war, um die Gäste zu betüddeln. Keine schlechte Idee. Warum sollten die beiden es nicht einfach versuchen? Wie lautete noch das alte Sprichwort, das ihre Oma immer zitierte? Wer nicht wagt, der nicht gewinnt. Franka wünschte den beiden auf jeden Fall viel Glück.

Auf dem Heimweg war sie selbst wie beflügelt. Leos Glückseligkeit war voll auf sie übergegangen. Sie schloss die Haustür auf und war mit einem Schlag zurück auf dem Boden der Tatsachen. Im Flur duftete es nach … ja, wonach eigentlich? Speck und Zwiebeln vielleicht. Es roch lecker, aber nachdem Franka in der Dorfwirtschaft viel zu viel gegessen hatte, verursachte ihr der Geruch eher Übelkeit.

Dazu kam ein schlechtes Gewissen. Hatte Jan etwa für sie gekocht? Sie hatte komplett vergessen, dass er in den nächsten Wochen bei ihr wohnte. Franka folgte dem Küchenduft, fand auf dem Herd einen gusseisernen Bräter mit Debbekooche[1]. Zur Hälfte leer gegessen. Von Jan war nichts zu sehen, dafür aber etwas zu hören. Franka schlich vorsichtig ins Wohnzimmer. Der Fernseher lief, Jan lag zusammengerollt auf der viel zu kleinen Couch. Im Arm hielt er Rubens, den fetten Kater, der schon vor Franka in dem Haus wohnte und den sie sozusagen gezwungenermaßen mitgemietet hatte. Franka fiel es noch immer schwer, sich an den Gedanken zu gewöhnen, dass sie für ein Haustier verantwortlich war. Aber Jan hatte Rubens vom ersten Moment an fest in sein Herz geschlossen. Die beiden liebten sich heiß und innig. Vermutlich hatten sie sich das Abendessen geteilt und waren dann einfach eingepennt. Franka nahm die Fernbedienung zur Hand und schaltete den Fernseher aus.

Obwohl es im Wohnzimmer richtig warm war, deckte sie Jan mit einem leichten Leintuch zu und ging selbst nach oben ins Schlafzimmer. Sie machte sich Vorwürfe, dass sie Jan nicht Bescheid gesagt hatte. Aber sie war es eben nicht gewohnt, dass jemand auf sie wartete, geschweige denn sie bekochte. Um ihr Gewissen zu erleichtern, überlegte sie sich Szenarien, wie sie Jan besänftigen konnte, falls er wirklich ernsthaft sauer auf sie war. Darüber schlief sie ein.

---

[1] Bei Debbekooche handelt es sich um einen Kartoffelauflauf aus geraspelten, rohen Kartoffeln, Ei, ein in Milch eingeweichtes Brötchen und ggf. Zwiebeln und Speck oder Mettwurst.

## Acht
## Sommer 1956

Als Rosa am Morgen aufwachte schien die Welt sich verändert zu haben. Mutter hatte bereits Kaffeewasser aufgesetzt und den Frühstückstisch gedeckt. Als sie bemerkte, dass Rosa wach war, schenkte sie ihr ein kurzes Lächeln und sagte: „Guten Morgen."

Rosa wurde fast ohnmächtig vor Glück. Ihre Mutter hatte bemerkt, dass sie, Rosa, ihre Tochter, da war. Sie hatte „guten Morgen" zu ihr gesagt und ihr zugelächelt. Vor lauter Freude konnte Rosa sich nicht bewegen.

„Nun beeil dich", rügte die Mutter nach einigen Minuten. „Sonst kommst du noch zu spät zur Schule."

Wie vom Blitz getroffen sprang Rosa von ihrem Schlafplatz auf, wusch sich Gesicht und Hände im Spülstein und setzte sich zusammen mit der Mutter an den gedeckten Kaffeetisch. Rosa lächelte. In ihr stieg ein Glücksgefühl auf, das sich anfühlte, als wären Ostern und Weihnachten auf einen Tag gefallen. Fast vergaß sie, ihr Brot zu essen. Sie saß nur da und freute sich. Sie hätte noch eine Ewigkeit so dasitzen können. Aber irgendwann scheuchte die Mutter sie auf und schickte sie zum Unterricht.

Die Zeit verging wie im Flug. Rosa konnte sich diesmal gar nicht so richtig darauf konzentrieren, was Herr Hauptlehrer Erben erzählte. Dabei klangen die wenigen Satzfetzen, die ihr Gehirn erreichten, eigentlich sehr interessant. Von einem goldenen Wagen war die Rede, der irgendwann zur Römerzeit ganz in der Nähe verunglückt sein musste. Die Römerzeit, das war doch schon ewig her. Fast zweitausend Jahre. Woher wollte Herr Erben denn wissen, was damals passiert war, fragte Rosa sich. Damals war er doch noch gar nicht auf der Welt. Aber egal. Herr Erben redete unermüdlich weiter, auch als Rosa sich längst wieder ihren Tagträumen hingegeben hatte. Gelegentlich schnappte sie einzelne Wörter wie Gold und Münzschätze auf, die sie weiter zum Träumen verführten. Wenn Rosa jetzt noch ganz genau wüsste, wo dieser Wagen verborgen war, könnte sie sich auf die Suche nach dem Schatz machen. Dann wären alle ihre Sorgen auf einen Schlag wie weggeblasen. Rosa bemühte sich, den Ausführungen des Lehrers wieder zu folgen. Aber die Stunde war zu Ende.

„Als Hausaufgabe schreibt ihr auf, was ich euch über die Römer erzählt habe“, sagte Herr Erben, bevor er die Schüler nach Hause entließ.

Oje, dachte Rosa. „Helga, hast du aufgepasst?“, fragte sie schnell ihre Sitznachbarin.

Helga nickte. „Ich erzähle es dir auf dem Nachhauseweg“, flüsterte sie zurück.

*

Die Sommerferien standen vor der Tür. Für Rosa hieß das vor allem eins: Feldarbeit.

Seit Wochen war es unerträglich heiß. Die Sonne brannte erbarmungslos vom Himmel. Seit dem heftigen Gewitter, bei dem der Blitz ihr Feld vernichtet hatte, war kein Tropfen Regen mehr gefallen. Das Getreide auf den Feldern war längst notgereift, weil es zu viel Sonne und zu wenig Regen abbekommen hatte. Die Bauern mussten reagieren und so schnell wie möglich ihre Scheunen füllen, damit die Trockenheit nicht noch mehr Schaden anrichten konnte. Da ihr eigenes Stück abgebrannt war, hatte die Mutter sich als Arbeitskraft bei der Stein-Bäuerin angedient. Für die schwere Arbeit auf dem Feld war jetzt jede Arbeitskraft willkommen.

An eigene Abenteuer, wie die Suche nach dem goldenen Wagen, der seit der Römerzeit als verschollen galt, war vorerst nicht zu denken. Rosa spielte mit dem Gedanken, Helga in ihren Plan einzuweihen. Wenn sie den Schatz finden würden, könnten sie das Geld teilen. Ach das wäre schön. Ein tiefer Seufzer entfuhr Rosa, sodass sie selbst darüber erschrak. Sie schaute sich ängstlich um, aber niemand schien auf sie zu achten. Die Arbeiter waren alle zu sehr beschäftigt. Auch Rosa wandte sich schnell der Arbeit zu. Sie wollte ihre Sache gut machen. Schließlich brauchten sie das Getreide, damit sie im Herbst und Winter genügend Mehl zum Brotbacken hatten. Die Erntehelfer bekamen kein Geld, sondern wurden in Naturalien bezahlt.

Bauer Stein und seine Knechte mähten das Feld. Das Gerücht ging um, dass der Bauer sich einen Traktor mit Mähmaschine zulegen wollte, wenn die Ernte in diesem Jahr genug Geld dafür abwarf. Aber solange wurde von Hand gemäht. Die Frauen waren fürs Binden zuständig. Auch Rosa. Hitze, Müdigkeit und Durst standen allen ins Gesicht geschrieben. Der Tag begann in aller Herrgottsfrühe und endete immer erst bei Einbruch der Dunkelheit. Mittags brachte die Bäuerin belegte Brote und Kuchen, Kaffee und Wasser, damit die Helfer sich stärken konnten. Die Kinder der Bauernfamilie kamen auch mit aufs Feld. Aber ans Arbeiten dachten sie eher nicht. Sie versteckten sich im Stroh, bauten Hütten und Häuschen oder sonnten sich am Feldrand. Rosa kannte Hans und Maria. Die Zwillinge waren ein Jahr älter als sie und kämen nächstes Jahr schon aus der Schule. Wie gern hätte Rosa mit den beiden gespielt.

Gelegentlich warf sie den beiden einen scheuen Blick zu, wenn Maria im Spiel laut auflachte, während Rosa sich mit den harten Halmen herumquälte. Aber Rosa jammerte nicht ein einziges Mal. Sie ließ es sich nicht anmerken, dass ihre Arme und Beine schmerzten, ihr furchtbar heiß war und sie vor Durst fast umkam. Rosa bemühte sich, alles richtig zu machen. Sie schaute ganz genau zu, wie Mutter und die anderen Helfer arbeiteten und tat es ihnen gleich.

Trotzdem war sie froh, als es dunkel wurde und sie sich endlich auf den Weg nach Hause machten. Rosa war müde und erschöpft. Sie weigerte sich, ihre Arme und Beine zu waschen, so sehr brannte ihre Haut von dem harten Stroh, das sie den ganzen Tag lang gepiesackt hatte. Ohne einen Bissen zu essen, ließ sie sich auf das Küchensofa plumpsen und schlief sofort ein. Rosa freute sich, dass sie der Mutter helfen konnte. Sie würden das schon schaffen. Die Mutter sah das sicher ganz genau so, denn schon eine ganze Zeit lang sprach die Mutter gut gelaunt mit Rosa über alles Mögliche. Die Trübsal, von der die Mutter nach dem Feldbrand gefangen war, schien wie weggeblasen. An den Abend, als Rosa das Gespräch zwischen Greta und der Mutter belauschte, dachte das Mädchen kein einziges Mal mehr.

## Neun
## Sommer 2018

Wie ein Besessener rannte Jan durch den dicht bewachsenen Wald. Die Bäume schienen mit jedem Schritt näher zusammenzurücken. Kleine Äste schlugen ihm ins Gesicht und brannten auf seinen Wangen wie Feuer. Jan versuchte, sich gegen den Schmerz zu wehren und hielt schützend seine

Hände vor die Augen. Plötzlich ertönte von irgendwoher ein lauter Schrei.

Jan schreckte auf. Er schaute sich um und realisierte langsam, dass er sich in Frankas Wohnzimmer befand. Rubens lag auf seiner Brust und schlug ihm immer wieder mit der Pfote ins Gesicht. Ein klares Zeichen. Der Kater musste mal. Jan stand auf und streckte sich. Erst jetzt spürte er, dass ihm alle Knochen wehtaten. Das Sofa war viel zu klein für seine Körpergröße. Wie hatte er nur die ganze Nacht darauf schlafen können? Er legte eine Hand ins Kreuz und öffnete in gebeugter Haltung die Terrassentür, ließ Rubens in den Garten und ging selbst zurück ins Haus. Von Franka war weit und breit nichts zu sehen.

Ein Blick auf seine Armbanduhr verriet Jan, dass es kurz nach acht war. Frankas Fototasche stand noch im Flur. Der Hausschlüssel steckte von innen im Schlüsselloch. Franka war also zu Hause. Das beruhigte Jan. Vermutlich hatte sie ihn nicht wecken wollen und war nach oben gegangen. Er schlich die Treppe hoch und öffnete lautlos die Tür zu Frankas Schlafzimmer, wo seine Freundin noch im Bett lag und tief und fest schlief. Im Zimmer roch es nach Alkohol und kaltem Rauch. Demnach war sie also am Vorabend in der Dorfkneipe gelandet. Vermutlich mit Leo. Sein Ärger vom Vorabend war längst verflogen. Schließlich hatte Franka nicht wissen können, dass er für sie gekocht hatte.

Auf der Gästetoilette neben der Haustür machte Jan eine Katzenwäsche, griff sich Jacke und Portemonnaie und ging nach draußen. Schwülwarme Luft empfing ihn schon am frühen Morgen. Es versprach wieder, ein heißer Tag zu werden. Auf dem Weg zum Dorfbäcker traf er auf Hansen.

Das süffisante Grinsen des jungen Kollegen war schon von Weitem zu erkennen. „Gemorje Chef, auch schon ausgeschlafen?“, fragte er.

Für Jans Geschmack legte er für die Uhrzeit viel zu gute Laune an den Tag. Berger grüßte zurück und nickte dem jungen Kollegen nur kurz zu, bevor er seinen Weg fortsetzte. Um vor dem ersten Kaffee schon neugierige Fragen zu seiner Liebesbeziehung zu beantworten, hatte er einfach zu schlecht geschlafen.

Im Dorf herrschte am Samstagmorgen schon reger Betrieb. Die Einheimischen waren längst auf den Beinen. Warum die Leute am Wochenende so früh aufstanden, blieb Berger ein Rätsel. Touristen waren um diese Uhrzeit noch keine unterwegs. Das würde sich aber spätestens gegen Mittag schlagartig ändern. Samstags war in der Regel mit jeder Menge Besuchern an der Hängeseilbrücke zu rechnen. Glücklicherweise hatte die Brücke mit einem ähnlichen Bauwerk im Harz inzwischen Konkurrenz bekommen. Damit hatte die Attraktion im Hunsrück ihren Superlativ als längste Hängeseilbrücke Deutschlands verloren, und im Dorf war wieder mehr Ruhe eingekehrt. Die Touristenströme hielten sich nach dem anfänglichen Hype jetzt in moderaten Grenzen, was dem Dorf – wie man hörte – guttat. Manch alteingesessenem Bürger waren allerdings auch die wenigen Touristen noch ein Dorn im Auge. Querulanten gab es eben überall. Davon sollte man sich nicht beeinflussen lassen.

Als Jan gerade die Hauptstraße überquerte, kam ihm ein Mann auf einem Fahrrad entgegen. Der Radler fuhr schnurstracks auf ihn zu. Jan hatte den Eindruck, dass der Bursche ihn nicht sah. Erst im letzten Moment schnellte Jan zurück und konnte gerade noch einen Zusammenstoß verhindern.

„Na na, nicht so stürmisch", entfuhr es dem Kommissar. Aber der Radfahrer schien ihn noch immer nicht bemerkt zu haben. Oder er tat nur so. Jan war sich nicht sicher, ob er ihn überhaupt wahrgenommen hatte. Verdutzt schaute er dem Radler nach, der in Richtung Kirche weiterfuhr. Als er sich wieder umdrehte, stand plötzlich Bürgermeister Friedhoff neben ihm.

„Das war nur Karljosef", sagt er beschwichtigend zu Berger und tätschelte ihm dabei beruhigend die Schulter. „Ist ein guter Kerl, der keiner Fliege was zuleide tut, glauben Sie mir, Herr Kommissar."

„Na ja, außer dass er mich gerade fast über den Haufen gefahren hätte", warf Berger ein.

„Er kann nichts dafür", entschuldigte der Bürgermeister sich noch mal. „Karljosef ist ein bisschen … na sagen wir zurückgeblieben. Verstehen Sie? Aber wo ich Sie gerade hier sehe, Herr Kommissar. Sind Sie wegen der Brandanschläge hier?"

„Nicht direkt." Berger räusperte sich.

„Na. Gut wäre es aber schon. Hier ist nämlich mächtig Unruhe im Dorf, seit es an jeder Ecke brennt. Und ich weiß nicht, ob unser Hansen die Sache so wirklich im Griff hat."

„Unterschätzen Sie den jungen Kollegen nicht, Herr Friedhoff. Hansen wird der Sache auf den Grund gehen. Ehrgeizig genug ist er ja."

„Aber Sie sind schon zu seiner Unterstützung …"

Jan unterbrach Friedhoff. „Ich bin eigentlich wegen … wegen einer anderen Sache im Einsatz. Dass ich schon am frühen Morgen im Dorf bin, hat eher private Gründe." Jan räusperte sich wieder. Lügen gehörte nicht zu seinen Stärken.

„Ach so, verstehe." Friedhoff lächelte süffisant, klopfte Jan auf die Schulter und verabschiedete sich: „Da will ich

Sie nicht länger aufhalten. Frau Fröhlich wartet sicher schon auf die Frühstücksbrötchen, was?“

Das Glöckchen über der Ladentür erklang, als Berger die Bäckerei betrat. Im Laden herrschte Hochbetrieb, die Leute standen in zwei Reihen vor der Theke an, um sich fürs Wochenende einzudecken. Niemand nahm von Berger Notiz. Als er endlich an der Reihe war, hatte der Verkaufsraum sich weitestgehend geleert.

Trudel Hoffmann begrüßte Berger überschwänglich. „Ach, Herr Kommissar. Auch mal wieder im Lande? Ich hoffe, Sie kommen, um die Sache mit dem Feuerteufel aufzuklären. Das wird uns hier nämlich langsam zu bunt. Ich tu ja nachts schon kein Auge mehr zu, und wenn einer hinterm Haus ein Würstchen grillt und es nach Feuer riecht, dann klopft mein Herz vor Aufregung schon bis zum Hals. Denken Sie nur, ich könnte die Nächste sein. Dann wär’s aber aus mit den frischen Brötchen am Samstagmorgen …“

Ohne Luft zu holen, plapperte die Bäckersfrau drauflos. Ja, genau so hatte Berger sie in Erinnerung. Er und die rundliche Mittsechzigerin hatten sich bereits kennengelernt, als es darum ging, den Mord an der Geierlay aufzuklären. Damals hatte Trudel Hoffmann ihn mit dorfinternem Tratsch versorgt. Immerhin hatte Berger sich so ein Bild über den Toten und dessen Umfeld machen können. Was sehr hilfreich war. Schon damals wurde ihm klar, dass Trudel Hoffmann alles wusste, was im Dorf passierte. Die Frau musste man sich warmhalten. Er lächelte so freundlich, wie es ihm am frühen Morgen eben möglich war.

Inzwischen waren die beiden allein im Laden. Berger war unsicher, was er bestellen sollte, und schaute sich die Auslage an. Trudel Hoffmann nutzte die Gelegenheit, den

Kommissar mit ihrem Röntgenblick zu durchleuchten. Offensichtlich mit Erfolg. Denn plötzlich schien sie eine Eingebung zu haben.

„Naa, jetzt weiß ich's. Sie sind doch bei der Mordkommission. Mit Brandfällen haben Sie gar nix zu tun. Ist wieder was passiert? Trudel Hoffmann beugte sich näher zu Berger und fuhr flüsternd fort: „Sie sind wegen dem Mord im Kloster da. Hab ich recht?"

Für einen Moment stand Berger wie versteinert da. Er hatte keine Worte mehr. Natürlich hatte Trudel Hoffmann recht. Berger fragte sich, woher diese Frau ihre Informationen hatte, es war einfach nicht zu fassen. Aber wenn er darüber nachdachte, eigentlich wunderte es ihn nicht. Allerdings musste er zugeben, dass ihm nichts ferner lag, als der Bäckersfrau eine Antwort zu geben.

Er ignorierte die Frage und lenkte das Gespräch wieder auf die Backwaren. "Eigentlich wollte ich erst mal was für's Frühstück besorgen."

Es klappte. Trudel Hoffmann war sofort wieder in ihrem Element. „Ach so, natürlich, was darf's denn sein? Also die Franka, die nimmt immer ein Schösschen. Sie wissen ja, das sind die zwei Brötchen, die wie ein Schösschen zusammengebacken sind. Trudel Hoffmann klopfte sich mit der Hand an die fleischige Flanke. „Wie ein Bobbes, gell. Ein Schösschen eben." Ihr helles Lachen erfüllte mit einem Mal den ganzen Laden.

Berger schmunzelte. Der Gedanke an zwei Arschbacken belustigte ihn. „Dann bitte zwei Schösschen", bestellte er und fing an, von einem Bein aufs andere zu wechseln, um Trudel Hoffmann zu demonstrieren, dass er es eilig hatte. Er wollte die Bäckerei möglichst schnell verlassen, bevor die Bäckersfrau ihn doch noch zum Plaudern brachte.

„Gern, sehr gern“, sagte Trudel Hoffmann, packte die Backwaren in eine Papiertüte und reichte sie dem Kommissar. Falls Berger dachte, die Bäckersfrau ließ es damit auf sich bewenden, hatte er sich getäuscht.

„Ich weiß ja nicht, um was es geht, aber wenn ich Ihnen weiterhelfen kann mit Informationen, gern, Herr Berger. Gell, das wissen Sie? Man kriegt ja als Bäckersfrau so einiges mit hier. Ich sag Ihnen alles, was ich weiß, ganz ehrlich, können Sie mir glauben. Aber natürlich nur Ihnen. Ansonsten ...“ Die Bäckersfrau legte den Zeigefinger an ihre Lippen. „Ich kann ich schweigen wie ein Grab.“

Berger nickte. An der Verschwiegenheit der Bäckersfrau hegte er allerdings so seine Zweifel. Er zahlte seinen Einkauf und verließ den Laden. Auf der Straße atmete er erst mal tief durch. Das Leben auf dem Land konnte doch ganz schön anstrengend sein.

## Am gleichen Tag

In hohem Bogen flogen die Holzspäne in die Luft, machten eine schwungvolle Drehung, bevor sie sanft auf dem Boden landeten. Das Schnitzen beruhigte ihn. Nicht nur, dass er es liebte, Figuren herzustellen. Karljosef schaute auch gern dem Tanz der zarten Holzstückchen zu, den diese in der Luft vollführten. Die Tour mit dem Fahrrad durchs Dorf hatte ihn angestrengt und innerlich aufgewühlt. An fremde Menschen konnte er sich nur sehr schwer gewöhnen. Die sollten abhauen oder gleich da bleiben, wo sie herkamen. Warum wollten plötzlich alle in seinem Dorf zu Hause sein? Karljosef gefiel das ganz und gar nicht. Früher war alles viel schöner, flüsterte er monoton vor sich hin, während er weiter schnitzte. Sein Messer war scharf und die Arbeit ging ihm leicht von der Hand. Der Vater wusste nicht, dass Karljosef ihm das echte Schweizermesser stibitzt hatte. Wenn er es bemerkte, gab es Ärger. Da war Karljosef sich ziemlich sicher. Um nicht entdeckt zu werden, hatte er sich in den Schuppen am Waldrand zurückgezogen.

Hier kam nie jemand vorbei. Früher hatte Bauer Rössel ihn als Unterstand für seine Maschinen genutzt. Aber jetzt gab es nur noch den alten Hanomag und einen Stapel Brennholz, das niemand zu brauchen schien. Das Holz war extrem trocken, es lagerte schon sehr lange im Schuppen. Karljosef strich mit der Hand über ein Holzscheit: „Das brennt wie Zunder“, flüsterte er. Sein Blick wanderte durch den Raum und blieb an der alten Landmaschine hängen. Höchstens zwölf PS. Total wertlos, dachte Karljosef und lehnte sich entspannt gegen die hölzerne Bretterwand. Wenn er ganz ruhig war, konnte er das leise Rauschen der Windräder hören. Karljosef liebte die Stille. Er war gern allein. Im Schuppen fühle er sich sicher, geschützt vor der Umwelt, die ihm zunehmend mehr Angst machte.

Er setzte das verbotene Messer erneut ans Holz und brach ein großes Stück heraus. Er war geschickt und konnte gut mit dem Werkzeug umgehen. Sein Vater verbot ihm den Umgang mit Werkzeugen nur deshalb, weil er ihm nicht zutraute, dass er damit arbeiten konnte, ohne sich zu verletzen. Konnte er aber. Er war vielleicht nicht so schlau wie die anderen Jungen in seinem Alter. Aber so tollpatschig wie Ilse aus dem Mühlenweg war er noch lange nicht. Die Holzfigur war fast fertig. Ein paar kleine Korrekturen noch, dann war er zufrieden. Karljosef drehte sein Kunstwerk in den Händen. Es gefiel ihm, was er da geschaffen hatte. Er stellte die Figur zu den anderen und stand auf, um sich ein neues Stück Holz auszusuchen, das er bearbeiten wollte.

Den ganzen Tag hatte er dagesessen und geschnitzt. Die Zeit war wie im Flug vergangen. Aber jetzt wollte er nach Hause. Draußen war es längst dunkel geworden. Außerdem taten ihm die Finger weh. An der Schuppentür drehte Karljosef sich noch einmal um und betrachtete voller Stolz seine kleinen hölzernen Kunstwerke. Eine richtige Familie hatte er da geschaffen. Vater und Mutter, viele Kinder dazu Großeltern und Onkel und Tanten. Und alle hatten sich gern. Karljosef war glücklich und zu Recht ein bisschen stolz.

Es stimmte nämlich gar nicht, dass er zu nichts taugte. Tante Annemie war blöd. Er durfte nicht lauschen, aber er hatte genau gehört, wie sie es zu seinem Vater gesagt hatte: „Der Schwachkopf muss ins Heim.“ Aber Vater wollte davon nichts wissen. Und Karljosef auch nicht. Er wollte nicht ins Heim. Wozu auch? Er hatte ja ein Zuhause.

Er zog die Schuppentür hinter sich zu, schwang sich auf sein Fahrrad und fuhr über den holprigen Feldweg zurück ins Dorf. Der Mond leuchtete, sodass es ihm nicht schwer fiel, die Spur zu halten. Schon nach wenigen Hundert Metern konnte er die Straßenbeleuchtung des Dorfes sehen. Karljosef trat in die Pedale. Er war müde und wollte schnell in sein Bett.

## Zehn
## Sommer 2018

Franka liebte den Geruch von frisch gemahlenem Kaffee. Sie steckte ihre Nase so tief in die Vorratsdose, dass sie die feinen braunen Körnchen fast berührte. Erst dann schaufelte sie mit dem Kaffeelot sechs Portionen Pulver in die Filtertüte und schaltete die Maschine ein. Außerdem stellte sie zwei große Kaffeebecher auf die Arbeitsplatte.

Der Platz auf der Wohnzimmercouch war leer. Entweder war Jan in die Dienststelle nach Simmern gefahren, oder – und das war am diesem Samstagmorgen viel wahrscheinlicher – er war früh aufgewacht, zum Dorfbäcker gegangen und kam in wenigen Minuten mit frischen Brötchen zurück.

Letzteres war richtig. Ein kurzer Blick aus dem Küchenfenster bestätigte Frankas Vermutung. Mit einer braunen Papiertüte in der Hand, auf der das Logo von Trudel Hoffmanns Bäckerei aufgedruckt war, sah sie ihren Freund schnurstracks über den Hof auf das Haus zukommen. Der Größe der Papiertüte nach zu urteilen, hatte er allerdings nicht daran gedacht, dass er Papawochenende hatte und der Besuch von Ben anstand. Franka war sich ziemlich sicher, dass sich in der Tüte zwei Schösschen befanden, die Trudel Jan aufgeschwatzt hatte. Denn wenn Franka für ihr Frühstück in der Bäckerei einkaufte, wählte sie immer ein Schösschen. Sie fand nicht nur den Namen lustig, die Brötchen schmeckten ihr einfach besonders gut. Das Schokocroissant, das Ben so sehr mochte, sowie einen Streuscl-kuchen konnten sie auch später noch gemeinsam besorgen.

Seit Jans Scheidung besuchte Ben seinen Vater regelmäßig jedes zweite Wochenende, so wie es bei den Kindern der meisten getrennten Paaren üblich war. Franka mochte Ben und sie freute sich auf seine Besuche, obwohl sie die Situation an sich unbefriedigend fand. Kinder konnten schließlich nichts dafür, dass die Eltern sich nicht mehr verstanden. Trotzdem waren sie diejenigen, die jedes zweite Wochenende ihre Köfferchen packen und verreisen mussten. Franka hätte es richtiger gefunden, dass die Kinder zu Hause blieben, während die Eltern umzögen. Jan zeigte für diesen Vorschlag wenig Verständnis und Franka hatte in der Richtung auch nicht weiter gebohrt. Im Grunde konnte es ihr ja egal sein, auch wenn sie ihre Lösung wirklich genial fand. Sie kannte ein Ehepaar, das mit der Situation genauso verfuhr. Sie fand das wirklich beispielhaft. Vielleicht kamen in Zukunft ja noch mehr Leute auf die Idee, ihre Trennung kinderfreundlicher zu gestalten.

Die Küchentür flog auf und ein fröhlich pfeifender Jan stand vor Franka. Er schien ihr nicht mehr böse zu sein, dass sie ihn am Vorabend schlichtweg vergessen hatte.

Trotzdem hielt sie eine Entschuldigung für angebracht: „Sorry, wegen gestern“, flötete sie und gab ihrem Freund zur Begrüßung einen Kuss.

Jan lächelte: „Es wird langsam Zeit, sich daran zu gewöhnen, dass zu Hause jemand auf dich wartet. Zumindest gelegentlich.“

Er legte die Brötchen auf dem Küchentisch ab und goss beiden Kaffee ein.

Franka befürchtete, dass Jan wieder anfangen würde, von den Vorzügen einer gemeinsamen Wohnung zu schwärmen und schnitt schnell ein anderes Thema am: „Apropos allein“, begann sie, „denkst du daran, dass Ben uns heute besucht?“

Jan sah sie erschrocken an und schlug sich mit der Hand gegen die Stirn. „Mist, das habe ich total vergessen. Was machen wir denn jetzt?“

„Lass uns einen Kaffee zusammen trinken und dann überlegen, was wir gemeinsam mit Ben unternehmen können.“ Nachdem sie bereits mehrmals mit dem Jungen die Tierparks in der Nähe besucht hatten, schlug Franka zur Abwechslung einen Besuch im Schwimmbad vor. Bei der Hitze konnte man ohnehin nicht viel anderes unternehmen.

„Aber am besten fragen wir Ben gleich selbst, was er möchte.“ Franka sah Anabels Wagen in die Hofeinfahrt einbiegen.

Mit einem Satz sprang Jan vom Küchenstuhl auf und lief nach draußen, um seinen Sohn im Empfang zu nehmen. Ben hüpfte aus dem Auto noch bevor seine Mutter den Wagen richtig zum Stehen gebracht hatte und lief seinem Vater freudestrahlend entgegen. Jans Augen strahlten vor Glück. Er hob seinen Sohn in die Höhe und wirbelte ihn durch die Luft.

„Du bist ganz schön schwer geworden, lange werde ich dich auf diese Weise nicht mehr begrüßen können“, bemerkte er, als er Ben wieder auf seine Füße stellte. Ben lachte laut auf. Sichtlich erfreut darüber, dass er auf dem besten Weg war, zu einem Teenager heranzuwachsen. Ein paar Jahre würde es aber schon noch dauern, bis er die Körpergröße seines Vaters erreicht hatte.

Franka hatte sich so auf Jan und den Jungen konzentriert, dass sie gar nicht bemerkte, dass Anabel schon wieder verschwunden war. Sie war nicht einmal ausgestiegen, um mit ihnen ein paar Worte zu wechseln, so wie sie es sonst tat. Bens kleinen Koffer hatte sie einfach auf dem Kopfsteinpflaster abgestellt. Jan schaute dem Wagen seiner Exfrau verwundert hinterher, verkniff sich aber eine Bemerkung. Er hob das Gepäck auf und ging mit Ben an der Hand ins Haus.

„Hallo Franka.“

„Hallo mein Großer“, entgegnete Franka.

Bevor sie den Jungen nach seinem Befinden fragen konnte, kam er ihr zuvor, indem er Franka mit Fragen überschüttete.

„Hast du Streuselkuchen und ein Croissant für mich gekauft? Was machen wir heute? Habt ihr Lust zum Baden? Ich habe Schwimmzeug mit und Mama sagt, am Bach kann man einen Stausee bauen und dann im angestauten Wasser schwimmen …“

Franka lachte. Ben war schon immer ein aufgewecktes Kind gewesen, aber mit so viel Redefluß am frühen Morgen hatte Franka nicht gerechnet.

Sein Vater offensichtlich auch nicht. „Langsam, langsam junger Mann.“ Jan bremste den aufgedrehten Redefluß seines Sohnes. „Eins nach dem anderen. Croissant und Streuselkuchen werden zuerst besorgt. Die Idee mit dem Bach finde ich prima.“ Er richtete einen fragenden Blick auf Franka.

„Meinetwegen gern. Solange ich nicht mit ins Wasser muss, ist mir alles recht“, entgegnete sie. „Ich könnte mir ein Buch mitnehmen und ein bisschen lesen, während ihr beiden die Sache mit dem Stausee angeht. Aber vorher gehen wir noch zu Trudel und kaufen den Kuchen. Wer hart arbeitet, muss schließlich auch ordentlich essen.“ Franka holte ihre Tasche und machte sich mit dem Jungen zum Einkaufen auf den Weg ins Dorf.

*

Um die Stelle am Bach zu erreichen, an der man nach Jans Aussage am besten baden konnte, musste die Hängeseilbrücke überquert werden. Seit dem Mord hatte Franka die Brücke gemieden wie der Teufel das Weihwasser.

Ein mulmiges Gefühl beschlich sie, als sie den ersten Fuß auf der Brückenbohle aufsetzte. Die Bilder des toten Spediteurs tauchten wieder vor ihrem geistigen Auge auf. Gut, dass Ben so unbedarft war und ununterbrochen vor sich hin plapperte, sodass Franka, wenn sie auch nur im Entferntesten zuhören wollte, was der Junge redete, gar keine Zeit hatte, darüber nachzudenken, dass hier vor knapp einem Jahr eine übel zugerichtete Leiche lag.

Mit Ben an der Hand gelang es ihr, die Bilder, die sich in ihrem Kopf eingebrannt hatten, zu verdrängen.

Die Sonne brannte erbarmungslos von einem wolkenlosen Himmel. In der Mittagshitze waren trotz des Samstags nur wenige Leute unterwegs. Die drei kamen zügig voran. Jan, der den Rucksack mit Getränken, Essen und einer Picknickdecke auf dem Rücken hatte, ging einen Schritt hinter den beiden. Als sie auf der Wiese am Bach ankamen, breitete Franka die Picknickdecke aus und machte es sich mit einem Buch bequem. Im ersten Moment hatte sie gezögert, als man ihr in der Buchhandlung einen Regionalkrimi empfahl, der sich mit dem Mord an der Hängeseilbrücke beschäftigte. Aber nachdem sie die ersten Seiten gelesen hatte, waren ihre Zweifel schnell verflogen. Das Buch war spannend geschrieben und nicht blutrünstig. Franka wollte es gar nicht mehr aus der Hand legen. Der Tag am Bach kam ihr also sehr entgegen. Sie machte es sich mit dem Krimi auf der Picknickdecke gemütlich, während die Männer schon mit den Füßen im Wasser plantschten.

Franka sah zu Vater und Sohn herüber. Die beiden funktionierten wie ein gut eingespieltes Team, so als hätten sie nie etwas anderes gemacht, als gemeinsam Staudämme zu bauen. Wegen der anhaltenden Trockenheit führte der Bach nur sehr wenig Wasser. Trotzdem gelang es den beiden, die glitschigen Steine aufeinander zu stapeln und die Zwischenräume mit Ästen und Blättern zu füllen. Tatsächlich staute sich dahinter etwas Wasser. Es reichte zwar nicht zum Baden, aber um Spaß zu haben, genügte es allemal.

Direkt neben dem Bach verlief der Wanderweg des Saar-Hunsrück-Steigs, der über vierhundert Kilometer von der

Mosel bis zum Rhein führte. Bei gutem Wetter herrschte hier regelrecht Hochbetrieb. Wanderfreunde aus dem gesamten Bundesgebiet verkehrten hier. Dass heute so wenig los war, lag vermutlich an der schier unerträglichen Hitze. Franka beobachtete ein älteres Ehepaar, das nur schleppend vorwärts kam. Ihre Trägheit war vermutlich ebenfalls den hohen Temperaturen geschuldet. Sie schauten dem lustigen Treiben im Wasser zu und schenkten Franka ein erschöpftes, aber wohlwollendes Lächeln. In den Augen des Paares machten die drei sicher den Anschein einer kleinen, glücklichen Familie. Den Gedanken an eigene Kinder, schob Franka aber noch meilenweit weg. Sie wandte sich lieber wieder ihrem Buch zu.

Leider war der Krimi viel zu schnell zu Ende. Als Franka aufstand bemerkte sie, dass ihr Bein eingeschlafen war. Sie humpelte über die Wiese und stampfte dabei leicht mit den Füßen auf, um dem Kribbeln entgegenzuwirken. Der Weg, auf der anderen Seite des Baches, lag im Schatten. Franka bewegte sich darauf zu. Durch das Blattwerk der Bäume tänzelten die Sonnenstrahlen und spiegelten sich im Wasser. Franka genoss den Moment. Ihren Sinn für die Schönheit der Natur hatte sie erst entdeckt, seit sie in den Hunsrück gezogen war. Sie liebte dieses Fleckchen Erde, auch wenn das für manch einen kitschig klingen mochte.

Es blitzte und glitzerte wirklich überall. Ob die viele Sonne sie schon blind gemacht hatte? Franka bemerkte einen glänzenden Gegenstand auf dem Waldboden. War das echt oder eine Fata Morgana? Franka kniff die Augen zusammen und ging neugierig näher heran, um sich das Ding anzuschauen, das da vom Sonnenlicht beschienen reflektierte.

„Was ist los?“ Unbemerkt waren Jan und Ben hinter sie getreten und standen mit bloßen Füßen und vor Nässe triefend da. Wie die beiden es geschafft hatten, in der kleinen Pfütze so nass zu werden, war Franka ein Rätsel.

„Ich weiß nicht, ich dachte, hier hätte irgendwas geglitzert. Hab ich mir wohl nur eingebildet“, log sie schnell. Sie wollte Jans Aufmerksamkeit nicht von Ben ablenken. An den wenigen Tagen, die die beiden gemeinsam verbrachten, sollte er ruhig nur Augen für seinen Sohn haben.

Die Rechnung hatte Franka allerdings ohne den Knirps gemacht. Kaum dass sie sich umdrehte, rief er: „Guckt mal, was ich gefunden habe.“ Ben hielt einen Gegenstand in die Höhe und reichte ihn seinem Vater.

Im grellen Licht konnte Franka nicht erkennen, was es war. Als sie näher kam, nahm Jan Ben das Fundstück, ein Feuerzeug, gerade aus der Hand und betrachtete es eingehend.

„Das haben sicher Wanderer hier verloren“, erklärte er seinem Sohn und versprach, es beim Bürgermeister im Dorf abzugeben, wo der Eigentümer sich dann melden könnte. Ben hatte längst das Interesse an dem Ding verloren und hüpfte schon wieder im Wasser herum.

Anders als Franka. Sie konnte ihre Neugier nur unschwer zügeln. „Kann ich mal sehen?“

Jan zeigte ihr das golden glänzende Feuerzeug. Es sah teuer aus. Keines von denen, die man an der Supermarktkasse im Dreierpack kaufen konnte. Im Gegenteil, es wog mindestens dreimal soviel wie die Plastikdinger. Auf einer Seite waren zwei Buchstaben eingraviert.

Franka schaute Jan fragend an und deutete mit dem Zeigefinger auf die Buchstaben.

Jan sagte nichts, ließ das Feuerzeug aber unauffällig in seiner Hosentasche verschwinden. Ein Zeichen dafür, dass er vor Ben nicht darüber sprechen wollte. Man brauchte dem Jungen nicht unnötig Angst zu machen. Wegen der Brände war man sehr sensibel allem gegenüber, was auch nur im Entferntesten mit Feueranzündern zu tun hatte.

Als die Sonne langsam unterging, machten die drei sich auf den Weg zurück ins Dorf. Der Gedanke an das gefundene Feuerzeug hatte Franka den ganzen Nachmittag nicht mehr losgelassen. Aber sie hatte sich nicht getraut, das Gespräch drauf zu lenken. Erst als Ben, der ein paar Schritte vor den Erwachsenen herlief, außer Hörweite war, fragte sie:

„Meinst du wirklich, das Feuerzeug hat jemand zufällig hier im Wald verloren?"

Jan antwortete nicht. Er schüttelte nur den Kopf. Franka kannte ihn inzwischen gut genug, um zu wissen, dass er längst einen Verdacht hatte. Aber den wollte er wohl noch nicht mit ihr teilen.

## Elf
## Sommer 2018

Getrieben von einer inneren Unruhe, die Maria Teresa bislang bei sich nicht kannte, war es der Ordensschwester unmöglich, sich auf irgendetwas zu konzentrieren. Schon bei der Vesper drifteten ihre Gedanken immer wieder ab, sodass sie die Gebetstexte zwar mitsprach, aber weder mit dem Herzen noch mit dem Kopf bei der Sache war. Beim gemeinsamen Abendessen hatte sie kaum einen Bissen heruntergebracht. Ihre Gedanken kreisten ununterbrochen um die tote Scholastika.

Die beiden Frauen hatten sich sehr nahe gestanden. Seit Maria Teresa nach Maria Himmelfahrt gekommen war, war Scholastika an ihrer Seite. Sie stand ihr bei, als sie begann, an ihrer Entscheidung zu zweifeln. Die ältere Nonne hatte sie nicht beeinflusst, sie war einfach nur da gewesen, hatte zugehört oder mit Maria Teresa gemeinsam geschwiegen und gebetet. Das ewige Gelübde abzulegen, war ein Schritt, der gut überlegt werden sollte. Und Maria Teresa machte sich die Entscheidung wirklich nicht leicht. Viele Gespräche mit der Mutter Oberin, aber vor allem die langen Spaziergänge mit Scholastika waren es, die Maria Teresa letztlich die Augen öffneten. Dann wusste sie, dass der Weg den sie eingeschlagen hatte für sie der einzig richtige war. Sie wollte in der Gemeinschaft alt werden. Maria Teresa fühlte sich wohl unter ihren Mitschwestern. Und das lag nicht zuletzt an der Anwesenheit von Schwester Scholastika. Bei allen Fragen und Zweifeln war die Mitschwester für sie da. Ein ruhender Pol, ein Fels in der Brandung, an dem Maria Teresa Halt und Kraft fand. Nur ihr hatte sie es zu verdanken, dass sie sich reinen Herzens für ein Leben mit Gott entschieden hatte. Maria Teresa war ihr dafür zutiefst dankbar. Nie zuvor hatte sie einen Menschen getroffen, der so felsenfest im Leben stand, wie die ältere Mitschwester. In den letzten Tagen vor ihrem Tod war allerdings etwas anders als sonst. Maria Teresa war eine Veränderung aufgefallen, die die anderen Schwestern nicht bemerkten. Etwas schien die ältere Nonne zu bedrücken. Sie schien von einer Unruhe befallen, ähnlich der, die Maria Teresa jetzt in ihrem eigenen Innern verspürte. Ob Scholastika sich der jüngeren Nonne anvertraut hätte? Maria Teresa war sich nicht sicher. Aber tief in ihrem Herzen spürte sie, dass Scholastikas Tod keine natürliche Ursache haben konnte. Trotz ihres fortgeschrittenen Alters war die Ordensfrau körperlich total fit. Maria Teresa wollte nicht glauben, dass ihr Tod die Folge eines Herzinfarkts war. Obwohl … Gottes Wege waren oft unergründlich … Maria Teresa kam ins Zweifeln.

Sie lief weiterhin unruhig über den langen, dunklen Flur des Klosters, bis sie endlich vor der Tür des Gemeinschaftsraumes stehen blieb. Von drinnen hörte sie die Stimmen ihrer Mitschwestern. Vorsichtig drückte sie die Klinke herunter. Durch den Türspalt konnte sie sehen, dass die Schwestern beisammensaßen. Im Fernsehen lief eine Quizsendung. Maria Teresa öffnete die Tür und sah zehn Augenpaare, die erschrocken auf sie gerichtet waren. Als die Mitschwestern sie erkannten, lächelten sie ihr freundlich zu und widmeten sich dann wieder den Fragen, die der Moderator an die Kandidaten gerichtet hatte. Die Oberin sah es zwar nicht allzu gern, wenn die Schwestern sich weltliche Sendungen anschauten, aber sie duldete es durchaus. Trotzdem waren die Schwestern vorsichtig genug, um beim Eintreten der Ordensleitung den Fernseher sofort auszuschalten. Maria Teresa setzte sich, so leise es ging, auf einen der freien Plätze, und versuchte, der Sendung zu folgen. Sie wollte niemanden stören. Aber genau wie beim Abendgebet konnte sie sich auch jetzt nicht konzentrieren. Ihre Gedanken kreisten sofort wieder um die tote Scholastika und die Frage, was die Mitschwester so beunruhigt haben konnte. Maria Teresa machte sich Vorwürfe. Hätte sie die Mitschwester darauf ansprechen sollen? Vielleicht wäre Scholastika dann jetzt noch am Leben.

Maria Teresa spürte einen leichten Druck auf ihrer Schulter und zuckte zusammen. Schwester Hildegard schien ihren Gemütszustand bemerkt zu haben und hatte ihr beruhigend die Hand auf die Schulter gelegt. Als sie sah, dass Maria Teresa erschrak, zog sie ihre Hand sachte wieder zurück.

„Entschuldige", flüsterte Maria Teresa Hildegard zu. Diese nickte wortlos. Reden war im Kloster Maria Himmelfahrt keine Tugend. So gut es ging, versuchten die Frauen, auf unnötige Gespräche zu verzichten, redeten nur, wenn es sein musste. In diesem Fall waren Worte unnötig. Hildegard wusste offenbar, dass Scholastikas Tod Maria Teresa bedrückte. Sie stand leise auf und bedeutete der Mitschwester, ihr zu folgen.

Wortlos verließen die beiden Frauen den Raum und bewegten sich kaum hörbar durch den langen, dunklen Gang auf die Pforte zu. Es war zwar nicht direkt verboten, das Kloster zu verlassen, aber gern gesehen wurde es natürlich auch nicht. Maria Teresa wusste, dass Scholastika jeden Abend eine kleine Runde um das Anwesen drehte. Am Bachlauf vorbei führte der Weg sie zu einer Mutter-Gottes-Statue, die in einer in den Fels geschlagenen Höhle aufgestellt war. Maria Teresa und Hildegard bewegten sich fast lautlos über den feinen Kies, der an der Bruchsteinmauer entlang zur Grotte führte.

Ob Scholastika an ihrem letzten Abend denselben Weg gegangen war? Die Schwestern hatten so gut wie nichts über den Tod der Mitschwester erfahren. Benedikt, der Superior des Klosters, hatte lediglich über die Mutter Oberin ausrichten lassen, dass Scholastika von ihnen gegangen sei und dass man für ihre Seele beten sollte. Doch was genau passiert war, blieb für die Mitschwestern völlig im Dunkeln.

Aber wenn Scholastika eines natürlichen Todes gestorben war, warum hätte dann die Polizei im Kloster aufkreuzen sollen? So weltfremd, wie die Leute dachten, waren die Betschwestern nun auch wieder nicht. Scholastika war kerngesund, ernährte sich bewusst und trieb regelmäßig Sport. Maria Teresa hatte zwar keinen direkten Verdacht, aber zumindest einige brisante Informationen, die sie dem

Kommissar gern mitteilen wollte. Vielleicht konnte sie damit zur Aufklärung der Todesursache beitragen. Sie war wild entschlossen, zu reden. Maria Teresa würde alles tun, um herauszufinden, was in der Nacht passiert war und warum Scholastika starb. Sie würde der Polizei auf jeden Fall erzählen, dass es etwas gab, das Scholastika beunruhigt hatte. Der Kommissar sah vertrauenswürdig aus. Sobald er wieder ins Kloster kam, würde sie ihn abpassen, und die Gelegenheit nutzen, um mit ihm zu sprechen.

## Zwölf
## Sommer 2018

Schon wieder heulten die Sirenen. Der durchdringende Ton ging Franka durch Mark und Bein. Sie schreckte aus dem Schlaf hoch und stand sprichwörtlich kerzengerade im Bett. Nicht schon wieder, schoss es ihr durch den Kopf.

Jan stand bereits am Fenster und starrte in die Dunkelheit.

„Kannst du was sehen?“, fragte sie ihren Freund.

Jan schüttelte den Kopf. Wortlos drehte er sich um und schlüpfte in seine Jeans, die er über dem Sessel neben Frankas Bett ausgezogen und ordentlich gefaltet abgelegt hatte.

„Was hast du vor?“

„Ich werd mal nachsehen, was passiert ist. Leg dich wieder hin und schlaf weiter.“

„Du glaubst doch nicht im Ernst, dass ich hier seelenruhig im Bett liege, während da draußen die Welt in Flammen steht.“ Franka war empört. Auch ohne die Tatsache, dass die Neugier bei ihr als Journalistin sozusagen berufsbedingt war, wäre es ihr ohnehin im Traum nicht eingefallen, Jan allein losziehen zu lassen. In Sekundenschnelle war sie in ihren Klamotten und beeilte sich, um bloß vor Jan unten zu sein. Dabei kam sie ins Stolpern. Im letzten Moment konnte Jan sie noch auffangen.

„Langsam, langsam", sagte er gemächlich. „Ich nehm dich ja mit. Jetzt brich dir bitte nicht alle Knochen, nur weil du als Erste vor Ort sein willst."

Franka knurrte etwas, das sie selbst nicht verstand und rieb sich ihren Knöchel. Er tat höllisch weh. Sie hoffte, dass nichts verstaucht war. Aber jetzt hatte sie keine Zeit, um darüber nachzudenken.

Draußen war es auch mitten in der Nacht noch sommerlich warm. Von Abkühlung keine Spur. Als sich die Haustür hinter ihnen schloss, raste das Einsatzfahrzeug der Freiwilligen Feuerwehr gerade vorbei. Diesmal in Richtung Kirche.

„Los hinterher." Franka war nicht mehr zu halten. Sie humpelte vor Jan her zu dessen Dienstwagen. Den Beetle konnten sie nicht nehmen. Mit dem Klumpfuß war Franka nicht in der Lage zu fahren, außerdem hatte Jan ihr Auto geschickterweise zugeparkt. Beim Einsteigen sah Franka, dass Leo aus dem Nachbarhaus kam. Natürlich hatten die Sirenen auch ihn geweckt. Er kam mit schnellen Schritten auf sie zu.

„Nehmt ihr mich mit?" Während Franka mit einem „Na klar" antwortete, sagte Berger „Auf keinen Fall." Bergers Einwand schien Leo aber zu überhören, denn er setzte sich wie selbstverständlich auf den Rücksitz des Dienstwagens und schnallte sich an.

„Die sind in Richtung Kirche", erklärte er.

„Haben wir auch gesehen" antwortete Jan kurz angebunden. Er musste wohl oder übel akzeptieren, dass Leo mitfuhr. Für Diskussionen blieb keine Zeit. Jan startete den Wagen und fuhr mit quietschenden Reifen aus der Einfahrt. Die Szene war filmreif. Franka hielt sich mit beiden Händen am Armaturenbrett fest. Es gefiel ihr zwar nicht, dass Jan so raste, andererseits wollten sie natürlich möglichst schnell zum Tatort gelangen. Also hielt sie den Mund und krallte sich weiter fest.

Als sie die Kirche passierten, konnte man schon deutlich einen rötlich-orange verfärbten Himmel sehen. Franka seufzte. Es lag nahe, dass es schon wieder irgendwo brannte. Sie drehte sich kurz zu Leo um.

„Weißt du was Genaues?"

In der Regel war Leo immer einer der Ersten, der wusste, was im Dorf gerade passierte. Dass er auch bei der Dorffeuerwehr einen Informanten hatte, hielt Franka für mehr als wahrscheinlich. Ihre Frage war also durchaus berechtigt.

„Der Schuppen vom alten Rössel." Leo gab sich kurz angebunden. Entweder hatte er auch mit dem rasanten Fahrstil von Jan zu kämpfen, oder es war ihm ein bisschen peinlich, dass er als Tratschtante verschrien war. Diese Tatsache kam Franka allerdings eher zupass. Als Journalistin war sie dank Leo nämlich auch immer auf dem neuesten Stand. Er gehörte neben Trudel Hoffmann eben zu den Leuten, die über alles bestens informiert waren.

Jan stellte den Dienstwagen in sicherer Entfernung ab. Die drei stiegen aus und näherten sich der Brandstelle. Sofort kam einer der Feuerwehrleute wild gestikulierend auf sie zugerannt. Als er sie erkannte, ließ er die Arme sinken.

„Können wir helfen?", fragte Berger. Der Feuerwehrmann nickte und drückte Jan das rot-weiße Absperrband in die Hand.

„Viel Abstand halten", befahl er gleichzeitig. „Im Schuppen sind vermutlich noch Maschinen. Wenn die betankt sind, kann es zu einer …" Er hatte den Satz noch nicht zu

Ende gesprochen, als ein ohrenbetäubender Knall zu hören war. Die Tür des Schuppens flog in hohem Bogen durch die Luft. Gleichzeitig schoss eine dicke Rauchsäule in strudelförmiger Bewegung in den Himmel.

„Scheiße", entfuhr es Leo, Franka und Jan gleichzeitig. Die drei retteten sich mit einem Sprung in die Hecken aus der Gefahrenzone. Aus sicherer Entfernung sahen sie, wie der Schuppen in Flammen aufging. „Hoffentlich war keiner mehr drin." In Frankas Bemerkung schwang Angst mit.

Jan drückte Leo das andere Ende des Absperrbands in die Hand. Die beiden sollten sich beeilen, um Neugierige von dem brennenden Schuppen fernzuhalten. Die ersten Gaffer tauchten auf. Unter ihnen auch der Bürgermeister, der versuchte, die aufgeregte Meute im Zaum zu halten. Friedhoff schien am Ende seiner Kräfte. Er hatte Tränen in den Augen.

„Nein, nein, nein", wiederholte er gebetsmühlenartig immer wieder und hielt sich die Hände vors Gesicht. „Das darf doch nicht wahr sein." Friedhoff schüttelte vor Verzweiflung den Kopf. So, als könne er die Sache damit ungeschehen machen. Er warf einen flehentlichen Blick zu Franka und dem Kommissar. „Die Leute rennen mir jetzt schon die Bude ein. Was soll ich denen bloß sagen?"

Der Bürgermeister klang genauso verzweifelt, wie er aussah. Franka schaute Jan hilfesuchend an. Doch wie immer hatte ihr Freund sich und die Situation unter Kontrolle.

„Ruhe bewahren, Herr Friedhoff", erklärte er mit sonorer Stimme, die tatsächlich eine beruhigende Wirkung auf sein Gegenüber auszustrahlen schien. „Es bringt nichts, wenn jetzt alle durchdrehen. Sagen Sie das den Leuten."

Friedhoff nickte, drehte sich um und ging auf die Gruppe zu, um sie, so gut es ging, zu beruhigen. Doch so einfach, wie Jan es sich vorstellte, schien es nicht zu sein. Die

Leute waren aufgebracht. Aus der immer größer werdenden Menschenmenge drangen Wortfetzen zu Franka herüber: „… die tun doch nix, sollen wir jetzt alle in Flammen aufgehen … wir brauchen eine Bürgerwehr …“ Franka kam die Situation beängstigend vor.

Aus der Ferne hörte man den Klang weiterer Martinshörner. Die umliegenden Wehren rollten zur Unterstützung der Kollegen aus Mörsdorf an. Gebraucht wurden sie vermutlich nicht mehr. Nachdem der Wehrleiter den Wasser-Marsch-Befehl zum Löschen gegeben hatte, hielten die Wehrleute die Wasserschläuche gezielt auf die Brandstelle. Das Feuer war schnell unter Kontrolle. Franka starrte auf den Schuppen, der nicht viel mehr als ein Haufen Schutt und Asche war. Plötzlich fror sie in ihren kurzen Hosen. An der Außentemperatur konnte das nicht liegen. Jetzt erst merkte sie, dass sie am ganzen Körper zitterte.

Am liebsten hätte sie sich in Jans Arme geflüchtet und sich Augen und Ohren zugehalten. Panik stieg in ihr auf. Dieses ständige Brennen machte ihr Angst. Jetzt war es schon ein Geräteschuppen. Was, wenn als Nächstes doch ein Wohnhaus brannte? Franka sah wieder zu Jan herüber, der jetzt mit den Feuerwehrleuten sprach. Inzwischen war auch Hansen eingetroffen und zu seinem Vorgesetzten getreten. Franka beobachtete die Szene aus sicherer Entfernung. Sie hielt nach Leo Ausschau, aber ihr Nachbar war wie vom Erdboden verschluckt. Vermutlich hatte er sich unter die Dorfbewohner gemischt, um zu erfahren, was untereinander so geredet wurde. Franka sah sich am Tatort um. Sie wollte helfen, wusste aber nicht wie.

Frankas Augen brannten. Durch die vom Rauch geschwängerte Luft konnte sie die Silhouette der Leute nur unscharf erkennen. Ihr Blick blieb an einem dunklen Umriss hängen, der da, wo er war, nicht hingehörte. Trotz ihrer Erschöpfung konzentrierte sie sich so lange auf die Stelle, bis sie eine Gestalt erkannte, die zu ihr herüberschaute. Franka lief es kalt den Rücken hinunter. Plötzlich fiel ihr das Foto vom letzten Brandfall wieder ein.

Rauch und Dunkelheit verhinderten, dass sie ihr Gegenüber erkennen konnte. Die Person schien zu bemerken, dass sie beobachtet wurde und setzte sich in Bewegung. Für einen kurzen Moment leuchtete der Rücktritt eines Fahrrads auf. Jetzt war Franka sich sicher, dass sie keine Gespenster sah. Sie musste Jan informieren. Bei jedem Brand war da jemand, der das Geschehen aus sicherer Entfernung beobachtete. Das hieß natürlich nicht unbedingt, dass derjenige etwas mit den Bränden zu tun hatte. Aber an Zufall glaubte Franka schon lange nicht mehr. Vielleicht war es ja auch ein Zeuge, der etwas gesehen hatte, aber aus Furcht schwieg. Franka fragte sich, wie man an die Person herankommen konnte. Gleich morgen würde sie diesen Jakobs in Koblenz anrufen, um zu erfragen, ob der das Foto so vergrößert hatte, dass man etwas darauf erkennen konnte.

Franka sah auf die Uhr. Es war kurz nach drei. Sie war müde und erschöpft und war heilfroh, als Jan endlich kam, ihr den Arm um die Schulter legte und sie sanft vor sich her bis zum Auto schob.

„Komm. Lass uns fahren. Wir können hier nichts mehr tun. Meine Leute sind unterwegs, um den Tatort genauestens zu untersuchen. Wenn sie was finden, werden wir es als Erste erfahren." Franka war schon im Halbschlaf, als Jan sie die Treppe hinauf begleitete, ihr die Schuhe von den Füßen streifte und in voller Montur ins Bett legte. Noch bevor er das Licht ausmachte, war sie eingeschlafen.

*

Als Franka aufwachte, war das Bett neben ihr schon leer. Im Schlafzimmer roch es unangenehm nach beißend kaltem Rauch. Franka stand auf und entledigte sich als Erstes ihrer fürchterlich stinkenden Kleidung. Sie zog das Bettzeug ab und stopfte alles zusammen in die Waschmaschine im Bad. Sie gab sogar eine Extraportion Waschmittel in das vorgesehene Fach der Maschine und stellte das Gerät an. Dann stieg sie unter die Dusche. Franka hasste kaltes Wasser, aber es war das Einzige, was zuverlässig half, um einigermaßen wach zu werden. Die Nacht war kurz, viel zu kurz. Aber Franka konnte es sich nicht leisten, einem Tag blau zu machen. Die Story mit den Bränden war dafür außerdem viel zu brisant.

Auf der Küchenarbeitsplatte lag ein Zettel, auf den Jan mit Bleistift ein Herz gemalt hatte. Sehr süß. Der Kaffee in der Thermoskanne war noch heiß. Das bedeutete, dass Jan auch noch nicht lange fort war. Franka trank eine Tasse im Stehen und biss ein paarmal in ein Knäckebrot, bevor sie ihre Sachen zusammensuchte und sich für den Arbeitstag zurechtmachte. Leider hatte sie in der Nacht bei dem plötzlichen Aufbruch vergessen, ihre Fototasche mitzunehmen, vermutlich wäre es ohnehin zu dunkel gewesen, um zu fotografieren. Franka dachte an ihren verletzten Knöchel. Aber der Schmerz vom Vorabend war wie weggeblasen. Umso besser, sagte sie sich und machte sich auf den Weg in die Redaktion.

Es dauerte eine Weile, bis sie den Kollegen Jakobs an der Strippe hatte.

„Klar hab ich mich um das Foto gekümmert", erklärte Jakobs gut gelaunt. Franka konnte sein gütiges Lächeln förmlich am anderen Ende der Leitung sehen. „Ich schicke es dir per Mail.“

„Danke dir.“

„Bis bald. Vielleicht gehst du zum Dank für meine Mühe ja mal mit mir essen.“

„Schönen Tag, dir“, antwortete Franka ausweichend und legte auf.

Jetzt hatte sie einen festen Freund und plötzlich schienen noch mehr Männer an ihr interessiert zu sein. Zumindest einer. Franka fühlte sich geschmeichelt. Sie hatte zwar derzeit keinen Bedarf, trotzdem gefiel ihr das Gefühl, begehrt zu sein. Franka startete ihren Rechner und öffnete den Maileingang ihres elektronischen Postfachs.

## Dreizehn
## Sommer 2018

Das ging schnell. Berger erspähte den Obduktionsbericht auf seinem Schreibtisch, kaum dass er sein Büro in der Dienstelle in Simmern betreten hatte. Der Kommissar schenkte sich eine Tasse Kaffee ein – schwarz und ohne Zucker. Bevor er sich an seinen Schreibtisch setzte, blätterte er noch im Stehen die eng beschriebenen Seiten durch, in der Hoffnung, einen Hinweis zu finden, der ihn im Fall der toten Nonne weiterbringen würde.

Mit dem neuen Fall – das war dann der … Berger überlegte. War es schon der vierte Brand innerhalb kürzester Zeit? Ganz egal der wievielte Brand es war. Auf Hansens Hilfe konnte er jetzt nicht zählen. Der hatte mit den Ermittlungen mehr als genug zu tun. Berger hatte sogar den Eindruck, dass er ein bisschen überfordert war. Aber Hansen würde das schon schaffen. Notfalls musste er selbst eben zweigleisig fahren und den jungen Kollegen unterstützen, wenn die Dringlichkeit der Lage es erforderte, dass er sein Wissen und seinen Erfahrungsschatz mit einbrachte.

Das war er den Bürgern im Ort irgendwie schuldig. Jetzt, wo er doch sozusagen auch dazugehörte. Berger sah auf die Uhr. Hansen war noch nicht im Büro eingetroffen. Das war ungewöhnlich, aber in diesem Fall verständlich. Berger ging davon aus, dass der junge Kollege noch im Dorf beschäftigt war, Beweismaterial sichtete und, sobald es ging, in der Dienststelle auftauchte. Hansen war zuverlässig. Davon hatte Berger sich schon damals überzeugen können, als es galt, den spektakulären Mordfall auf der längsten Hängeseilbrücke Deutschlands aufzuklären. Der Superlativ der Brücke war Geschichte, der Fall irgendwie auch. Obwohl dieser Mord Berger bis heute nicht losließ. Der Mörder von damals war der Halbbruder des Toten. Von der eigenen Familie als Kind verstoßen, im Kinderheim aufgewachsen und mit nichts anderem im Sinn, als sich zu rächen. Eine traurige Familiengeschichte. Der Mann tat ihm irgendwie leid. Bis zum Schluss hatte der Mörder auf Berger so bieder gewirkt wie ein Wackeldackel auf der Hutablage. Er hatte sich mächtig in dem Mann getäuscht. Und wäre Franka damals nicht in akute Lebensgefahr geraten, hätte er sich selbst vermutlich nicht so ins Zeug gelegt, um den Fall in Windeseile aufzuklären.

Jan Berger war seit zwanzig Jahren im gehobenen Polizeidienst tätig und er hatte in dieser Zeit wahrlich schon einiges erlebt. Aber er war alles andere als abgebrüht. Die meisten Fälle gingen ihm noch lange nach, auch wenn sie längst abgeschlossen waren. An den Nonnenmord ging er mit gemischten Gefühlen. Er stand der Kirche nicht sonderlich nahe, obwohl er als Kind aktiver Messdiener war und so gut wie immer zum Gottesdienst ging. Berger dachte darüber nach, wann er damit angefangen hatte, die Kirche nur noch unregelmäßig zu besuchen, bis er irgendwann ganz wegblieb. Vermutlich hing es mit dem Schichtdienst zusammen, der einem Polizeibeamten das Leben an sich nicht unbedingt leichter machte.

Berger nahm noch einen Schluck Kaffee und las den Bericht. Er war so in seine Lektüre vertieft, dass er Hansen erst bemerkte, als er am Schreibtisch gegenüber auf den Bürostuhl plumpste. Berger schaute den Ankömmling erschrocken an. Der Kollege sah müde aus. Er hatte vermutlich noch weniger geschlafen als er selbst. Das Sirenengeheul hatte mitten in der Nacht das ganze Dorf aus dem Schlaf gerissen. Obwohl derzeit alle auf der Hut waren. Die Angst, selbst Opfer des Feuerteufels zu werden, griff dermaßen um sich, dass an ruhigen Schlaf kaum noch zu denken war. Hansen ließ einen Seufzer los. Sein flehender Blick sprach Bände.

Berger versuchte, die Befindlichkeiten des jungen Kollegen zu ignorieren. Den Nonnenmord aufzuklären, war wichtiger als das bisschen Schlafmangel. Da musste man durch, wenn man ein ganzer Kerl war. Was hatte er selbst als junger Vater schlaflose Nächte verbracht und trotzdem am anderen Tag pünktlich auf der Matte gestanden. Die jungen Leute verkrafteten einfach nichts mehr. Der Mordfall hatte oberste Priorität, ob ihnen das nun passte oder nicht. Und dass es sich um Mord handelte, wurde hier gerade schwarz auf weiß bestätigt. Vielleicht rüttelte das den jungen Kollegen ein wenig auf, wenn er ihm aus dem Bericht vorlas.

„Hier, Hansen, hör zu. Ist echt interessant“, versuchte er den Kollegen aus der Reserve zu locken. Die müden Augen seines Gegenübers sprachen allerdings eine andere Sprache. Trotzdem fuhr Berger fort: „Unsere Nonne wurde ermordet. Sag ich jetzt mal. Man könnte aus dem Autopsiebericht möglicherweise auch andere Schlüsse ziehen. Also ich les mal vor." Berger riskierte nochmal einen vorsichtigen Blick auf den jungen Kollegen.

Der starrte wie gebannt auf einen Papierstapel, der vor ihm auf dem Schreibtisch lag und schien gar nicht zu hören, was der Kommissar ihm zu erklären versuchte.

Berger kapitulierte. „Hansen, vielleicht ist es besser, du schläfst dich erst mal aus und kommst am Nachmittag wieder. Was meinst du?"

Hansen nickte apathisch.

„Dann raus mit dir." Berger forderte Hansen mit einer Geste auf, das Büro zu verlassen, überlegte es sich dann aber doch anders. „Stopp. Vorher rufst du deine Ulla an, dass die dich abholt. Wenn du mir so in ein Auto steigst, baust du höchstens einen Unfall. Alles klar?"

Hansen schaute Berger verstört an.

„Ne, nochmal Kommando zurück. Du setzt dich wieder hin. Ich rufe deine Ulla an."

Hansen nickte. Völlig willenlos plumpste er zum zweiten Mal an diesem Morgen in seinen Sessel und schloss prompt die Augen, kaum dass er saß. Berger wollte nicht nachsehen, ob er schon eingeschlafen war. Als Ulla eine halbe Stunde später im Büro auftauchte, um Hansen abzuholen, bat Berger sie, ihren Freund erst wieder aus der Wohnung zu lassen, wenn er ausgeschlafen und vor allem hundertprozentig aufnahmefähig war.

Ulla hakte Hansen unter und führte ihren total übermüdeten Freund aus dem Büro.

Berger selbst widmete sich wieder dem Autopsiebericht. „Also, nochmal von vorn" murmelte er halblaut vor sich hin.

Giftige Pflanzenreste in Mundraum und Speiseröhre. Höchstwahrscheinlich Schierling. Berger unterbrach die Lektüre. Schierling, Schierling. Das sagte ihm doch was. Genau, jetzt fiel es ihm wieder ein. Der legendäre Schierlingsbecher. Wurde der nicht Sokrates gereicht, um ihn damit zu ermorden? Das Kraut wuchs hier jedenfalls überall, war hochgiftig und stank nach Mäusepisse. Wenn man weiß wie Mäusepisse riecht, wäre das in dem Fall sicher hilfreich gewesen. Na egal, die Giftpflanzen waren ohnehin nicht todesursächlich.

Berger las weiter. „Na, jetzt wird's interessant", sagte er wieder laut. Berger ärgerte sich, dass er Hansen weggeschickt hatte. Allzu gern hätte er dem jungen Kollegen vorgelesen, was hier stand. „Eine Einstichstelle am Hals. Interessant, sehr interessant." Aber das war noch längst nicht alles. Berger war schon im Begriff zu gehen, als sein Blick an einem weiteren Untersuchungsergebnis hängen blieb.

„Na, das wird ja immer besser. Hansen, da haste jetzt echt was verpasst. Aber so wie du drauf warst, hätteste ohnehin nur Bahnhof verstanden", sagte Berger zu seinem nicht vorhandenen Gegenüber. Er schnappte sich seinen Autoschlüssel und machte sich auf den Weg zum Kloster Maria Himmelfahrt.

*

„Zuckerkrank? Wie kommen Sie denn darauf?" Die Oberin schien mehr als überrascht. „Kerngesund war unsere Schwester Scholastika. Das können Sie mir glauben."

„Das würde ich gern glauben. Allerdings gibt es da eine Kleinigkeit, die mich an Ihren Beteuerungen, na sagen wir, möglicherweise zweifeln lässt." Berger eierte herum. Er traute sich nicht, der Ordensfrau ins Gesicht zu sagen, dass er sie für eine Lügnerin hielt.

Felicitas durchschaute ihn sofort: „Sie glauben mir nicht.“ Sie machte eine kurze Pause, dann sagte sie: „Warum sollte ich Sie anlügen? Davon einmal abgesehen, dass es mir verboten ist, die Unwahrheit zu sagen, gibt es keinen Grund eine Diabeteserkrankung zu verheimlichen. Das ist schließlich keine Schande.“

Wo sie recht hat, hat sie recht. Berger visierte seine Zehenspitzen an. Die Frau machte ihn irgendwie nervös. Nicht in dem Sinne, dass er sie attraktiv fand. Das war es nicht, obwohl die Oberin ein wirklich hübsches Gesicht hatte. Und das, was man von ihrer Figur erahnen konnte, hätte man vermutlich auch nicht unter diesem Kittel verstecken müssen. Es war vielmehr ihre Art: bestimmend und doch freundlich. Irgendwie erinnerte die Nonne Berger an seine Mutter. Ohne es zu merken, war er in die Rolle des kleinen Lausbuben geschlüpft, der etwas ausgefressen hatte, das der Mutter nicht verborgen geblieben war und sie ihn daraufhin zur Rede stellte.

Aber so kam er in dem Mordfall nicht weiter. Er musste schnell einen Weg finden, um wieder Oberwasser zu bekommen. Der alte Trick, sich sein Gegenüber in einem kuriosen Outfit vorzustellen, fiel ihm ein. Er entschied sich für ein rosafarbenes Tutu und schaute der Oberin fest entschlossen in die Augen. Es half. Sein breites Grinsen mochte die Oberin zwar irritieren, aber Berger konnte das Gespräch mit fester Stimme fortsetzen.

„Gibt es im Kloster jemand, dessen Gesundheit von Insulin abhängt?“

Felicitas überlegte.

„Nein. Keine der Schwestern ist Diabetikerin. Nicht dass ich wüsste jedenfalls.“ Sie stockte kurz. „Und ich wüsste es, falls Sie darauf hinaus wollen. Wir leben in einer gut funktionierenden Gemeinschaft. Hier gibt es keine Geheimnisse. Jedenfalls keine dieser Art. Wir sprechen offen über mögliche Krankheiten.“

Sie machte eine kurze Pause und schien wirklich nachzudenken, ob sie dem Kommissar etwas Wichtiges zu sagen hätte.

„Nein, ich bin mir sicher. Keine der Schwestern ist zuckerkrank.“ Der Tonfall, in dem Felicitas das sagte, duldete keinen Widerspruch. Wieder zog Berger Parallelen zu seiner Mutter.

Er glaubte ihr. Trotzdem ließ er nicht locker. „Wie steht es mit der Gemeinschaft der Herren?“, bohrte er weiter.

Die Oberin blieb gelassen.

„Wir teilen uns das Kloster, da liegen Sie richtig. Allerdings lediglich in räumlichem Sinne. Was das Leben angeht, so unterstehen die ‚Herren‘, wie Sie sagen, Pater Benedikt. Er ist der Superior. Ich denke, Sie haben ihn bereits kennengelernt. Am besten reden Sie mit ihm. Soll ich ihn herrufen?“ Ohne abzuwarten, griff die Oberin zum Telefon.

„Keine schlechte Idee. Allerdings möchte ich vorher noch etwas …“ Berger räusperte sich. Er wusste nicht recht, wie er sich der Nonne gegenüber ausdrücken sollte.

„Raus mit der Sprache.“ Felicitas war pragmatisch veranlagt und keineswegs so prüde und weltfremd wie Berger dachte.

„Die Angelegenheit ist etwas delikat.“

„Umso besser, wenn wir darüber reden.“

Berger erklärte Felicitas, was er kurz zuvor im Obduktionsbericht gelesen hatte. Die Hand der Oberin, die den Hörer bereits fest umpackte, sank auf die Tischplatte. Ihr Gesicht war mit einem Mal so fahl, wie die Osterkerze, die in der Ecke des Raumes leuchtete. Felicitas verlor die Fassung. „Ich bin erst seit zehn Jahren hier in Maria Himmelfahrt. Ob meine Vorgängerin über den Vorfall Bescheid wusste, kann ich Ihnen nicht sagen. Leider ist sie voriges Jahr von uns gegangen. Wir können sie also nicht mehr selbst danach fragen."

„Schade." Berger meinte es ehrlich.

„Allerdings sind wir von unserem Orden angehalten, alle Vorgänge zu dokumentieren. Ich kann gern im Archiv nachsehen, ob sich entsprechende Hinweise finden und Ihnen Bescheid sagen."

Berger nickte zustimmend. Die Oberin hatte sich wieder im Griff. Erneut hob sie den Hörer von der Ladestation und ließ den Superior rufen.

*

„Warum wollen Sie wissen, ob einer der Mönche zuckerkrank ist?" Pater Benedikt zierte sich im ersten Moment genauso wie Felicitas. Der Klostervorsteher kam in Begleitung eines weiteren Geistlichen. Berger nahm an, dass es sich um den sogenannten „hohen Besuch" handelte.

„Ich wusste gar nicht, dass die Polizei neuerdings auch Gesundheitsfragen klärt. Und ich dachte, Sie ermitteln wegen einer ungeklärten Todesursache." Der Tonfall des Paters war für einen Geistlichen ziemlich schnippisch.

Berger war zu Ohren gekommen, dass Johannes Stein, der Provinzobere der Kongregation, derzeit auf Visitationsreise war. Man munkelte auch, er sähe überall noch einmal nach dem Rechten, bevor er dem Ruf nach Rom Folge leistete. Ein Platz im Vatikan war vermutlich für den Ordensmann das Höchste, was er in seinem Leben erreichen konnte. Karrieremäßig hatte er es also weit gebracht. Das änderte allerdings nichts daran, dass Berger vom ersten Moment an eine Abneigung gegen den Mann verspürte. Grundlos, wie er zugeben musste. Ein Bauchgefühl. Auf das Berger sich im Allgemeinen ganz gut verlassen konnte. Ganz offensichtlich wollte der Provinzial den Kommissar provozieren. Aber Berger ließ sich nicht provozieren, auch nicht von einem Geistlichen, der ihm das Gefühl vermittelte, schlampig zu arbeiten. Berger hielt dem starren Blick der eisblauen Augen stand.

Noch bevor der Kommissar antworten konnte, sprach der Geistliche weiter: „Ich habe doch gleich gesagt, dass die Schwester am Alter gestorben ist und sonst nichts. Sagen Sie uns lieber, wann Scholastika endlich freigegeben wird, damit wir sie in geweihter Erde beisetzen und für ihre arme Seele beten können. Das ist doch wohl nicht zu viel verlangt, oder Herr Kommissar?"

„Keineswegs, Hochwürden. Die Leiche wurde eingehend untersucht, der Bericht liegt vor. Ich denke, Sie können die Beerdigung vorbereiten."

Im Gesicht des Provinzials machte sich ein triumphierendes Lächeln breit. Er schien mit der Antwort zufrieden zu sein. Nach einem wortlosen Kopfnicken, drehte er sich um und verschwand. Zurück blieb Pater Benedikt, der neben seinem Vorgesetzten ausgesehen hatte wie ein Schulbub, der seine Hausaufgaben vergessen hatte.

Berger ignorierte den Auftritt des „hohen Herren" und wandte sich Benedikt zu: „Um nun noch einmal auf meine Frage zurückzukommen. Ist Ihres Wissen nach einer der Brüder oder Priester oder Mönche – also einer der Herren, die unter Ihrer Obhut hier im Kloster leben – Diabetiker?"

„Ehrlich gesagt, weiß ich das gar nicht. Aber ich werde mich umhören. Möglicherweise …“ Der Klostervorsteher stockte. Berger konnte förmlich hören, wie es im Oberstübchen des Oberen ratterte. „Doch, Bruder Otto, einer der älteren Klosterbewohner. Er leidet an Altersdiabetes“, brachte er zögernd hervor. „Möchten Sie ihn sprechen?“

„Ja, wenn das möglich ist.“

„Ich denke schon. Bitte folgen Sie mir.“ Der Superior hatte sich schnell dazu entschlossen zu kooperieren. Er machte eine Kehrtwendung und schritt Berger voran, die Stufen der Steintreppe hinauf bis zu dem Trakt, in dem die Ordensbrüder untergebracht waren. Vor einer hell gestrichenen Holztür blieb er stehen. Benedikt hielt einen Moment inne, bevor er lautstark anklopfte und erst nachdem ein leises „Ja, bitte“ zu vernehmen war, die Tür einen Spalt breit öffnete.

„Otto, hier ist jemand, der dich sprechen möchte.“

Benedikt öffnete die Tür jetzt so weit, dass Berger eintreten konnte. Die Zelle war klein, vielleicht acht Quadratmeter groß. Es gab ein Bett, einen Schrank, Tisch und Stuhl. Genau so hatte Berger sich eine Klosterzelle immer vorgestellt. Durch ein großes Fenster fiel genügend Licht ins Zimmer, sodass der Raum hell und luftig wirkte, obwohl er so klein war. In dem Bett, das mit der Kopfseite zum Fenster stand, lag ein altes Männlein. Anders konnte Berger den Ordensbruder nicht beschreiben. Der Alte schaute Berger mit hellen, wachen Augen an.

„Guten Tag“, begrüßte der Kommissar den Bruder.

Der Alte schien nicht zu ahnen, was man von ihm wollte. Trotzdem bot er dem Besucher mit einer Geste den einzigen Stuhl im Raum als Sitzgelegenheit an.

„Nicht nötig", Berger lehnte dankend ab. „Ich wollte nur mal nach Ihnen sehen. Man sagte mir, Sie seien an Diabetes erkrankt."

Der Alte nickte und deutete mit der Hand auf den Tisch. Darauf lag eine Packung Insulinspritzen. Das Päckchen war geöffnet. Einige Spritzen fehlten bereits.

„Können Sie sich die selbst verabreichen?", fragte Berger.

Der Alte lächelte. „Sehe ich so aus, als könnte ich mir noch irgendetwas selbst verabreichen? Nein, das erledigen meine Mitbrüder, wer gerade Zeit hat, kommt bei mir vorbei und gibt mir die Spritze. Das dauert nicht lange. Meine Mitbrüder haben inzwischen schon Übung darin."

„Und die Schwestern?"

Bruder Otto schaute Berger fragend an. „Was meinen Sie?"

„Kommt manchmal auch eine der Schwester, um Ihnen die Spitze zu geben?"

„Nein, leider nicht", antwortete der Alte.

„Oder doch. Einmal, aber das ist schon eine ganze Weile her. Einmal hat Schwester Scholastika mir die Spitze gesetzt. Sehr vorsichtig und mit Feingefühl hat sie das gemacht. Ich habe den Einstich überhaupt nicht gespürt. Das war … lassen Sie mich kurz nachdenken. Nach dem Krieg war das."

„Was redest du denn, Otto?" Pater Benedikt schaltete sich in das Gespräch ein.

„Ach nein, in den Siebzigerjahren war das. Wir trugen doch damals alle diese bunten Hippiedinger …"

Mit einem Mal schien der vorher geistig so helle wirkende Bruder verwirrt.

Pater Benedikt schaute Berger fragend an. „Ist es wichtig?"

„Nein. Das ist es nicht."

Berger wandte sich wieder dem Ordensbruder zu. „Ich danke Ihnen, Bruder Otto. Sie haben mir sehr geholfen. Auf Wiedersehen und alles Gute."

„Gott sei mit Ihnen", antwortete Bruder Otto und zeichnete mit der rechten Hand ein Kreuz in die Luft. Als Berger sich an der Tür noch einmal zu dem Bruder umdrehte, hatte er die Augen bereits geschlossen. Er schien eingeschlafen zu sein.

Berger verabschiedete sich und ging zu seinem Dienstwagen. Eins war ihm bei seinem Besuch im Kloster klar geworden. Bruder Otto war jedenfalls nicht der Mann, den er suchte.

## Vierzehn
## Sommer 2018

Auf dem Foto, das Andy Jakobs für Franka bearbeitet hatte, war deutlich eine Person zu erkennen. Ohne Zweifel hatte jemand, in leicht nach vorne gebeugter Haltung, das Geschehen beobachtet. Das musste nichts heißen, das war Franka schon klar, aber ein Hinweis war es dennoch. Franka sah sich die Aufnahme immer wieder an, konnte aber nicht sagen, ob sie die Person kannte. Sie würde den Ausdruck mit nach Hause nehmen und ihn Jan am Abend zeigen. Vielleicht hatte er eine Idee. Wenn Franka darüber nachdachte, fand sie es zwar eher unwahrscheinlich. Aber die Hoffnung starb ja bekanntlich zuletzt. Wenn es jemand aus dem Dorf oder der näheren Umgebung war, standen die Chancen auch gut, dass Hansen wusste, wer da auf dem Foto zu sehen war. Ein Versuch war es auf alle Fälle wert.

Franka steckte das Foto schon mal in die Tasche, um es später auch ja nicht zu vergessen, und wandte sich wieder ihrer journalistischen Tätigkeit zu. Schließlich hatte der

Feuerteufel inzwischen zum vierten Mal zugeschlagen, und das innerhalb kürzester Zeit. Sie sah es als ihre Pflicht an, darüber ausführlich zu berichten. Mit ihrer Chefin hatte sie vereinbart, dass sie sich im Dorf umhörte und Stimmen sammelte. „Es ist mir wichtig, was die Leute denken, ob sie Angst haben und wie sie sich schützen wollen", hatte Paula Linden ihr als Auftrag mitgegeben. Franka teilte die Meinung ihrer Chefin und machte sich auf den Weg ins Dorf.

Die Stimmung im Dorf hatte den Siedepunkt längst überschritten. Die anhaltende Hitze machte die Leute verrückt. Niemand konnte mehr klar denken. Egal, wen Franka auf die Geschichte mit dem Feuerteufel ansprach, es war kein sachliches Gespräch möglich. Blanke Angst beherrschte die Bewohner. Sogar Bürgermeister Friedhoff, der seit Tagen versuchte, Ruhe zu verbreiten, war mit seinem Latein am Ende. Er gab sich alle Mühe, die Stimmung nicht noch weiter hochkochen zu lassen. Aber das war leichter gesagt als getan.

„Man traut sich ja schon nicht mehr, sich auf offener Straße eine Zigarette anzuzünden, ohne dass man schief angeguckt wird", sagte der Bürgermeister. Friedhoff gab Franka gegenüber seine Angst offen zu. „Die Leute brauchen einen Sündenbock. Ich hoffe inständig, dass es niemand aus dem Dorf ist. Wenn doch, dann tut derjenige mir echt leid, auch wenn er Scheiße gebaut hat."

„Das glaube ich gern." Franka meinte es ehrlich. „Hat denn die Polizei Hinweise an dem abgebrannten Schuppen gefunden?", fragte sie weiter.

Friedhoff schaute Franka ungläubig an. Er lächelte. „Das wüssten Sie doch sicherlich vor mir", antwortete er.

„Wenn Sie sich da mal nicht täuschen“, entgegnete Franka. Was die Leute sich immer vorstellten. Als ob Jan mit allen Erkenntnissen sofort bei ihr aufschlagen würde.

„Aber wenn Sie es nicht wissen, ich kann gern mal bei der Dienststelle anrufen und nachfragen.“

„Ja, tun Sie das. Ich wüsste auch gern, ob die Polizei in dem Fall, oder vielmehr in den Fällen endlich weiterkommt. Lange geht das hier nämlich nicht mehr gut.“

„Wie genau meinen Sie das jetzt?“ Franka verstand nur Bahnhof.

„Frau Fröhlich, ich glaube hier braut sich was zusammen. Die Leute vertrauen der Polizei nicht mehr. Wenn ich das richtig mitgekriegt habe, soll hier eine Bürgerwehr gegründet werden?“ Friedhoff senkte den Blick und betrachtete seine Fußspitzen. Es war ihm eindeutig peinlich, was hier vorging.

„Eine was?“ Franka war fassungslos.

„Ja, Sie haben richtig gehört. Eine Gruppe, Männer und Frauen übrigens, haben sich unter der Federführung von Jupp Schmitz zusammengetan und haben vor, abwechselnd Tag und Nacht durchs Dorf zu patrouillieren.“

„Du lieber Himmel.“

„Sie sagen es. Was sollen die Gäste von uns denken, wenn wir hier aufmarschieren als seien wir im Krieg?“ Friedhoff schüttelte verständnislos den Kopf. Aber das war nicht sein einziges Problem. „Frau Fröhlich, ich hoffe der Spuk hat bald ein Ende, glauben Sie mir. Es fällt mir schwer, in dieser Situation die Nerven zu behalten.“

Franka verabschiedete sich. Friedhoff tat ihr leid. Vielleicht sollte sie am Abend doch noch einmal mit Jan reden, und ihn bitten, Hansen in der Sache mit dem Feuerteufel doch zu unterstützen. Sie wohnten schließlich auch in dem

Dorf und wollten nicht, dass ihr Haus als nächstes Opfer einer Feuersbrunst würde.

Franka schloss die Haustür auf. Sie ertappte sich dabei, dass sie unbewusst bereits Witterung nach Essbarem aufnahm. Sie atmete tief ein, konnte aber beim besten Willen keinen Essensduft wahrnehmen. Jans Auto stand in der Einfahrt. Er musste also da sein. Franka spitzte die Ohren. In der Küche sprach jemand. Sie hörte noch einmal genauer hin und erkannte dann, dass Jan telefonierte. Sie öffnete vorsichtig die Tür und sah ihren Freund, wie einen unruhigen Tiger im Käfig hin und her laufen. In einer Hand hielt er den Telefonhörer, mit der anderen Hand fuhr er sich nervös durch sein inzwischen doch recht schütter gewordenes Haar. Dabei schüttelte er pausenlos den Kopf. Jan machte den Eindruck, als ging ihm das Gespräch sehr nahe. Das war eigentlich gar nicht seine Art. Jan war eher der besonnene Typ. Es war nicht zu überhören, dass er sich aufregte. Wer da wohl am anderen Ende der Leitung war? Hoffentlich niemand, der sich bei Jan wegen der Brandfälle beschwerte.

„Nach Bayern? Und das sagst du mir mal eben so am Telefon." Jetzt schrie Jan geradezu in den Hörer.

Der Anruf hatte offensichtlich nichts mit der Arbeit zu tun, sondern schien eher privater Natur zu sein. Franka vermutete, dass Anabel, Jans Exfrau, am anderen Ende der Leitung war und wollte sich leise zurückziehen. Doch Jan hielt sie am Arm fest und bedeutete ihr mit einer Handbewegung, sich hinzusetzen. Franka hatte also gerade offiziell die Erlaubnis erhalten zu lauschen. Obwohl sie von Natur aus eher neugierig war, fand sie die Szene, die sich da gerade in ihrer Küche abspielte eher unangenehm. Sie wollte nicht Zeugin eines Ehekrachs beziehungsweise Ex-Ehekrachs sein. Das war eine Sache zwischen Jan und Anabel. Franka wollte sich da – ganz gegen ihre Natur – eigentlich lieber raushalten. Jan schien das anders zu sehen. Um ihrem Freund den Gefallen zu tun, setzte Franka sich artig auf den Küchenstuhl und sah zu, wie Jans Gesicht vor Aufregung roter und roter wurde. Eine Weile sagte er nichts mehr. Dann warf er den Hörer zurück auf die Ladestation und trat mit dem Fuß gegen den Küchenschrank.

Franka wartete einen Moment, bis Jan sich wieder abgeregt hatte, sich zu ihr setzte und den Kopf auf die Tischplatte fallen ließ. Erst dann traute sie sich zu fragen, was los sei.

„Sie zieht nach Bayern und nimmt Ben mit. Ich werde meinen Sohn nur noch in den Ferien sehen. Das kann die doch nicht machen?“

Jan war außer sich. Franka konnte ihren Freund verstehen. Er liebte Ben über alles. Andererseits hatte sie auch Verständnis für Anabel. Sie war wieder verheiratet und ihr Mann hatte sich nach Bayern versetzen lassen. Seit Monaten führten die beiden eine Fernbeziehung aus Rücksicht auf Jan. Es war klar, dass Anabel ihrem Mann irgendwann folgen wollte. Jan hatte diesen Gedanken immer erfolgreich verdrängt. Sooft Franka ihn in letzter Zeit auch darauf angesprochen hatte, er wollte davon nichts hören. Jetzt bekam er die Quittung dafür knallhart präsentiert. Es war nicht schön von Anabel, es ihrem Ex-Mann am Telefon zu sagen und ihn so vor vollendete Tatsachen zu stellen. Langsam dämmerte es Franka, warum sie am Papawochenende so schnell verschwunden war. Geändert hätte es allerdings auch dann nichts, wenn sie zu einem gemütlichen Kaffeeplausch vorbeigekommen wäre.

Jan tat ihr leid. Sie konnte seinen Schmerz verstehen. Ben war ein liebes Kind und war Franka in der kurzen Zeit, in der sie ihn kannte, auch schon sehr ans Herz gewachsen.

Eine wirklich blöde Situation. Es war abzusehen, dass der Abend mit einem Streit zwischen Franka und Jan endete. Zuletzt warf Jan Franka vor, auf Anabels Seite zu stehen und verließ wütend das Haus. Die Tür fiel hinter ihm krachend ins Schloss.

Franka blieb allein und hungrig in der Küche zurück. Im Kühlschrank fand sie noch einen Rest Camembert. Sie aß den Käse hastig auf, hatte aber immer noch Hunger. Franka war eine Stress-Esserin. Und jetzt hatte sie gerade Stress. Außerdem verspürte sie große Lust, sich ein ganz klein bisschen zu betrinken. Sie holte ihre Handtasche und machte sich auf den Weg zur Dorfkneipe. Vor dem Haus dachte sie kurz daran, Leo zu fragen, ob er sie begleiten wolle, entschied sich aber dagegen und zog alleine los. Sie wollte die Probleme mit Jans Familie jetzt nicht schon wieder mit ihrem Nachbarn durchkauen. Vielmehr wünschte sie sich, in aller Ruhe etwas zu trinken und dann brav ins Bett zu gehen, um am nächsten Tag ausnahmsweise mal ausgeschlafen in der Redaktion aufzutauchen.

*

Aus der Dorfwirtschaft drang lautes Geschrei. Das wilde Stimmengewirr war bis auf die Hauptstraße zu hören. Franka überlegte, ob sie es überhaupt wagen sollte, die Wirtschaft zu betreten. Entschied sich aber dann dafür. Hunger und Durst waren ausschlaggebend, außerdem wollte sie wissen, was die Leute so aufregte. Sie ahnte schon, dass sich das zentrale Thema der Diskussion um die Brandserie drehte. Als sie die Kneipentür öffnete, verstummten nicht wie sonst die Stimmen. Keiner der Köpfe drehte sich zum Eingang, um zu checken, wer dazukam. Im Gegenteil. Frankas Erscheinen blieb nahezu unbemerkt. Die Leute hatten andere Sorgen.

„Und ich sahn et nochmol, der Trottel war et.“

Jupp Schmitz brüllte mit lauter Stimme gegen die anderen Gäste an. Das halbe Dorf hatte sich in der Wirtschaft versammelt. Unter der Woche waren in der Regel nur wenige Gäste da. Die meisten kamen, so wie Franka, nur um etwas zu essen oder auf ein schnelles Feierabendbier. Heute kam Resi hinter der Theke ganz schön ins Schwitzen. Sie ließ ein Bier nach dem anderen aus dem Zapfhahn laufen und verteilte die Gläser direkt an der Theke. Zum Servieren kam sie bei dem Andrang gar nicht. Ein leichtes Kopfnicken in Frankas Richtung bedeutete, dass sie ihre Ankunft wahrgenommen hatte. Oje, ob ich hier heute noch was zu essen kriege, dachte Franka, schnappte sich aus Mangel an Alternativen ein Gezapftes, das auf dem Tresen zur Abholung bereit stand und setzte sich auf einen freigewordenen Barhocker.

Im Lokal ging die Diskussion weiter.

„Datt kannst doch su net sahn“, konterte ein Mann. Franka kannte ihn vom Sehen, wusste aber nicht, wie er hieß.

Sein Einwand interessierte Jupp Schmitz nicht. Er blieb dabei. Der Trottel, wer immer das sein mochte, war für ihn der Täter. Basta.

Franka verstand nicht genau, was vorging. Aber allem Anschein nach war hier gerade eine waschechte Diskriminierung im Gange. Der Angriff galt einem kleinen Mann, der mit gesenktem Kopf an der Theke stand und das Gezeter der Gäste über sich ergehen ließ, ohne sich dagegen zu wehren. Dem Aussehen nach hatte der Mann das Rentenalter längst erreicht. Er wirkte lethargisch. Saß einfach da, mit gesenktem Blick und sagte kein Wort. Die Stimmung gegen ihn kochte weiter auf. Franka fingerte ihr Handy aus der

Tasche und war gerade im Begriff, Hansen anzurufen, als plötzlich Egon, der Wirt, hinter der Theke auftauchte und mit aller Kraft auf die Thekenglocke schlug. Das war eigentlich das Zeichen für eine Lokalrunde. Doch diesmal diente es dem Wirt dazu, für Ruhe zu sorgen. Im Raum wurde es von einer Sekunde auf die andere mucksmäuschenstill.

„Ruhe jetzt." Mit lauter Stimme verschaffte der Wirt sich Gehör. „Ich verbiete euch, so über eine Familie herzuziehen, bevor irgendwas bewiesen ist."

Jupp Schmitz reagierte sofort: „Bewiesen, bewiesen, dass ich nicht lache. In dem abgebrannten Schuppen hat man schließlich die Schirmmütze gefunden, die der Depp immer auf seiner hohlen Birne hat. Und auf dem Schweizermesser von dem Alten soll doch sogar sein Name eingraviert sein. Was für Beweise brauchst du denn noch?"

Jupp Schmitz war mehr als aufgebracht. Die meisten Gäste pflichteten ihm bei. Im Raum entstand Gemurmel, das wieder schnell lauter zu werden drohte.

Egon schlug erneut auf die Glocke. „Ruhe hab ich gesagt. Wer sich in meiner Wirtschaft nicht normal benehmen kann, fliegt raus, dass das klar ist."

„So, rausschmeißen willst du mich. Aber den da, den schmeißt du nicht raus?" Jupp zeigte mit dem Finger auf den Alten, der immer noch mit hängendem Kopf dasaß und kein Wort sagte.

„Ich will, dass du dich normal benimmst, Jupp, und die anderen nicht aufhetzt, bevor nichts bewiesen ist." Der Wirt versuchte, die Lage zu entschärfen.

Jupp Schmitz hatte jetzt endgültig die Nase voll. Er knallte sein Bierglas auf die Theke und verließ wütend und mit hochrotem Kopf das Lokal. Einige Männer folgten ihm prompt. Ans Bezahlen dachte an dem Abend keiner. Der

Wirt nahm es hin. Er sammelte die Bierdeckel, auf denen der Verzehr notiert war, ein, und legte sie in die Kredit-Schublade hinter dem Tresen.

Als Jupp und seine Schergen fort waren, beruhigte sich die Lage schnell. Die, die blieben, rückten am Stammtisch zusammen und redeten in gemäßigtem Ton miteinander.

Resi atmete hörbar auf, kam hinter der Theke hervor und setzte sich zu Franka. Die Wirtsfrau sah mitgenommen aus. „Franka, hier muss bald was passieren, sonst passiert was."

Franka stimmte ihr zu, aber tun konnte sie so ad hoc leider nichts. Das war auch Resi klar. Franka bestellte ein Bauernomelette mit Bratkartoffeln und ein zweites Bier und belauschte, während sie auf das Essen wartete, das Gespräch am Nebentisch.

„Der Junge war's nicht", beteuerte der Mann, der vorhin von Bauer Schmitz als der Alte bezeichnet worden war. Der Mann war klein und von zarter Statur. Sicher schon um die siebzig und hatte schütteres Haar. Aus einem gütigen Gesicht schauten zwei traurige Augen hervor. Dem Gerede am Tisch konnte Franka entnehmen, dass er einen Sohn hatte, der von den Dörflern als Trottel bezeichnet wurde und den man gerade zum Sündenbock abstempelte.

Martin Friedhoff hatte also recht. Die Leute brauchten einen Täter. Einen, der es war. Ganz gleich, ob es sich dabei um den wahren Täter handelte oder nicht. Allerdings hatte Franka dem erbosten Gebrüll von Bauer Schmitz auch entnehmen können, dass man am Brandort Gegenstände gefunden hatte, die den alten Mann beziehungsweise dessen Sohn belasteten. Offenbar waren die Fundstücke im Dorf bereits ein offenes Geheimnis. Franka und ihre Kollegen hingegen wussten mal wieder nichts davon. Die viel gelobte

Zusammenarbeit zwischen Presse und Polizei war durchaus noch verbesserungswürdig.

Resi kam mit dem Omelette aus der Küche und stellte den Teller vor Franka auf den Tisch.

„Ich hoffe, dir ist der Appetit nicht vergangen."

„Das nicht, aber es würde mich schon interessieren, was hier eben vorging. Wer ist denn der Mann, den Bauer Schmitz so heftig angegriffen hat?"

Franka ersparte es sich um den heißen Brei herumzureden und kam sofort auf den Punkt. Sie wollte etwas wissen, also musste sie auch direkt danach fragen. So lief das hier. Das hatte Franka inzwischen gelernt.

Aber die sonst so gesprächige Resi zeigte sich diesmal ziemlich reserviert. Es war gar nicht so leicht, etwas Konkretes aus der Wirtin herauszubekommen. Franka musste schon ihren ganzen Charme spielen lassen und Resi sprichwörtlich jeden Wurm aus der Nase ziehen.

## Fünfzehn
## Sommer 2018

Es war einer dieser Tage, an denen Hansen das Gefühl hatte, sich im Kreis zu drehen. So sehr er sich auch bemühte, er kam einfach nicht von der Stelle. Seit Wochen ermittelte er in der Brandsache. Und was hatte er bis jetzt vorzuweisen? Nichts. Nada. Niente. Und das war ärgerlich. Sehr ärgerlich sogar. Als Polizeibeamter, der noch dazu in dem Dorf wohnte, in dem die Anschläge stattfanden, konnte er nichts weiter tun, als zuzusehen, wie ein Feld nach dem anderen, Strohballen, Geräteschuppen und was sonst noch alles Opfer des Feuerteufels wurden. Vermutlich hockte der

Kerl irgendwo in der Ecke und lachte sich ins Fäustchen, weil er die Polizei derart an der Nase herumführte. Wenn nicht bald etwas passierte, würde er … ja, was eigentlich?

Er musste Berger ins Boot bekommen. Langsam zweifelte Hansen an seinen Fähigkeiten als Polizist. Dabei hatte er doch auch beachtliche Erfolge zu verbuchen. Sehr beachtliche, für die kurze Zeit, die er im Polizeidienst war. Da fiel ihm doch als Allererstes der Mord auf der Hängeseilbrücke ein, bei dem er maßgeblich, jawohl m a ß g e b l i c h zur Aufklärung beigetragen hatte. Es war also nicht so, dass er vollkommen unfähig war. Ullas verächtliche Blicke machten ihm schon ganz schön zu schaffen. Aber das war ja noch nicht alles. Inzwischen war er so weit, dass er sich nicht mal mehr in die Dorfkneipe traute.

Wenn man dem Gerede Glauben schenken konnte, ging es bei Egon und Resi ja derzeit hoch her. Persönlich traute Hansen dem Jupp Schmitz nicht über den Weg. Seiner Meinung nach war das ein alter Hetzer, der darauf setzte, die Leute mit Stammtischparolen auf seine Seite zu kriegen. Schien ja auch zu funktionieren. Wenn es stimmte, dass der Jupp mit ein paar anderen Bauern tatsächlich eine Bürgerwehr – angeblich zum Schutz der Einheimischen – gegründet hatte, konnte und wollte Hansen darüber kein Stillschweigen bewahren. Das war rechtswidrig. Da musste er dienstlich tätig werden. Sobald er etwas Konkretes in Erfahrung brachte, würde er an oberster Stelle Meldung machen. Das waren ja Zustände wie vor achtzig Jahren. Hansen war wahrlich kein politischer Revolutionär, aber das ging selbst ihm zu weit.

Innerlich noch vollkommen aufgewühlt zog er seinen Büroschlüssel aus der Hosentasche. Erst als er ihn ins Schloss steckte, fiel ihm auf, dass die Tür gar nicht verschlossen war. Sie war bloß angelehnt. Das kam dem Polizeibeamten seltsam vor. Ob er vergessen hatte, abzuschließen? Das war ihm doch noch nie passiert. Vorsichtshalber legte er eine Hand an seine Dienstwaffe, die er vorschriftsmäßig am Halfter unter seiner Jacke trug. Immer, egal wie heiß es draußen auch sein mochte. Vorschrift war eben Vorschrift. Da kannte Hansen kein Pardon. Mit der Hand an der Waffe, stieß er vorsichtig mit dem Fuß die Tür auf, notfalls dazu bereit, seinen Arbeitsplatz auch mit Gewalt zu verteidigen. Drinnen war alles ruhig. Und auch nichts verwüstet oder durchwühlt. Zumindest nicht augenscheinlich. Hansen warf einen Blick auf seinen Schreibtisch, den er sich derzeit mit Kommissar Berger teilte. Es sah zwar chaotisch aus, aber das war normal. Mit Papierkram hatte Hansen es eben nicht so. Obwohl er sonst eher ein ordentlicher Mensch war.

Er stand immer noch im Türrahmen und ließ seinen Blick zum wiederholten Mal durch den Raum schweifen. Es war aber immer noch nichts Verdächtiges zu sehen. Allerdings ließ ein ungewohntes Geräusch ihn aufhorchen. Hansen hielt die Luft an und spitzte die Ohren. So unbekannt, wie er dachte, war das Geräusch doch nicht. Im Gegenteil. Dieser regelmäßig wiederkehrende Brummton kam ihm doch irgendwie bekannt vor. Plötzlich fiel bei ihm der Groschen. Er wusste woher er das Geräusch kannte. Und er ahnte auch woher es kam. Hansen stellte sich auf seine Zehenspitzen, damit er freien Blick auf den Bereich hinter seinem Schreibtisch hatte.

Jawohl. Da lag er. Auf dem alten abgewetzten Sofa, das Hansen seit seinem Umzug in die neue Wohnung hier zwischenlagerte, lag Hauptkommissar Jan Berger und schnarchte seelenruhig vor sich hin.

Hansen ging, immer noch auf Zehenspitzen, um den Schreibtisch herum. Diesmal aber nicht, um besser sehen zu können, sondern vielmehr um seinen Chef nicht aufzuwecken. Es musste einen Grund haben, weshalb der Kommissar hier und nicht wie sonst üblich bei Franka übernachtete. Vermutlich dicke Luft. Hansen kannte das Phänomen. Aus vollkommen unersichtlichen Gründen konnte die Stimmung bei den Frauen derart umschlagen, dass man sich nicht mal mehr traute, tief Luft zu holen. Hansen hatte für solche Situationen vollstes Verständnis. Er nahm geräuschlos auf seinem Bürostuhl Platz. Da er nichts tun wollte, was in irgendeiner Weise Krach machte, griff er nach ein paar Akten, die stapelweise auf dem Tisch herumlagen. Wie der Zufall es wollte, hielt er den Obduktionsbericht der toten Nonne in den Händen. Interessant. Hansen hatte das Papier bisher noch nicht zu Gesicht bekommen. Vermutlich war es an dem Tag angekommen, an dem er vollkommen übermüdet von Ulla abgeholt werden musste. Peinlich, peinlich. Das würde ihm nicht nochmal passieren. Aber heute war er ausgeschlafen und voller Energie. Genau in der richtigen Verfassung also, um mit Feuereifer an die Arbeit zu gehen. Wie es aussah, hatte Berger die Seiten bereits durchgeblättert. Hansen warf noch einmal einen Blick auf seinen schlafenden Chef, bevor er es sich in seinem Sessel gemütlich machte und zu lesen begann. Der Polizist war so in die Lektüre vertieft, dass er zusammenzuckte, als das Telefon klingelte. Er brauchte eine Sekunde, um zu realisieren, wo er war.

„Willste nicht rangehen?“, hörte er Bergers Stimme im Hintergrund. „Doch, doch“, murmelte Hansen. Legte die Akten zur Seite und griff nach dem Hörer.

„Polizei Simmern, Hansen am Apparat“, meldete er sich. Am anderen Ende war eine aufgeregte Männerstimme zu hören, die viel zu schnell und viel zu undeutlich in abgehackten Sätzen sprach.

„Was? Wer spricht? Ich verstehe kein Wort. Beruhigen Sie sich und dann noch mal von vorn“, verordnetet Hansen in strengem Tonfall.

Der Polizist wartete. Mit Genugtuung bemerkte er, dass sein Gesprächspartner seinen Anweisungen Folge leistete und erst einmal tief durchatmete, bevor er sagte: „Hansen, bist du es?“

„Hermann. Was kann ich für dich tun?“

Hansen erkannte die Stimme des Anrufers. Es handelte sich um Hermann Etges, den Mann, der derzeit im Kreuzfeuer der Schmitzschen Attacken stand. Hansen griff nach einem Bleistift. Er ging davon aus, dass Hermann seinem Ärger darüber bei der Polizei Luft machen wollte. Aber er hatte sich getäuscht. Hermanns Anliegen war ganz anderer Art.

„Hansen, du musst mir helfen.“

„Dazu bin ich da. Worum geht es?“

„Karljosef ist verschwunden?“

„Was heißt verschwunden?“

„Na, verschwunden eben. Er ist heute Nacht nicht nach Hause gekommen.“

„Hermann, der Kalle ist doch ein erwachsener Mann. Da ist es doch nicht so ungewöhnlich, wenn man nachts mal nicht nach Hause kommt.“ Hansen dachte an die Zeit, in der er gerade mit Ulla zusammengekommen war. Mehr als einmal hätte seine Mutter da Grund gehabt, ihn als vermisst zu melden, weil er die Nacht nicht zu Hause verbrachte. Ein süffisantes Grinsen, das in dieser Situation mehr als fehl am Platz war, machte sich auf Hansens Gesicht breit.

„Hansen, red kein Blech. Du weißt genau, dass das bei meinem Jungen was ganz anderes ist. Der kommt immer heim. Auch wenn er sich tagsüber manchmal herumtreibt und ich nicht immer weiß, wo er sich aufhält.“ Hermann machte eine Pause. In der Leitung entstand eine angespannte Stille. Dann fuhr der besorgte Vater fort. „Er ist ein guter Junge, glaub mir."

Hermann tat Hansen ein bisschen leid. Nicht nur, dass er Karljosef am Bein hatte. In jungen Jahren war das für Hermann sicher kein Problem gewesen. Aber nachdem Hermanns Frau so früh an Krebs verstorben war und er den Jungen sozusagen allein aufziehen musste, machte er auf ihn schon manchmal den Eindruck, als sei er überfordert. Jetzt war er alt und trug immer noch die Verantwortung für Karljosef, obwohl der inzwischen sicher schon über fünfzig war. Kalle in eine Einrichtung zu geben, wäre für Hermann aber nie in Frage gekommen.

Hermann Etges unterbrach Hansens Gedanken. „Ihr müsst was unternehmen", forderte er.

Vermutlich hatte Hermann recht.

„Also gut, ich nehme schon mal die Vermisstenanzeige auf", lenkte Hansen ein. „Ausnahmsweise, weil du es bist. Du musst wissen, dass ich offiziell eigentlich erst nach achtundvierzig Stunden tätig werden darf …"

Hermann unterbrach Hansens Redefluss. „Können wir das am Telefon machen, bitte? Ich wäre gern zu Hause, falls Kalle doch noch kommt."

Hansen brauchte zwar Hermanns Unterschrift, aber dafür konnte er auch nach Dienstschluss bei ihm vorbeifahren. „Also gut", sagt er, schließlich war er kein Unmensch. „Aber du musst mir Folgendes beantworten."

Hansen bombardierte Hermann regelrecht mit Fragen. Er wollte wissen, wann er den Vermissten zuletzt gesehen hatte, wo er hinwollte, welche Kleider er trug und ob er eine Waffe, etwa ein Taschenmesser oder ähnliches, dabei hatte. Der besorgte Vater beantwortete alles geduldig. Dann legte er auf.

„Wer war das?“ Berger hatte das Gespräch noch auf dem Sofa liegend verfolgt.

„Sorry, Chef. Notfall.“

„Kein Ding. Ist ja kein Hotel hier, sondern eine Dienststelle“, antwortete Berger. Er rieb sich die Augen, streckte sich und warf einen Blick auf die Kaffeemaschine, die noch unberührt in der Ecke stand.

Hansen verstand den Wink und sprang sofort auf, um Kaffee aufzusetzen. „Bin noch nicht dazu gekommen, Chef“, entschuldigte er sich.

Während Hansen sich an der Maschine zu schaffen machte, schaute Berger sich die Notizen an, die Hansen während des Telefonats auf den Block gekritzelt hatte.

„Keine zwölf Stunden und schon eine Vermisstenanzeige. Ist das nicht übertrieben, Hansen?“

Der junge Beamte erklärte seinem Chef, dass dies eine außergewöhnliche Situation sei. Der Gesuchte war zwar den Papieren nach erwachsen, in Wirklichkeit aber auf dem Entwicklungsstand eines Pubertierenden. Und deshalb möglicherweise unberechenbar.

Berger schien zu verstehen, was Hansen ihm sagen wollte.

„Wie sagst du noch heißt der?“

„Kalle, also Karljosef, Kalle ist nur die Abkürzung die wir im Dorf … ähm ja, Sie wissen schon. Also Kalle Etges. Etges, wie sein Vater, der Hermann.“ Aus unerklärlichen Gründen fing Hansen an zu stottern.

Berger ignorierte das. „Trägt dieser Kalle gerne Schirmmützen und fährt mit dem Fahrrad durchs Dorf?“ Hansen nickte während er den letzten Löffel Kaffeepulver in den Papierfilter gab und die Maschinen einschaltete.

Während Berger auf seinen Kaffee wartete, blätterte er in dem Aktenstapel auf dem Schreibtisch. Den Obduktionsbericht schob er beiseite und kramte ein paar Blätter hervor, auf denen Kopien von den offiziellen Tatortfotos zu sehen waren.

Hansen sah, dass es sich um die Bilder handelte, die er selbst angefertigt hatte, als der Schuppen von Bauer Rössel in Flammen stand. Hansen fand seine Fotos wirklich sehr gelungen. Er beobachtete Berger sehr genau, um zu sehen, wie sein Chef darauf reagierte. Ein Lob für seine Arbeit wäre an dieser Stelle schon angemessen gewesen.

Stattdessen fragte Berger: „Sind die vom Brandort Rössel?“ Der Kommissar schien nachdenklich.

„Ja, sind gut geworden, oder?“

Berger reagierte nicht auf Hansens Anspielung und fragte weiter: „Und diese Schirmmütze, die hier abgelichtet ist, die hat man am Tatort gefunden?“

„Ja, gestochen scharf, gell?“ Mit stolzgeschwellter Brust richtete Hansen sich vor Berger auf. Doch der Kommissar reagierte immer noch nicht. Er starrte wie gebannt auf die Aufnahmen, nahm sogar eine Lupe zu Hilfe.

Ein wenig ratlos beobachtete Hansen, wie Berger die Fotos von allen Seiten betrachtete. Als ob die 3-D-Format hätten und auf der Rückseite aufschlussreiche Informationen zu finden waren. Hansen entschied sich zu schweigen. Das hatte sich in der Vergangenheit mehr als einmal bewährt. Allerdings ließ er den Kommissar dabei nicht aus den Augen. Deshalb entging ihm auch nicht, dass Berger, just in dem Moment, als die Kaffeemaschine mit einem lauten Zischen das Ende des Brühvorgangs anzeigte, wie von der Tarantel gestochen aus dem Bürostuhl schnellte, seinen Autoschlüssel griff und ehe Hansen sich versah, auch schon im Türrahmen stand. Einen sehnsüchtigen Blick auf die zischende Kaffeemaschine gerichtet.

„Hansen, mitkommen!“, befahl Berger.

Hansen zuckte zusammen. Das klang nicht so, als wolle sein Chef jetzt gemütlich einen Kaffee mit ihm trinken. Er bewegte sich im Laufschritt auf Berger zu, obwohl er gerade überhaupt nicht wusste, was hier vorging.

Mit Bergers neuem Dienstwagen brausten sie davon. Am Steuer saß Hansen. Sein Chef hatte ihm schon wieder den Schlüssel überlassen. Für ihn war es ein Hochgenuss in dieses Auto einzusteigen. Der Geruch von Neuwagen rief in ihm auch diesmal wieder dieses unbeschreibliche Glücksgefühl hervor. Er konnte sich nicht erklären, woher das kam. Beflügelt und voller Tatendrang fuhr er los.

„Wo fahren wir eigentlich hin?“ Die Frage sollte doch erlaubt sein. Als Fahrer musste er schon wissen, wo es hingehen sollte.

„Ich werde dich im Fall des Vermissten Kalle unterstützen. Wir fahren nach Mörsdorf und fühlen dem Vater mal auf den Zahn. Wie, sagst du noch gleich heißt er?“

„Hermann“, stammelte Hansen. Er war einigermaßen verblüfft über den Vorschlag seines Chefs. Obwohl er, wenn er ehrlich war, die Hilfe gut gebrauchen konnte. Bei Berger war man vor Überraschungen nie sicher.

Deshalb wunderte es ihn auch nicht sonderlich, als Berger noch hinzufügte: „Aber zuerst hältst du noch an der Tanke. Ich muss dringend ein paar Blumen besorgen.“

*

Hermann Etges schien nicht besonders überrascht, als er den beiden Polizisten die Tür öffnete. Berger hatte den Eindruck, als habe er die Beamten bereits erwartet. Während der Kommissar sich in Kalles Zimmer umschaute, hörte er, wie Hansen den Vater noch einmal fragte, wann er seinen Sohn zuletzt gesehen hatte.

„Hansen, das hab ich dir doch alles schon am Telefon erzählt. In den letzten zwanzig Minuten hat sich daran sicher nichts geändert."

„Hermann, nicht pampig werden", antwortete Hansen. „Ich mache hier meine Arbeit so gut ich kann."

Hermann war sichtlich mitgenommen. Als Berger von seiner Erkundungstour durch das Haus zurückkam, saß der Alte in einem Klubsessel aus den Siebzigern im Wohnzimmer und hielt sich mit beiden Händen das Gesicht zu. Mit einem dezenten Kopfschütteln informierte Berger Hansen, dass er nichts Auffälliges gefunden hatte.

Der Kommissar setzte sich Hermann gegenüber auf die Wohnzimmercouch. Mit sanfter Stimme redete er auf Hermann Etges ein: „Wenn Sie uns helfen, erleichtern Sie den Beamten die Suche nach Ihrem Sohn schon sehr. Erzählen Sie uns alles, was Ihnen einfällt. Auch wenn es Ihnen im Moment nicht wichtig erscheint." Berger legte eine kurze Pause ein, um bei Hermann die Informationen sacken zu lassen.

„Hat sich Ihr Sohn in letzter Zeit auffällig verhalten? War er anders als sonst oder hat er lieb gewonnene Angewohnheiten geändert?" Berger bombardierte Hermann geradezu mit Fragen. Einfachen Fragen, die leicht zu beantworten waren, wie er fand. Er wollte den Alten aus der Reserve locken, ihn aber nicht bedrängen. Deshalb ließ er ihm genügend Zeit zum Antworten. Berger verstand sein Handwerk. Er wusste, wie man Leute zum Reden brachte.

Normalerweise. Bei Hermann schien das erst einmal nicht zu funktionieren. Der Alte blieb stumm.

Berger startete einen neuen Versuch. Diesmal war sein Tonfall deutlich bestimmter: „Wenn Sie wollen, dass wir Ihren Sohn finden, müssen Sie uns schon helfen.“ Die Schärfe in Bergers Stimme stimmt den Alten um. Hermann Etges zeigte so etwas wie eine Reaktion.

Zumindest nahm er schon mal die Hände aus dem Gesicht und lehnte sich ein wenig entspannter im Sessel zurück. „Also gut, ich erzähle Ihnen alles, was Sie wissen müssen“, sagte er betont langsam, so als müsse er sich noch überlegen, was genau er vom Leben seines Sohnes preisgeben wollte.

Aufmerksam lauschten Berger und Hansen den Ausführungen.

„Ich weiß nicht, ob Sie, Herr Kommissar, meinen Jungen persönlich kennen. Aber Hansen kann Ihnen sicher bestätigen, dass Kalle ein ganz besonderer Mensch ist. Er ist anders als andere. Ja, das ist er. Das war er auch schon als Kind und ist es bis heute geblieben.“ Hermann Etges seufzte. „Sie müssen mir glauben, Herr Kommissar, der Kalle ist ein guter Junge.“

Berger nickte zustimmend mit dem Kopf, obwohl er an Hermanns Worten zweifelte. Da redete ein verzweifelter Vater, der seinen Sohn wiederhaben wollte. Natürlich war das, was er sagte, von Objektivität weit entfernt. Aber egal. Berger hörte weiter zu, ohne Hermann zu unterbrechen. Er wollte den Redefluss des Alten auf keinen Fall stören.

„Ich weiß, dass viele im Dorf glauben, er sei für die Brandanschläge verantwortlich. Aber ich kann mir das nicht vorstellen. Kalle war noch nie in irgendeiner Form aggressiv, zerstörerisch oder böse.“

Berger lag die Frage auf der Zunge, ob der Junge sich in letzter Zeit verändert habe. Aber noch bevor er es aussprechen konnte, hatte Hermann die Antwort bereits parat.

„In letzter Zeit war Kalle anders. Das stimmt schon. Ich weiß allerdings nicht wieso. Es gab für mich keinen ersichtlichen Grund für sein Verhalten. Ich habe wirklich nicht den blassesten Schimmer was, oder ob überhaupt etwas vorgefallen ist. Andauernd war Kalle mit dem Fahrrad unterwegs. An manchen Tagen ist er schon morgens los und kam erst wieder, wenn es dunkel wurde. Über Nacht ist er aber noch nie weggeblieben. Kalle hasst die Dunkelheit, ich konnte mich immer darauf verlassen, dass er nach Hause kommt, sobald es dämmert."

„Und es fällt Ihnen keine Situation ein, die ihn aus der Bahn geworfen haben könnte oder ihn emotional bewegt hat? Denken Sie nach, Hermann. Was könnte der Grund für sein Verhalten gewesen sein. Kann es mit dem Tod Ihrer Frau zusammenhängen?" Jetzt fiel Berger Hermann doch ins Wort.

„Keine Ahnung, Herr Kommissar. Sie glauben nicht, was ich mich seit gestern schon alles gefragt habe. Aber ich bin keinen Schritt weitergekommen. Meine Frau ist seit vierzehn Jahren tot. Krebs. Das hat Kalle schon sehr mitgenommen. Er hat seine Mutter sehr geliebt. Aber er hat auch gesehen, wie sie litt und dass der Tod eine Erlösung für sie war. Ich kann mir nicht vorstellen, dass er jetzt, vierzehn Jahre später, darauf reagiert."

Das konnte Berger sich, wenn er ehrlich war, auch nicht vorstellen. Er dachte weiter nach, wie man Licht ins Dunkel bringen konnte. „Sie erwähnten, dass er oft den ganzen Tag unterwegs war. Wissen Sie, wo er sich aufgehalten hat? Vielleicht können Sie uns ein paar Stellen nennen, an denen wir am besten mit der Suche beginnen."

Hermann beschrieb Hansen, der sich auskannte, ein paar Stellen in Wald und Flur. Gestand allerdings auch, dass er dort bereits selbst nachgesehen hatte.

Bevor die Beamten sich verabschiedeten, kam Jan Berger noch eine Idee. Wie so oft meldete sich sein Bauchgefühl. Berger holte das goldene Feuerzeug aus der Tasche, das Ben am Bach gefunden hatte. Anfangs hatte er tatsächlich mit dem Gedanken gespielt, es beim Bürgermeister abzugeben. Dann hatte er sich allerdings anders überlegt. Vielleicht aus gutem Grund.

„Kennen Sie dieses Feuerzeug?"

Hermann warf einen kurzen Blick darauf und nickte bestätigend mit dem Kopf. Sein Gesicht war bleich geworden. „Woher haben Sie das?"

„Gehört das Ihrem Sohn?"

„Nein, es gehört mir." Hermann ging zurück ins Wohnzimmer, hängte ein Ölgemälde, das eine Kapelle im Wald zeigte, ab und öffnete den sich dahinter befindlichen Wandtresor. Entsetzt sah er den Kommissar an.

„Hier habe ich das Feuerzeug immer aufbewahrt. Ich wusste nicht, dass Kalle das Versteck überhaupt kennt." Er schluckte.

„Das Feuerzeug ist ein Erbstück. Darf ich?" Hermann nahm Berger das Feuerzeug ab und drehte es auf die Seite mit den eingravierten Buchstaben.

„Sehen Sie die Gravur? Die Buchstaben JE, stehen für Johann Etges. Mein Vater hieß so. Er hat es von seiner Frau, also meiner Mutter, zur Hochzeit bekommen."

„Ein etwas eigentümliches Hochzeitsgeschenk, wie ich finde. Könnte es außer Kalle auch jemand anders aus dem Safe geholt haben?"

Hermann zuckte die Schultern. „Eigentlich nicht, aber wer weiß. Ich habe ja auch im Traum nicht gedacht, dass Kalle wusste …“ Hermann stockte. Seine Stimme versagte. Hermann Etges schien plötzlich um Jahre gealtert. Er sah Berger flehentlich an.

„Bitte, finden Sie meinen Jungen“, flüsterte er. Berger fand, dass es an der Zeit war, sich zu verabschieden. Obwohl er glaubte, dass dies nicht der letzte Besuch bei Hermann Etges war. Er wurde das dumpfe Gefühl nicht los, dass der Mann ihnen etwas verschwieg.

*

Die Suche nach Kalle blieb wie erwartet erfolglos. An einigen Stellen, die Hermann Etges den Beamten genannt hatte, war das vertrocknete Gras heruntergetrampelt. Eindeutige Anzeichen, dass sich jemand, vielleicht sogar Kalle, zumindest kurzfristig dort aufgehalten hatte. Theoretisch konnten die Spuren aber auch von Wegelagerern, Wanderern oder frisch Verliebten stammen, die sich an unbeobachteter Stelle zum Schäferstündchen verabredet hatten. Konkrete Hinweise auf Kalles Aufenthaltsort gab es also keine. So bedauerlich das auch war. Niemand wusste, wo der Junge sich derzeit aufhielt. Bergers Mittel waren erschöpft. Er konnte nichts weiter tun, als abzuwarten.

Plötzlich fielen ihm die Blumen wieder ein, die seit Stunden im überhitzten Kofferraum des Autos lagen. Höchste Zeit, um nach Hause zu fahren.

„Wir machen Feierabend, Hansen. Morgen ist auch noch ein Tag und heute können wir ohnehin nichts mehr tun.“

Die Suche nach Kalle war zwar nicht von Erfolg gekrönt, aber es deutete auch nichts darauf hin, dass sich der

Vermisste in einer akuten Notlage befand. Berger fürchtete eher, dass von Kalle selbst möglicherweise eine Gefahr ausging. Für diese Vermutung gab es keinen ersichtlichen Grund. Vielmehr war es wieder Bergers Bauchgefühl, das ihm signalisierte, dass irgendetwas nicht stimmte. Aber vorerst behielt der Kommissar diesen Verdacht für sich.

## Sechzehn
## Sommer 2018

Paula Linden tobte. Die Redaktionsleiterin war fuchsteufelswild. Wie eine Hyäne lief sie durchs Büro. Als sie Franka entdeckte, legte sie erst richtig los.

„Eine Unverschämtheit ist das“, brüllte sie. Franka fuhr zusammen. So aufgeregt kannte sie ihre Chefin gar nicht. Franka wusste nicht, was Paula Linden derart in Rage brachte, aber bei der Lautstärke, in der die Chefin ihrem Ärger Luft machte, war sie mit Sicherheit bis unten auf die Straße zu hören. Vermutlich blieben schon die ersten Passanten stehen und schauten hinauf zu den Redaktionsräumen, die sich im dritten Stock mitten in Simmerns Fußgängerzone befanden.

„Paula, beruhige dich.“ Franka redete beschwichtigend auf ihre Chefin ein. Egal was der Grund für die Aufregung war, es war nicht unbedingt nötig, die Aufmerksamkeit der ganzen Stadt auf sich zu ziehen. Außerdem dachte Franka zugegebenermaßen nicht ganz uneigennützig auch an sich selbst. Wenn Paula so weiterbrüllte, würde ihr Tag nämlich mit Kopfschmerzen enden. Und darauf hatte sie gerade mal gar keine Lust.

Aber ganz gleich wie sehr Franka sich auch bemühte, Paula dachte nicht im Traum daran, sich zu beruhigen.

Jetzt wurde es Franka zu bunt. „Was um Himmels willen ist denn eigentlich passiert?“, entfuhr es ihr. Und zwar in einer Lautstärke, die der von Paula in nichts nachstand.

Das schien zu wirken. Paula sah Franka entsetzt an, so als habe sie ihrer Mitarbeiterin alles zugetraut, aber nicht, dass ihre Stimme über derartige Kapazitäten verfügte.

Paula holte einmal tief Luft, ließ sich auf den Stuhl neben Frankas Schreibtisch fallen und rückte endlich raus mit der Sprache: Sie hatte von dem Mord im Kloster Maria Himmelfahrt erfahren.

Franka hatte sich schon so etwas gedacht. Irgendeiner hatte also gequatscht. Franka ließ sich nicht anmerken, dass sie längst von der toten Nonne wusste. Paula würde sie zur Schnecke machen, wenn sie erführe, dass sie seit Tagen derart brisante Informationen zurückhielt. Wenn Franka allerdings geplaudert hätte – was im Zeitungsmilieu natürlich nicht geheim zu halten gewesen wäre – hätte es Ärger mit Jan gegeben. Und zwar zurecht. In jedem Fall hätte Franka das Nachsehen gehabt. Es war bei dieser Sache also besser, einfach die Klappe zu halten und abzuwarten, in der Hoffnung, dass die Wahrheit ewig im Dunkeln blieb. Was Franka allerdings wirklich interessierte, war, wie Paula an die Neuigkeit kam? Franka traute sich nicht, geradeheraus danach zu fragen, um sich nicht zu verraten. Sie hatte eine leise Ahnung. Ob möglicherweise Hansen seiner gesprächigen Freundin Ulla gegenüber den Mund nicht halten konnte? Aber diese Beschuldigung konnte Franka natürlich auch nicht laut äußern, wenn sie sich nicht selbst belasten wollte.

Franka tat also vollkommen unschuldig. Empörte sich darüber, dass die Tageszeitung, als Medium Nummer eins in der Region, mal wieder übergangen wurde. Und zeigte lebhaftes Interesse an dem Fall, was im Gegensatz zu Ersterem nicht gespielt war. Natürlich interessierte Franka sich brennend für den Mord im Kloster und sie war die Erste, die hier schrie, wenn es darum ging, in der Angelegenheit auf eigene Faust zu ermitteln. Aus Jan war in dem Fall wie immer nichts herauszukriegen. Da hielt der Kerl sich strikt an die Regeln. Laufende Ermittlungen wurden konsequent totgeschwiegen – zumindest ihr gegenüber. Das war natürlich richtig so. Trotzdem ärgerte Franka sich darüber und setzte die Informationssperre mit mangelndem Vertrauen gleich. Was natürlich totaler Quatsch war. Franka wusste das auch, wenn sie sich die Mühe machte, mit Verstand darüber nachzudenken.

Inzwischen hatte Paula sich wieder gefangen. Ihre natürliche Hautfarbe war der Zornesröte gewichen. Ihr Teint hatte wieder den typischen beige-rosa Ton angenommen, ihre Atmung war normal flach. Für Franka war der richtige Moment gekommen, um das Gespräch in entsprechende Bahnen zu lenken.

„Das können wir uns nicht gefallen lassen“, sagte sie und schlug vor, sich unter einem Vorwand selbst einmal im Kloster umzuschauen.

„Papperlapapp“, blökte Paula gleich darauf wieder los. „Du weißt ja noch nicht alles. Koblenz hat schon angerufen. Den Mord sollen die Kollegen übernehmen. Angeblich sind wir ja schon mit der Brandserie überfordert. Pah, dass ich nicht lache.“ Paulas Blutdruck stieg schon wieder an, was unschwer an ihrer zusehends roter werdenden Gesichtsfarbe zu erkennen war.

„Nicht aufregen“, beschwichtigte Franka ihre Chefin zum zweiten Mal innerhalb kürzester Zeit. „Vielleicht hätte ich da eine Idee.“

„Und die wäre?“, blaffte Paula. Ihr Tonfall klang zwar noch ein wenig pampig, aber Franka spürte, dass sie interessiert war. Sie ergriff ihre Chance. Gut, Franka war eindeutig im Vorteil, weil sie bereits seit ein paar Tagen darüber nachdachte, wie sie sich in die Ermittlungen einmischen konnte. Aber sie hatte ja auch schon ein Ergebnis vorzuweisen. Eine geradezu geniale Idee, wie sie fand.

„Im Herbst steht doch das Jubiläum der Ordensschwestern an, nicht wahr?“

„Keine Ahnung, was interessiert mich der Quatsch jetzt.“

„Hör doch mal zu.“ Franka ließ nicht locker. „Wenn ich unter dem Vorwand, mich für die Entstehungsgeschichte des Klosters, des Ordens, der Schwestern, was weiß ich, bla, bla, blub … zu interessieren, und deswegen Kontakt mit den Schwestern aufnehme, kann ich vielleicht etwas über den Tod der Nonne in Erfahrung bringen.“

Paula zögerte: „Du hast aber noch die Berichterstattung von den Bränden an der Backe. Das ist dir schon klar, oder?“

„Das ist mir voll und ganz bewusst. Mach dir darüber keine Sorgen. Ich krieg das schon beides unter einen Hut.“

„Also gut.“ Paula willigte schnell ein. Ein bisschen zu schnell wie Franka fand. Bei übereilten Zusagen bestand die Gefahr, dass ihre Chefin es sich noch einmal anders überlegte. Franka hoffte darauf, dass alles glatt ging.

„Wenn du Hilfe brauchst, dann lass es mich wissen.“ Paula war wieder die Alte und Franka war erleichtert. Ihre Chefin witterte Rache. Die Angst, dass sie vielleicht einen Rückzieher machte, war vermutlich unbegründet. Wenn Paula Linden es den Kollegen aus Koblenz heimzahlen und beweisen konnte, dass man in der kleinen Hunsrücker Redaktion genauso gute Arbeit leistete wie in der Großstadt, war sie mit Feuereifer dabei.

Nach kurzem Zögern fuhr Paula fort: „Okay. Ich halte dir den Rücken frei. Im Gegenzug, berichtest du mir aber minutiös, was vorgeht. Und sobald es etwas Neues in Sachen Feuerteufel gibt, sind wir ganz vorne mit dabei. Verstanden?"

„Verstanden", bestätigte Franka. Sie hoffte, dass es brandtechnisch in nächster Zeit ruhig bleiben würde. Und setzte ihre Hoffnung auf die neue Bürgerwehr, obwohl sie von der Formierung an und für sich nicht sonderlich viel hielt. Vielleicht schreckten ein Dutzend bekloppte Bauern den Feuerteufel dennoch ab. Falls nicht, hatte Franka ein Problem. Mordfall und Brandserie würde sie nie und nimmer unter einen Hut bekommen. Aber das behielt sie klugerweise für sich. Wenn sie Paula gegenüber auch nur im Ansatz den Anschein erweckte, dass sie an sich zweifelte, bedeutete das ganz klar das Aus für den Mordfall. Dann würde einer der Kollegen übernehmen. Das konnte sie auf keinen Fall riskieren. Franka bluffte weiter. Langsam fing das Spiel an, ihr zu gefallen. Sie erklärte ihrer Chefin wie sie vorgehen wollte. Zumindest soweit es absehbar war.

Paula war einverstanden, solange die restliche Arbeit nicht darunter litt. Von den Gegenständen an der Brandstelle erzählte sie Paula vorerst nichts. Es half keinem weiter, wenn sie sich schon wieder aufregte. Und dass die Polizei so zurückhaltend mit ihren Pressemitteilungen war, musste demnächst ohnehin einmal angesprochen werden. Dazu ergab sich sicher bald die Gelegenheit. Zuerst würde sie allerdings Hansen anrufen und ihn zur Rede stellen. Was fiel dem Kerl eigentlich ein? Nicht nur, dass sie so etwas wie Nachbarn waren, die Polizei war zudem verpflichtet, Informationen an die Presse herauszugeben. Und die Presse in Simmern war nun mal die Tageszeitung. Auch wenn manche Leute da anderer Meinung waren. Paula schien zufrieden. Sichtlich erleichtert erhob sie sich von dem Bürostuhl und verließ den Raum. Als Franka hörte, dass ihre Bürotür ins Schloss fiel, griff sie zum Hörer und wählte Hansens Nummer auf der Dienststelle in Simmern.

## Siebzehn
## Sommer 2018

Berger stieg vor Frankas Haus aus seinem Wagen und wies Hansen an, ihn am nächsten Vormittag wieder abzuholen. Den Strauß mit den halbverwelkten Gartenblumen konnte er gerade noch aus dem Kofferraum retten, bevor Hansen mit Vollgas um die Ecke bog und in Richtung Simmern davonbrauste. Das Fahren machte ihm sichtlich viel Spaß. Berger ließ ihn deshalb gern mal den Chauffeur spielen. Theoretisch hätte Hansen den Wagen auch abstellen und die paar Meter bis zu seiner Wohnung laufen können. Berger hielt es aber auch durchaus für möglich, dass der junge Kollege gerade nicht daran dachte, dass er seit einiger Zeit mit Ulla in der Kirchgasse wohnte. Der Gedanke amüsierte Berger. Er schaute dem Wagen mit einen zufriedenen Lächeln hinterher. Irgendwann würde es Hansen schon einfallen, wo er zu Hause war. Spätestens dann, wenn Ulla hinter ihm her telefonierte.

Bevor Jan Berger sich weiterhin Gedanken um Hansens Beziehung machte, sollte er zuerst einmal bei sich selbst aufräumen. Wie er so dastand, mit den welken Blumen in der Hand, kam er sich unglaublich dämlich vor. Der Streit vom Vortag war unnötig und vollkommen lächerlich. Natürlich hatte Franka recht und es hatte nichts damit zu tun, dass sie sich auf Anabels Seite schlug, sondern lediglich mit klarem Menschenverstand.

Wie ein begossener Pudel starrte er auf das Kopfsteinpflaster und dachte darüber nach, wie er seine Entschuldigung einleiten wollte.

Im selben Moment ging die Haustür auf und Franka kam heraus. So, wie sie ihn anschaute, machte sie nicht den Eindruck, als sei sie noch böse mit ihm. Im Gegenteil. Sie lächelte ihm zu und sagte: „Schön, dass du pünktlich bist. Und wie ich sehe, hast du für die Gastgeberin ja auch ein paar Blumen mitgebracht." Franka nahm ihm den Strauß aus der Hand, warf einen kritischen Blick darauf und sagte nur: „Na, die sollten schnell ins Wasser."

Berger war ziemlich verblüfft. Franka überraschte ihn doch immer wieder. Dann fiel ihm ein, dass Leo und Pierre sie zum Essen eingeladen hatten. Leo wollte mit Pierres Kochkünsten angeben. Und da Franka ihren Streit offensichtlich vergessen wollte, entschied Berger sich dafür, es ihr gleich zu tun. Er umarmte sie herzlich und sagte: „Na, dann wollen wir doch mal sehen, ob Pierre Lagare besser kocht als ich." Er zwinkerte Franka zu und Franka zwinkerte zurück.

„Majuu bi goot, et es meggalisch got." Elsjen kriegte sich nicht mehr ein.

Tatsächlich hielten Pierres Kochkünste das, was Leo versprochen hatte. Es gab Hunsrücker Spezialitäten wie Deppekoche, gefellte Klies, Marschkliessopp und Rindfleisch mit Senfsauce. Und das alles auf dem Niveau einer Sterneküche. Das Essen war in der Tat „meggalisch got". Das musste selbst Jan zugeben. Meggalisch war im Übrigen das Lieblingswort der Mörsdorfer und vielseitig einsetzbar. Man verwendete es sozusagen als Superlativ. Etwas, das besonders schön war, war „meggalsich schie". „Datt war jo ebbes Meggalisches", bedeutete, dass es schöner nicht hätte sein können. Jedes Adjektiv konnte mit meggalisch aufgewertet und über alle Maßen in den Himmel gelobt werden.

Franka hatte das Wort erst im Hunsrück kennengelernt. Anfangs war sie sich unsicher, ob das Wort Tradition hatte und sich aus dem Moselfränkischen ableiten ließ, oder ob es sich vielleicht doch eher um eine kreative Wortneuschöpfung der Hunsrücker handelte. Inzwischen hatte der Begriff, der übrigens nichts mit dem von jungen Leuten gern verwendeten Begriff mega zu tun hat, allerdings auch schon einen festen Platz in Frankas Wortschatz. Mehr als einmal am Tag erwischte sie sich dabei, ihr Leben im Hunsrück meggalisch schön zu finden.

*

Das gekochte Rindfleisch, das mit einer Soße aus Ei, Senf, sauren Gurken, Mayonnaise, Sahne und Quark serviert wurde, zerfiel einem direkt auf der Zunge. Ein Feuerwerk der Sinne, war das Erste was Franka dazu einfiel. Allzu oft hatte sie in der Vergangenheit schon über Gourmetveranstaltungen für die Zeitung berichtet und Ausdrücke wie Feuerwerk und Explosion verwendet. Die Begriffe bekamen just in diesem Moment noch einmal eine ganz neue Bedeutung für sie. Pierre war wirklich ein begnadeter Koch und durfte sich getrost mit einem französischen Nachnamen schmücken, auch wenn er ihm von Rechts wegen nicht zustand.

Leo saß mit vor Aufregung geröteten Backen am Kopfende des Tisches und schmachtete seinen Liebsten an. Franka hatte ein bisschen Angst, dass er vor Stolz platzen könnte. Aber sie gönnte ihm die neue Liebe. Peter war wirklich nett und wenn er in dem neuen Restaurant genauso kochte wie heute Abend, hatte sie keine Bedenken, dass das Lokal in der Region einschlug wie eine Bombe.

An der Menüfolge des Abends war allerdings auch Elsjen, Leos Mutter, nicht ganz unschuldig.

„Ich hab zum Peter gesacht, die Leut hier wollen essen, was sie kennen. Kein Schnickschnack, sondern ebbes Richtfortes. Gell, Jan, so isses doch?“ Elsejn schaute den Kommissar herausfordernd an.

Jan nickte. Seinem zufriedenen Gesichtsausdruck nach zu urteilen, schien er das Essen wirklich zu genießen. Er ließ sich sogar dazu hinreißen sich mit Peter und Elsjen über die Zutaten auszutauschen und geizte auch nicht mit Lob für den Koch: „Peter, dafür dass du gar kein Hunsrücker bist, hast du das wirklich vorzüglich hingekriegt.“

Peter lachte ein wenig verschämt. Die Anspielung auf seine Eifler Herkunft verstand er so, wie sie gemeint war, als Scherz.

„Also denkt ihr, wir könnten das mit dem Restaurant riskieren?“, fragte er vorsichtig in die Runde.

Jan und Franka nickten zustimmend mit dem Kopf und Elsjen war von dem neuen Schwiegersohn in spe sowieso total begeistert.

Franka tunkte zum Nachtisch nochmal ein Stück Weißbrot in die Senfsauce. „Ihr könnt sicher sein, dass ich bei euch am Tisch sitze, wenn Jan nicht da ist, um mich zu versorgen“, sagte sie mit vollem Mund.

„Dann bin ich ja wohl erst mal abgemeldet“, fügte Elsjen scherzhaft hinzu.

Als Franka noch einmal zum Brot greifen wollte, schlug Jan ihr sanft auf die Finger.

„Schluss jetzt“, sagte er. „Sonst bist du bald so dick, dass du durch keine Tür mehr passt.“

Franka strafte Jan mit einem bösen Blick. Dafür, dass sie sich erst vor wenigen Stunden wieder versöhnt hatten, riskierte er eine ganz schön dicke Lippe.

Besänftigend legte Jan einen Arm um Frankas Schulter. „War nur Spaß. Du weißt, dass ich deine Kurven liebe." Er zog Franka näher an sich heran und küsste sie auf den Mund.

„Themenwechsel", schlug Franka vor. Sie hatte wenig Lust ihre Gewichtsprobleme vor ihren Freuden zu diskutieren. Zumal es Wichtigeres gab.

„Lasst uns lieber über echte Probleme reden."

Sowohl Leo und Elsjen als auch Jan wussten sofort, worauf Franka anspielte. Nur Peter schaute einen Moment lang verdutzt aus der Wäsche, bis Leo ihn mit ein paar Sätzen darüber aufklärte, was die Leute im Dorf derzeit am meisten bewegte. Pierre war in den letzten Tagen so mit dem Ausprobieren der neuen Rezepte beschäftigt, dass er nichts um sich herum mitbekommen hatte.

Die Unruhe im Dorf, die sich seit den Brandanschlägen breitmachte, war wirklich besorgniserregend. Nicht nur Franka war beunruhigt.

„Weiß man denn schon etwas Neues?" Elsjens Frage war an Jan gerichtet.

Der zuckte mit den Schultern. „Laufende Ermittlungen, Elsjen. Da kann ich nichts zu sagen. Außerdem ist das nicht meine Baustelle."

„Wie nicht deine Baustelle?" Drei Augenpaare starrten Jan Berger erstaunt an.

„Leute, ich kann euch nix sagen. Versteht das doch. Kommt, lasst uns über etwas anderes reden."

„Na, du bist gut. Das Einzige, was ganz Mörsdorf im Moment beschäftigt, sind die Brände. Die Leute haben Angst um ihr Hab und Gut, vielleicht sogar um ihr Leben und du willst über etwas anderes reden?“ Leo war sauer.

Bevor die Situation eskalierte, lenkte Elsjen ein. „Nun lasst Jan in Ruhe. Er hat ja recht. Über laufende Ermittlungen darf er uns gar keine Auskunft geben. Das ist genau wie bei den Kommissaren im Fernsehen. Die dürfen das auch nicht.“

Franka war Elsjen dankbar für den Einwurf, konnte allerdings ein Grinsen nicht unterdrücken. Nur weil die Fernsehkommissare auch nicht über laufende Ermittlungen redeten, fand ihre Nachbarin es in Ordnung, dass Jan die Klappe hielt. Aber egal. Hauptsache es blieb harmonisch. Auf Streit hatte Franka zurzeit nämlich gar keine Lust. Sie schickte ein kurzes Stoßgebet gen Himmel und dankte den Autoren aller Tatortdrehbücher.

Von dem Mord an der Nonne war keine Rede. Die Bluttat schien sich im Dorf erstaunlicherweise noch nicht herumgesprochen zu haben. Weder Leo noch Elsjen machten irgendwelche Andeutungen in dieser Richtung, was eigentlich eher verwunderlich war.

Franka brannte aber eine Frage unter den Nägeln: „Da gibt es aber doch etwas, das mich interessiert“, warf Franka in die Runde. Sie erzählte von ihrem Besuch im Wirtshaus und davon, dass einer der Männer ständig verbalen Attacken ausgesetzt war. „Kann mich vielleicht jemand aufklären?“, bat Franka.

In der Küche entstand eine peinliche Stille.

Nach einer Weile, die Franka wie eine Ewigkeit vorkam, bis Elsjen laut hörbar ausatmete. Dann sagte sie: „Ach was soll’s. Eigentlich ist es ja kein Geheimnis. Ich erzähle es dir.“

Und so erfuhren Franka und Jan die Geschichte von Karljosef genannt Kalle, dem zurückgebliebenen Jungen, der altersmäßig längst ein Mann war. Man munkelte, dass er gar nicht Hermanns leiblicher Sohn, sondern ein Adoptivkind war.

„Etwas Genaues weiß man eigentlich nicht“, sagte Elsjen. Hermann und Anna haben nie darüber gesprochen. Aber man hat ja Augen im Kopf. Die Leute haben sich damals schon gewundert, dass die beiden erst so lange kinderlos waren und es hieß, sie könnten keine kriegen. Dann war Anna zur Kur, angeblich wegen ihres Asthmas und als sie Monate später wieder zurückkam, hatte sie den Jungen dabei.

„Und der ist jetzt verschwunden“, sagte Jan in die neu entstandene Stille hinein.

## Achtzehn
## Sommer 1956

Rosa erwachte von den Kirchenglocken, die zur Frühmesse riefen. Sie schnellte in die Höhe, aus Angst verschlafen zu haben. Aber die Mutter schien diesmal nicht mit ihr in die Dorfkirche gehen zu wollen. Auch gut, dachte Rosa und ließ sich entspannt zurück in die Kissen fallen. Sie schloss die Augen und träumte von einer Reise, die sie mit der Mutter unternehmen würde. Wenn sie nur endlich diesen Schatz fände. Nach der Ernte war Rosa oft mit Helga in den Wald gegangen und hatte nach der Stelle gesucht, an der der goldene Wagen verunglückt und der Schatz verloren gegangen war. Einmal hatten sie sogar so lange gegraben, bis sie auf etwas Hartes stießen. Leider war es aber kein Schatz, sondern nur die Wurzel eines alten Baums. Enttäuscht waren die Mädchen an diesem Abend zurück ins Dorf gekommen. Aber Rosa war sich sicher, dass sie beim nächsten Mal mehr Glück hätten. Sie grübelte gerade über eine neue Strategie und hörte deshalb nicht, dass die Mutter in die Küche gekommen war. Als Rosa die Augen öffnete, stand sie dicht vor ihr. Mutter sah schön aus. Sie trug ihr schönstes Sonntagskleid. Also wollte sie doch mit Rosa zur Frühmesse? Das Mädchen war verwirrt. Sie setzte sich auf und schaute die Mutter fragend an. Dann erst sah sie, dass die Mutter eine Reisetasche in der Hand hielt. Würden ihre Träume von einem gemeinsamen Urlaub so schnell in Erfüllung gehen? Aber warum jetzt? Am Montag waren die Ferien zu Ende, da konnte sie doch nirgendwo mehr hinfahren. Die Mutter schob Rosa sanft zur Seite und setzte sich neben das Kind auf das Küchensofa. Sie legte einen Arm um Rosas Schulter und fing leise an, auf sie einzureden.

Es traf Rosa wie ein Blitz. Das Gespräch zwischen der Mutter und Greta kam ihr wieder in den Sinn. Es war keineswegs vergessen. Die Mutter wollte sie tatsächlich immer noch ins Kloster schicken.

„Schau, Rosa, es ist ja nicht weit weg. Und dort wirst du gut versorgt. Du bekommst Kleidung und genug zu essen. Und in den Ferien kannst du mich hier besuchen."

Wie durch eine dichte Nebelwand drangen die Worte der Mutter zu ihr. Rosa wollte das alles nicht hören. Sie wollte in kein Kloster. Und sie wollte die Mutter auch nicht besuchen. Sie war doch hier zu Hause. Es war doch alles gut, so wie es war. Rosa hatte doch so gut bei der Feldarbeit geholfen, damit sie genug zu essen hatten. Warum? Die Frage schwirrte wild in ihrem Kopf herum. Rosa verstand die Welt nicht mehr. Wie ferngesteuert zog sie sich an, frühstückte und ließ sich von der Mutter an der Hand aus dem Haus führen.

Auf dem Dorfplatz schaute sie sich noch einmal um. Ob sie ihr Haus und das Dorf je wiedersehen würde? Dicke Tränen kullerten über Rosas Wangen, während sie willenlos hinter der Mutter her stolperte. Die Leute kamen gerade aus der Frühmesse. Einige warfen der Mutter böse Blicke zu. In der Frühmesse zu fehlen, kam einem Schwerverbrechen gleich. Unter den Kirchenbesuchern waren auch Helga und ihre Familie. Helga hatte das schöne hellblaue Sonntagskleid an, auf das Rosa schon immer ein bisschen neidisch war. Die Freundinnen schauten sich an. Helga schien sofort zu verstehen. Rosa wollte ihr zuwinken, aber sie schaffte es nicht. Sie starrte die Freundin schweigend an, bis die Mutter Rosa fortzog.

Ein rund zweistündiger Fußweg lag noch vor ihnen. Das Kloster Maria Himmelfahrt war zwölf Kilometer vom Dorf entfernt. Ein schmaler Pfad führte durch den Wald. Erst ging es bergab, dann am Bachlauf entlang bis zum Kloster. Die Mutter ging zügig voran. Rosas Hand ließ sie den ganzen Weg entlang nicht ein einziges Mal los. Auf halber Strecke machten sie eine Pause. Sie setzten sich auf eine Holzbank, die am Wegrand stand. Mutter hatte für jeden ein Butterbrot eingepackt und einen Apfel. Sie aßen schweigend. Als sie aufgegessen hatten, steckte die Mutter Rosa ein kleines Stück Schokolade zu. Rosa ließ die süße Nascherei langsam im Mund zergehen. Ein klein wenig verschwand die Wehmut aus ihrem Herzen. Am liebsten wäre Rosa nicht mehr weitergelaufen und einfach mit der Mutter auf dieser Bank sitzengeblieben. Aber schon bald drängte die Mutter zum Aufbruch. Sie nahm Rosa wieder an die Hand und ging forschen Schrittes voran. Nach kurzer Zeit war das Plätschern des Bachs zu hören. Malerisch schlängelte der Flaumbach sich durch das saftige Grün der umliegenden Wiesen. Je näher sie ans Kloster kamen, desto schwerer wurde es Rosa wieder ums Herz. Aber sie lief tapfer weiter. Sie wollte sich dem Wunsch der Mutter nicht widersetzen. Und bis zu den Herbstferien war es auch gar nicht lange.

Dann konnte sie sicher schon wieder nach Hause. Nach der nächsten Biegung kam der Kirchturm von Maria Himmelfahrt schon in Sichtweite. Das große Gebäude aus Bruchstein, umfriedet von einer mannshohen Mauer, wirkte imposant. Rosa war beeindruckt. Von Nahem hatte sie das Kloster noch nicht gesehen. Die Anlage erschien ihr riesig. Neben der Kirche gab es noch mehrere kleinere Gebäude, deren Bedeutung Rosa nicht zuordnen konnte.

Von der Straße auf führten steinerne Stufen hinauf zur Pforte. Mutter drückte die Klinke der hölzernen Eingangstür herunter. Die Tür sprang auf. Rosa sah sich in einem Foyer stehen. Eine angenehme Kühle war zu spüren. Das musste an dem Steinboden liegen. Außer einer überdimensional großen Marienfigur, war der Vorraum leer. Eine Tür führte nach rechts in den Kirchenraum, an einer zweiten hing ein Schild mit der Aufschrift *Pforte. Bitte läuten.*

Mutter zog an einer Schnur, worauf ein Glöckchen bimmelte und eine Nonne in schwarzem Umhang auf den Plan rief. Die Ordensfrau nickte wortlos zum Gruß, nahm Rosa bei der Hand und zog sie mit sich fort. Sogleich fiel die schwere Eichentür hinter den beiden ins Schloss.

Rosa wollte sich noch einmal nach der Mutter umdrehen, um sich zu verabschieden. Doch die Tür war zu. Von der Mutter war nichts mehr zu sehen. Rosa war zum Heulen zumute. Tränen kullerten über ihre Wangen. Aber sie riss sich zusammen. Bald, ja schon ganz bald, werde ich wieder zu Hause sein, sagte sie leise vor sich hin. So leise, dass sie es selbst kaum hören konnte, während sie der Schwester über eine breite Treppe in das obere Stockwerk folgte, in dem sich die Zimmer der Schwestern und Novizinnen befanden.

*

Ein Bett, ein Schrank, eine Kniebank, ein Stuhl und ein Tisch, auf dem sich eine Bibel sowie ein Gebetbuch befanden, erwarteten Rosa in ihrer Kammer. Es war das erste Mal, dass Rosa ein Zimmer ganz für sich allein haben würde. Trotzdem konnte sie sich nicht recht darüber freuen. Lieber hätte sie bis an ihr Lebensende auf der Küchenbank geschlafen, wenn sie nur zu Hause hätte bleiben können. Die Schwester, die noch immer kein Wort gesprochen hatte, nickte ihr aufmunternd zu und verließ den Raum. Rosa war allein.

Sie packte ihre Habseligkeiten in den Schrank, in dem sich schon Bettwäsche und zwei Handtücher befanden. Dann setzte sie sich schweren Herzens an den kleinen Tisch. Sie wusste nicht, was sie tun sollte. Niemand hatte mit ihr gesprochen. Sollte sie hier sitzen und warten, bis jemand zu ihr käme? Vermutlich war es das Beste. Rosa traute sich nicht, den Raum zu verlassen. Aus Langeweile begann sie, in dem Gebetbuch zu blättern. Sie musste kurz eingenickt sein, denn sie erschrak fürchterlich, als plötzlich eine andere Schwester vor ihr stand und sie mit strengem Blick taxierte.

„Ich bin die Oberin, Schwester Theophila“, stellte die Nonne sich vor. Endlich jemand, der mit ihr sprach. Rosa war erleichtert. Sie drückte sanft die Hand, die die Oberin ihr hinstreckte. Weich und warm fühlte die sich an. Die Oberin musste sicher keine schwere Feldarbeit verrichten, so wie die Mutter, deren Hände rau und voller Schwielen waren.

„Du musst keine Angst haben, mein Kind. Dir wird es hier gutgehen, glaube mir. Wir haben schon viele Mädchen wie dich bei uns aufgenommen. Du wirst sehen, wenn du dich erst einmal eingewöhnt hast, wird es dir bei uns gefallen“, sagte Theophila. Freundlichkeit und Wärme schwangen in ihrer Stimme mit.

Trotzdem brachte Rosa kein Wort heraus. Sie konnte nur zaghaft mit dem Kopf nicken.

„In der Regel sprechen wir nur da Nötigste“, erklärte die Nonne weiter. „Aber auch daran wirst du dich schnell gewöhnen. Unser Leben hier erfolgt nach einem immer gleichen Rhythmus. Den wirst du schnell kennenlernen. Jetzt ist es Zeit für das Mittagessen. Ich werde dir später einen Zettel geben, damit du unseren genauen Tagesablauf studieren kannst. Das wird ab jetzt auch dein Tagesablauf sein.“

Theophila wandte sich zur Tür. „Folge mir jetzt nach unten in den Speisesaal. Sobald wir diese Zimmer verlassen haben, sprechen wir nicht mehr. Hast du das verstanden?“

„Äh, ja“, stammelte Rosa, nur um nicht schon wieder bloß mit dem Kopf zu nicken.

Artig folgte sie der Oberin und ging die vielen Stufen, die sie eben erst hinaufgelaufen war, wieder herunter.

Mehrere Türen säumten den Weg entlang eines schier endlos wirkenden Flurs. Durch die verschlossenen Türen drang kein einziger Laut nach draußen. Es herrschte Totenstille. Rosa fand das gruselig. Nachdem die Schwester Oberin ein paarmal nach links und dann wieder nach rechts abgebogen war, öffnete sie eine der schweren Holztüren. Dahinter befand sich der Speissaal. An zwei langen, gedeckten Tafeln hatten die anderen Schwestern bereits Platz genommen. Als Rosa mit der Oberin den Saal betrat, schauten alle gleichzeitig zu ihr auf und nickten stumm zum Gruß. Die Oberin wies Rosa einen Platz zwischen einer ganz alten und einer deutlich jüngeren Nonne zu. Am Tisch gegenüber fiel Rosa ein Mädchen auf, das in ihrem Alter zu sein schien. Sie trug, wie Rosa, keinen Schleier. Rosa suchte ihren Blick, doch die Augen des Mädchens waren fest nach unten gerichtet. Ihre Hände zum Gebet gefaltet.

„Komm Herr Jesus, sei du unser Gast …“, betete die Oberin laut.

Am Ende des Gebets antworteten die Schwestern im Chor: „Amen“ und begannen schweigend zu essen.

Auf dem Teller vor Rosa dampfte ein heißer Eintopf. Erst jetzt merkte Rosa, dass sie Hunger hatte. Hastig machte sie sich über das Essen her. Die ältere Tischnachbarin legte ihr beruhigend die Hand auf den Arm. Rosa hielt inne und sah die Alte an. Dann tat sie es den anderen Frauen gleich und begann, andächtig ihren Teller auszulöffeln.

Gleich nach dem Essen schickte man sie in ihrer Zelle. Auf dem Zettel, den man ihr in die Hand gedrückt hatte, konnte Rosa den Tagesablauf ablesen. Um vier Uhr dreißig aufstehen, um fünf Uhr Laudes, sechs Uhr Frühstück und acht Uhr Arbeitsbeginn.

Rosa hatte nicht die geringste Lust wegen dieser Laudes, wer auch immer das sein mochte, mitten in der Nacht aufzustehen. Sie legte ihren Kopf nur kurz auf das Kissen und war im nächsten Moment, noch bevor sie weiter nachdenken konnte, eingeschlafen.

## Neunzehn
## Sommer 2018

Seit Stunden wälzte Jan Berger sich unruhig im Bett hin und her. Obwohl er müde war, fand er keinen Schlaf. Er konnte einfach nicht abschalten. Dazu kam diese unerträgliche Hitze. Berger konnte sich nicht erinnern, je einen so heißen Sommer erlebt zu haben. Zumindest nicht im Hunsrück.

Seine Gedanken kreisten um die Fälle, die er nicht zuletzt dank Hansens Unfähigkeit, alle auf einmal an der Backe hatte. Die Suche nach dem Jungen beschäftigte ihn doch viel mehr, als er sich ursprünglich eingestanden hatte. Wenigstens musste man sich keine Sorgen machen, dass der Junge erfrieren würde. Bei den Temperaturen war das wohl kaum möglich. Auch am späten Abend sank das Thermometer nur knapp unter die Dreißig-Grad-Marke. Berger wurde das Gefühl nicht los, dass die Brandserie, das Verschwinden von Kalle und der Mord an der Nonne etwas miteinander zu tun hatten. Er wusste zwar nicht, wo diese Verbindung sein sollte, aber er hatte so ein Bauchgefühl. Und auf seinen Bauch konnte Jan Berger sich eigentlich immer verlassen.

Dass Hermann Etges ihm nicht die Wahrheit gesagt hatte, schmerzte ihn nicht nur, sondern machte ihn geradezu wütend. Da sollte er seinen Sohn finden, und wurde zur Belohnung noch angelogen. Solche Leute liebte Jan ja schon ganz besonders. Kein Wunder, dass er nachts kein Auge zumachte.

Dass er keinen Schlaf fand, lag allerdings nicht nur an dem sich ständig drehenden Gedankenkarussell. Auch das üppige Essen vom Vorabend lag ihm noch immer schwer im Magen und trug seinen Teil dazu bei. Dabei hatte Peter oder besser gesagt Pierre wirklich vorzüglich gekocht. Berger hatte einfach nur viel zu viel gegessen. Leo hatte darauf bestanden, dass alle Gerichte, die bei der Eröffnung serviert werden sollten, verkostet wurden. Die Krönung des Abends war dann noch das traditionelle Hunsrücker Kirmesessen Kappes und Erwes – ein Gericht aus Sauerkraut mit einer Püree aus gelben Schälerbsen, zu dem gekochtes Schweinefleisch gereicht wurde. In Jans Magen rumorte es. Vielleicht sollten die beiden Junggastronomen doch über eine leichtere und besser verträgliche Variante der Hunsrücker Bauerngerichte nachdenken.

Berger warf einen Blick auf Franka. Ihr schien das üppige Abendessen keine Probleme zu bereiten. Kaum dass die beiden im Bett lagen, war Franka eingeschlafen. Jan seufzte. Früher hatte er das auch mal gekonnt. Jetzt war an einen tiefen und erholsamen Schlaf leider nicht zu denken. Er hörte Franka, wie sie neben ihm tief ein- und ausatmete und versuchte in ihren Rhythmus einzustimmen. Leider Fehlanzeige.

Irgendwann hielt er es im Bett nicht mehr aus. Er stand leise auf, um Franka nicht zu wecken und schlich auf Zehenspitzen nach unten in die Küche. Im Kühlschrank fand er eine Flasche Hefebrand, den Franka erst kürzlich von einem Moselwinzer geschenkt bekommen hatte. Jan hatte noch gefrotzelt und ihr bezahlten Journalismus und Bestechlichkeit vorgeworfen. Jetzt war er froh, die Flasche unversehrt und gut gekühlt vorzufinden. Er goss sich einen großen Schnaps ein und leerte das Glas in einem Zug, bevor er wieder nach oben ging. Im Bett schaute er noch einmal auf die Uhr. Die digitale Leuchtanzeige von Frankas Funkwecker zeigte drei Uhr sechsundvierzig.

*

Die Hupe von Bergers Dienstwagen musste mehrmals hintereinander betätigt werden, bevor der Kommissar endlich aus dem Haus kam. Hansens Blick nach zu urteilen, sah Berger ziemlich zerknirscht aus. Dass der junge Kollege eine entsprechende Bemerkung unterdrückte, rechnete Berger ihm hoch an. Er setzte sich auf den Beifahrersitz und berichtete Hansen auf dem Weg zur Dienststelle, was er am Vorabend über Kalles familiäre Situation in Erfahrung gebracht hatte. Während er erzählte, fiel ihm ein, dass es klüger war, anstatt direkt ins Büro, lieber vorher noch einmal zu Hermann Etges zu fahren, um ihn zur Rede zu stellen. Es war zwar erst kurz nach halb acht, aber Rentner waren ja für gewöhnlich keine Langschläfer. Berger konnte sich gut vorstellen, dass Hermann aus Sorge um seinen Sohn ohnehin kein Auge zugemacht hatte. Er schien recht zu haben. Auf sein Klingeln ging prompt die Tür auf. Wie beim letzten Mal schien Hermann auch diesmal wenig überrascht, die Beamten wiederzusehen.

„Kommen Sie herein“, bat er. Bildete Berger sich das ein, oder hatte Hermann Etges den Beamten doch etwas zu sagen? Auf das gleiche Spiel wie beim letzten Mal, ließ er sich jedenfalls nicht mehr ein. Dafür fehlte ihm am Morgen die Geduld. Er war einfach zu unausgeschlafen. Unvermittelt konfrontierte Berger den Hausherrn mit der vermeintlichen Wahrheit.

„Herr Etges, Sie haben uns etwas Wesentliches verschwiegen.“ Mehr musste er gar nicht sagen. Schuldbewusst senkte Hermann Etges den Kopf, bat die Herren nicht wie am Vortag ins Wohnzimmer, sondern ging den beiden voran in die Küche. In der Maschine dampfte heißer Kaffee. Etges bot den Polizisten eine Tasse an, die beide dankend ablehnten.

„Woher wissen Sie es?“, fragte er leise.

„Das tut nichts zur Sache. Entscheidend ist doch viel mehr, warum Sie es uns verschwiegen haben.“ Bergers Tonfall war barsch. Er machte keinen Hehl daraus, dass er sich geärgert hatte. „Warum haben Sie uns nicht gesagt, dass Kalle nicht Ihr leiblicher Sohn ist?“

„Weil es eben nichts zur Sache tut“, entgegnete Hermann Etges.

„Für Sie vielleicht nicht. Für uns schon.“ Berger machte eine kurze Pause, dann fuhr er fort. „Wusste Kalle, dass Sie nicht sein richtiger Vater sind?“

Hermann schüttelte den Kopf. „Nein, und das darf er auch auf keinen Fall erfahren.“ Er sah Berger flehentlich an. „Sie müssen mir versprechen, Herr Kommissar, dass, wenn Sie ihn finden, es ihm nicht erzählen.“

„Was wäre daran so schlimm? Es gibt viele Menschen, die in Pflegefamilien aufwachsen und …“

Hermann fiel Berger ins Wort. „Pflegefamilie, wenn ich das schon höre. Wir sind keine Pflegefamilie. Wir sind Kalles Familie. Und zwar die einzige, die er hat.“ Hermann Etges war laut geworden. Berger schien mitten ins Schwarze getroffen zu haben.

Jetzt galt es dran zu bleiben. Mit betont ruhiger Stimme fuhr er fort: „Kann es ein, dass Kalle hinter Ihr Familiengeheimnis gekommen ist?“

Hermann zuckte mit den Schultern. „Ich wüsste nicht, wer es ihm erzählt haben könnte. Im Dorf hat man zwar damals, als Anna mit dem Kind aus dem Kur zurückkam, hinter unserem Rücken getuschelt, aber ich denke es lag eher daran, dass das Kind … anders war.“

Hermann Etges konnte auch nach mehr als fünfzig Jahren nicht offen über die Behinderung seines Sohnes reden. „Wir haben es niemandem erzählt, oder hast du es gewusst, Hansen?“

Der Polizist verneinte. Und das sollte in Mörsdorf etwas heißen. Hansen verfolgte das Gespräch mit erstauntem Blick.

Hermann war weitaus redseliger als am Vortag: „Damals war das Kinderkriegen ja noch ein Tabuthema, über das nicht gesprochen wurde. Schon gar nicht, wenn es nicht klappte“, erzählte er. „Meine Frau hatte sich in ihrer Verzweiflung dem Pfarrer anvertraut. Über ihn sind wir auch an Kalle gekommen. Wir haben nie gefragt, wer seine leiblichen Eltern sind. Wir wollten es nicht wissen. Wir waren so froh, dass uns ein Kind geschenkt wurde, dass wir keine Fragen stellten. Auch nicht, nachdem wir wussten, dass Kalle … nicht ganz gesund war. Meine Frau fuhr wegen ihres Asthmas ein paar Monate zur Kur – das war übrigens nicht gelogen, sie war wirklich auf Borkum – und als sie zurückkam, gab es eben Kalle. Wir wurden nie direkt darauf angesprochen. Das Kind war ja auch … anders …, da schweigen die Leute hier lieber und zerreißen sich hintenherum das Maul.“ Hermann schwieg und schaute betreten auf den Küchenfußboden.

„Gibt es jemand, der wissen könnte, wer Kalles Eltern sind? Der Pfarrer von damals vielleicht?“

„Möglich, dass er es wusste. Wir wussten es nicht. Ich spreche da einfach für meine verstorbene Frau mit, obwohl ich mir nicht hundertprozentig sicher bin, dass sie keine Nachforschungen angestellt hat, um es herauszubekommen. Sie hat sich immer wieder gefragt, wo die Behinderung herkommt, ob es vielleicht erblich bedingt ist. Ich konnte ihr keine Antwort darauf geben. Es war mir auch nicht wichtig. Kalle ist mein Kind, ob mit oder ohne Behinderung. Das hat für mich nie eine Rolle gespielt.“

Hermann Etges spielte mit offenen Karten. Diesmal glaubte Berger ihm das, was er sagte. Trotzdem meldete sich wieder sein Bauchgefühl. Wenn Kalle sich in letzter Zeit verändert hatte, war es ziemlich wahrscheinlich, dass es mit seiner Herkunft zusammenhing. Möglicherweise wusste Hermann eben doch nicht alles von seinem Sohn. Er hatte sich ja auch nicht vorstellen können, dass er den Safe im Wohnzimmer geknackt hatte.

„Wie ist Ihre Frau mit der Behinderung Ihres Sohnes umgegangen. Hat es für sie vielleicht doch eine Rolle gespielt?“

Erneut zog Hermann Etges die Schultern hoch. „Ich weiß es nicht“, sagt er kleinlaut.

## Zwanzig
## Sommer 2018

Es dauerte eine Weile bis Frankas Augen sich an die Dunkelheit gewöhnt hatten. Durch das Buntglas der gotischen Spitzfenster fiel nur spärliches Licht in die Eingangshalle. Eine überdimensional große Marienstatue wachte am Fuß der Treppe und schien Franka direkt anzuschauen. Es war gruselig. Franka war erleichtert, als sich am Ende des Gangs eine Tür öffnete und eine Ordensschwester den Kopf herausstreckte. Als sie Franka sah, kam sie mit forschem Schritt auf sie zu. Dabei hatte sie ein freundliches Lächeln auf den Lippen.

„Frau Fröhlich, nehme ich an." Die Schwester streckte Franka die Hand zur Begrüßung entgegen.

Franka war erleichtert. Das ungute Gefühl, das von ihr Besitz genommen hatte, nachdem sich die schwere Eichenpforte hinter ihr schloss, war mit einem Mal verflogen. Die Nonne bat Franka in ihr Arbeitszimmer. Beim Eintreten erhaschte Franka schnell einen Blick auf das Türschild, das ihr offenbarte, mit wem sie es zu tun hatte. Schwester Felicitas, die Konventoberin, war Franka auf Anhieb sympathisch. Unter ihrem Schleier zeigte sich ein weltoffenes Gesicht. Obwohl sie sicher die sechzig schon überschritten hatte, ließ sich noch erahnen, dass Felicitas in jungen Jahren eine bildhübsche Frau war. Kleine Lachfältchen, die ihre Augen umgrenzten, zeugten von einer Lebenslust, die Franka einer Klosterfrau nicht zugetraut hätte. Vielleicht war das alles hier doch nicht so weltfremd, wie sie annahm. Franka setzte sich der Oberin gegenüber an den Schreibtisch. Die Ordensschwester lächelte.

„Sie möchten über unser Jubiläum berichten?" Die Frage war rhetorisch gemeint. Natürlich hatte Franka bei der Anmeldung angeben müssen, welcher Grund sie zu den Nonnen führte. Franka war noch nicht ganz bei der Sache. Die übergroße Maria hatte sie vorhin beeindruckt. Schwester Felicitas tat es jetzt. Sie hatte etwas derart Vertrauenswürdiges, dass Franka das Bedürfnis verspürte, ihr jetzt gleich alle ihre Sünden zu beichten. Bloß, dass Franka so direkt keine Sünde einfiel, die sie beichten konnte. Jedenfalls keine, die sie bereute.

Franka nahm die angebotene Tasse Tee gern an und nutzte die Gelegenheit, sich im Raum umzuschauen, während die Schwester das Getränk zubereitete. Felicitas' Büro war dem Zeitgeist entsprechend modern möbliert. Etwa in dem Stil, den man aus schwedischen Möbelhäusern kennt. Der Raum wirkte gemütlich und im Vergleich zur Eingangshalle regelrecht lichtdurchflutet.

Der Tee, es war ein selbstgebrauter mit Kräutern aus dem Klostergarten, schmeckte vorzüglich. Franka setzte die Tasse ab und leitete das Gespräch wie üblich mit einem Smalltalk ein, bevor sie zum Wesentlichen überging. Ein bisschen Geplänkel über dies und das lockerte die Atmosphäre auf und hatte den Vorteil, dass dic Gesprächspartner viel weniger verkrampft waren. Im Fall von Schwester Felicitas hätte Franka sich das allerdings sparen können. Die Schwester gehörte zu den Profis, was Interviews anging und schien genau zu wissen, was sie im Gespräch mit der Journalistin erwartete.

„Wenn Sie möchten, können wir die Unterlagen aus dem Archiv auch nach oben in mein Büro bringen lassen", schlug sie vor. Franka lehnte ab. Sie erhoffte sich im Kellerarchiv Unterlagen, die man ihr sonst vielleicht nicht zeigen würde.

„Machen Sie sich meinetwegen keine Umstände. Ich recherchiere auch gerne im Untergeschoss."

„Wie Sie möchten. Darf ich Sie dann bitten, mir zu folgen?"

Franka trank ihren Tee aus und ging mit der Oberin unter dem wachsamen Blick der Marienfigur in den Keller. Falls Franka beim Betreten des Klosters gedacht hatte, dass es dunkel sei, musste sie jetzt leider feststellen, dass die Kellerbeleuchtung noch ein paar Lux weniger hatte.

Felicitas führte Franka in einen Raum, der nur aus Regalen zu bestehen schien und bis unter die Decke mit Büchern und Ordnern gefüllt war. Zugegeben, die Decke war nicht besonders hoch, trotzdem war der erste Eindruck überwältigend.

„Großer Gott", entfuhr es Franka. „Seit wann wird denn hier archiviert?"

Felicitas lachte.

„Seit es das Kloster gibt. Und das ist, wie Sie ja bereits wissen, seit genau zweihundert Jahren der Fall."

Franka war wirklich beeindruckt. Die Oberin führte sie zu einem Platz, der ganz offensichtlich für sie vorbereitet war.

„Die Unterlagen, die Sie brauchen, wird Ihnen Schwester Maria Teresa gleich bringen. Sie wird auch hier unten bei Ihnen bleiben, solange Sie arbeiten. Sprechen Sie sie ruhig an, wenn es Fragen gibt."

Franka nickte. Sie war zwar nicht übermäßig begeistert von dem Gedanken, bei der Arbeit von einer Nonne kontrolliert zu werden, lächelte die Oberin aber freundlich an und bedankte sich herzlich.

„Wenn Sie mich brauchen, ich bin in meinem Arbeitszimmer und jederzeit für Sie erreichbar." Mit der rechten Hand deutete sie auf einen Hörer, der an einer Wandhalterung neben der Eingangstür angebracht war.

Ein Haustelefon, so so, dachte Franka. Wozu das wohl gut war?

Sie lächelte noch immer nett, als die Oberin das Archiv bereits verlassen hatte. Ohne ein Geräusch zu verursachen, betrat eine Schwester den Raum. Das musste Maria Teresa sein, die Felicitas bereits angekündigt hatte. Die Nonne nickte Franka wortlos zu und nahm auf einem Stuhl neben der Eingangstür Platz. Franka witterte ihre Chance, die Nonne nach ihrer toten Kollegin zu fragen. Aber als Franka ein Gespräch mit ihr anfangen wollte, legte Maria Teresa geschwind ihren Zeigefinger an den Mund und bedeutete Franka, dass sie zum Schweigen verpflichtet war. Das war ärgerlich. Und wie bitteschön sollte sie dann mögliche Fragen beantworten?

Franka setzte sich an den Tisch und fing an, in den Kirchenbüchern zu blättern. Der Geruch von altem Papier breitete sich im ganzen Raum aus. Franka holte ihren Block aus der Tasche, um sich ein paar Notizen über die Entstehungsgeschichte des Klosters zu machen. Außerdem schrieb sie sich die Namen der Bewohner auf, die in den Fünfzigerjahren in Maria Himmelfahrt lebten. Sie würde später im Büro recherchieren, welche Ordensnamen den weltlichen Namen zuzuordnen waren. Franka fiel auf, dass Maria Teresa sie aus den Augenwinkeln genau beobachtete.

Ein lautes Rumpeln ließ Franka plötzlich zusammenfahren. Die Tür flog auf und ein Mann in schwarzem Talar betrat den Raum. Er kam mit forschem Schritt auf Franka zu. Sein Blick verriet, dass er mit ihrer Anwesenheit nicht einverstanden war. „Was machen Sie hier?“, fragte er. Sein Tonfall klang mehr als unfreundlich.

Franka erklärte sich, merkte aber schnell, dass ihr Gegenüber es darauf abgesehen hatte, sie zu provozieren. Er hörte ihr gar nicht zu. Franka sah sich hilfesuchend nach

Maria Teresa um. Die hatte bereits den Hörer in der Hand und sprach leise in die Muschel.

„Was Sie hier wollen?“ Der Ton des Geistlichen wurde immer barscher. Franka ging davon aus, dass es sich um einen der Ordenspriester handelte, die sich das Kloster mit den Schwestern teilten.

„Ich schreibe über das Jubiläum und recherchiere …“ Weiter kam Franka nicht. Der Mann kam ihr im wahrsten Sinne des Wortes zu nahe. Er wollte sie schon an der Gurgel packen, um sie aus dem Raum zu katapultieren, als die Oberin in der Tür auftauchte und dem Treiben Einhalt gebot.

„Herr Provinzial, ich muss doch sehr bitten.“

„Was?“, schrie er die Oberin an und warf ihr dabei einen bösen Blick zu.

„Frau Fröhlich ist mein Gast und recherchiert hier mit meiner ausdrücklichen Erlaubnis.“ Die Oberin machte einen Schritt nach vorn und stellte sich schützend vor Franka.

„Seit wann haben Frauen hier was zu erlauben?“ Der Mönch war vor Zorn puterrot angelaufen, was farblich gut zu seinem schwarzen Talar passte, wich aber in Anbetracht der Mutter Oberin einen Schritt zurück.

Franka blieb vor Schreck der Mund offen stehen. Sie war einfach nur platt. Was war das denn? Hatte sie gerade richtig gehört? Ein Machoman im Ordenskleid? War es etwa der Teufel persönlich, der sich hier ein Stelldichein gab? Es war nicht zu glauben. Wortlos und immer noch mit offenem Mund, verfolgte sie die Szene, in der sie mittendrin war und ungewollt zur Hauptdarstellerin mutierte.

„Ich glaube, Sie verwechseln hier gerade etwas, Pater Johannes.“ Die Oberin war nicht aus der Ruhe zu bringen. Eine tolle Frau, diese Felicitas. Franka war beeindruckt. Warum eine Frau wie sie ihr Leben in diesem Kloster vergeudete, wollte sich Franka beim besten Willen nicht erschließen. Aber jeder sollte ja nach seiner Fasson glücklich werden. Und unglücklich wirkte die Oberin nun wirklich nicht. Im Gegenteil. Franka schätzte, dass Felicitas eine Frau war, die genau wusste, was sie wollte. Ob vor oder hinter Klostermauern. Im Umgang mit dem Mönch lieferte sie Franka gerade den Beweis dafür.

„Auch als Provinzial genießen Sie die Gastfreundschaft unseres Konvents. Ich bitte Sie doch höflichst, das nicht zu vergessen." Die Mutter Oberin sprach freundlich, aber bestimmt. Ihre Ansage verfehlte die gewünschte Wirkung nicht. Ein wenig kleinlauter blaffte der Mönch: „Und was soll das hier werden?"

„Derselbe Grund, der Sie zu uns führt, führt auch Frau Fröhlich zu uns. Sie ist Journalistin und möchte für die hiesige Regionalzeitung über unser Jubiläum berichten."

Die Oberin holte kurz Luft, um weiterzureden. Aber dazu kam es nicht. Der Geistliche, den die Oberin als Provinzial bezeichnet hatte, machte auf dem Absatz kehrt und verließ den Raum. Ein lautes Poltern auf der Treppe verriet den Anwesenden, dass er das Stockwerk wechselte. Dann war alles wieder still.

Franka war platt. Sie schaute wohl so verdutzt drein, dass die Schwestern ein Grinsen nicht unterdrücken konnten.

„Entschuldigen Sie bitte unseren Provinzial für sein ungestümes Verhalten", sagte die Oberin.

Franka wusste nicht, was genau ein Provinzial eigentlich war und welche Kompetenzen der Mann in der klösterlichen Hierarchie innehatte. Dem Verhalten des Paters nach zu urteilen, stand ein Provinzial auf dem Karrieretreppchen ziemlich weit oben. Franka bewunderte die Mutter Oberin umso mehr dafür, dass sie dem hohen Herrn Paroli geboten hatte.

Felicitas maß dem Vorfall offenbar kein größeres Gewicht bei und ging zur Tagesordnung über.

„Sind Sie bereits fündig geworden?“, fragte sie interessiert.

„Ja schon“, stammelte Franka. „Allerdings brauche ich noch etwas mehr Zeit, bis ich alle Informationen zusammen habe.“ Franka fürchtete schon, dass sie nach dem Auftritt des Oberen ihre Recherchen einstellen müsste. Aber Felicitas ließ keine Zweifel daran, dass ihr Gast herzlich willkommen war.

„Ein wenig Publicity tut unserem Orden gut. Bleiben Sie, so lange Sie wollen.“ Die Oberin ließ ihren Blick einmal kurz durch den Raum schweifen, um sich zu vergewissern, dass alles in Ordnung war, tat es dem Provinzial gleich und verließ den Raum. Im Gegensatz zu ihrem Vorgänger erreichte sie das Erdgeschoss allerdings vollkommen geräuschlos. Maria Teresa und Franka blieben allein zurück. Franka befand sich immer noch in einer Art Schockstarre. Sie war nicht in der Lage, sich zu bewegen, geschweige denn, einen Ton von sich zu geben. Es gelang ihr nicht, ihre Gedanken auf die handschriftlichen Kirchenbücher zu lenken. Sie musste zuerst das Geschehene verarbeiten. Was war das für ein Flegel? Franka hätte nie gedacht, dass es unter Brüdern und Schwestern so unflätig zuging.

Maria Teresa schien ihre Gedanken zu lesen. Sie hatte Franka während des gesamten Geschehens nicht aus den Augen gelassen, aber auch kein Wort gesprochen. Jetzt, da sie wieder allein im Raum waren, schien sie aufzutauen. Kaum merklich gab sie Franka ein Zeichen, näher zu kommen. Franka war verunsichert. War das Schweigegelübde plötzlich aufgehoben? Sie deutet mit dem Finger auf sich selbst und fragte leise: „Ich?“

Maria Teresa nickte unauffällig.

Franka stand auf und ging langsam zu der Nonne herüber.

Maria Teresa zog Franka zu sich herunter und flüsterte ihr etwas ins Ohr.

Etwas, das Franka, im Nachhinein betrachtet, vielleicht lieber nicht so genau gewusst hätte. Aber dafür war es jetzt zu spät.

*

Als Franka auf dem Parkplatz im Klosterhof in ihren Beetle stieg, dämmerte es bereits. Die Zeit war wie im Flug vergangen. Erst jetzt merkte sie, dass sie Hunger hatte. Von Maria Himmelfahrt aus war es nicht weit bis nach Treis. In dem kleinen Städchen an der Mosel gab es einen recht guten Dönerladen. Franka überlegte, ob Jan zu Hause auf sie wartete, erinnerte sich aber dann, dass er unterwegs war und sogar in Erwägung gezogen hatte, auswärts zu übernachten. Was hatte er noch gleich gesagt, wo er hinwollte? Entweder hatte Franka es vergessen oder Jan hatte es gar nicht erwähnt. Sie würde ihn fragen, sobald er zurück war. Um nicht vor Hunger zu sterben, machte sie sich schleunigst auf den Weg an die Mosel.

Im letzten Moment entschied Franka sich am Tresen des Dönerladens für eine Falafelrolle. Zur Abwechslung konnte sie sich ruhig mal etwas Exotisches gönnen. Der Mitarbeiter des Lokals packte die gefüllte Teigrolle zum Mitnehmen in Alufolie ein. Franka verließ den Laden, setzte sich mit dem Essen auf eine Bank mit Blick aufs Wasser und genoss die herrliche Landschaft. Sie kam sich schon vor wie eine Touristikerin. Vielleicht sollte sie beim Ferienland Cochem anheuern, falls sie ihren Job als Journalistin mal an den Nagel hängte. Aber es war auch wirklich schön hier. Ihrer alten Heimat trauerte Franka schon lange nicht mehr nach. Das

Leben zwischen Hunsrück, Mosel und Eifel machte sie, so kitschig es auch klang, einfach glücklich. Ihre Entscheidung, der Großstadt den Rücken zu kehren, hatte sich als absolut richtig erwiesen.

Franka warf die Folienverpackung ihres Abendessens in den Mülleimer und machte auf dem Weg zu ihrem Auto einen kleinen Umweg zum Jachthafen, um sich die Boote anzusehen, die hier vor Anker lagen. Dabei entdeckte sie das Bootshaus, ein nettes Lokal, das wie ein Hausboot auf einem Ponton in der Mosel schwamm. Franka las die Speisekarte. Das Angebot entsprach genau ihrem Geschmack und die Preise waren durchaus vertretbar. Bei nächster Gelegenheit würde sie Jan hierher entführen.

Sie schlenderte zufrieden zurück zum Parkplatz, auf dem sie den Beetle abgestellt hatte, startete den Wagen und machte sich auf den kurvenreichen Rückweg. Im Dunkeln kam ihr die Strecke noch unwegsamer vor, als bei Tageslicht. Die zahlreichen Biegungen hatten so ihre Tücken, entpuppten sich manchmal als haarnadelscharfe oder gefährliche S-Kurven.

Franka passierte das Kloster. In der Kapelle brannte noch Licht. Sie erinnerte sich daran, dass Jan ihr erzählt hatte, dass immer eine der Schwestern im stillen Gebet vor dem Allerheiligsten kniete. Tag und Nacht. Franka drehte den Kopf zur Seite, um zu sehen, ob auch das Kloster noch beleuchtet war und kam dabei fast von der Straße ab. Ein lautes Hupen ließ sie plötzlich zusammenzucken. Sie sah zwei grelle Scheinwerfer direkt auf sich zukommen. Im letzten Moment riss Franka das Steuer herum, bevor der Lkw einer Straßenbaufirma an ihr vorbeidonnerte. Im selben Augenblick vernahm sie einen lauten Knall. Franka trat auf die Bremse. Mit einem Ruck kam der Beetle zum Stehen.

Franka wusste nicht, was da gerade passiert war. Ihr Herz raste und ihre Hände zitterten. Ein schrecklicher Gedanke schoss ihr durch den Kopf: Hatte sie etwa in einem unachtsamen Moment ein Tier überfahren oder schlimmer vielleicht sogar eine Person? Franka lief es kalt über den Rücken. Am ganzen Körper zitternd, stieg sie aus dem Wagen. Auf der Straße war nichts zu sehen. Franka bückte sich, um unter dem Wagen nachzuschauen. Augenblicklich stieg ihr der Geruch von Benzin in die Nase. Mist, dachte sie. Der Tank. Trotz Dunkelheit erkannte sie, dass zwischen Straßenbelag und dem Unterboden des Autos ein dicker Stein lag, der vermutlich den Tank des Beetles aufgerissen hatte.

Franka nestelte ihr Handy aus der Tasche und wählte Jans Nummer. Dann fiel ihr ein, dass ihr Freund noch unterwegs war. Sie entschied sich dafür, Leo anzurufen. Sie tippte die Nummer ein, doch das Mobiltelefon gab keinen Mucks von sich. Franka schaute auf das Display. Kein Netz, war in der linken oberen Ecke zu lesen. Wütend stampfte sie mit dem Fuß auf, sie war aber auch vom Pech verfolgt. Trotzdem durfte sie jetzt nicht den Verstand verlieren. Aus dem Kofferraum holte sie das Warndreieck und stellte es im vorgeschriebenen Abstand auf. Dann schnappte sie sich ihre Tasche und machte sich zu Fuß auf den Weg zurück zum Kloster.

Immer noch zitternd vor Aufregung, stieg sie die steinernen Stufen hinauf bis zur Pforte. Sie drückte die gusseiserne Klinke nach unten. Die Tür war verschlossen. Franka drückte ihre Nase an der Buntglasscheibe platt, um zu sehen, ob im Haus noch Licht brannte. Drinnen war alles dunkel. Nur die Kapelle war immer noch beleuchtet. Wenn tatsächlich eine der Schwestern in der Kirche betete, musste sie sie doch hören. Franka schlich um das Gebäude herum und suchte eine Stelle, an der sie sich bemerkbar machen konnte. Die von der Straße abgewandte Seite des Klosters war noch unbeleuchteter. Franka tappte sprichwörtlich im Dunkeln. Sie tastete sich vorsichtig an der Klostermauer entlang. Plötzlich stolperte sie über einen Gegenstand. Im Dunkeln konnte sie nicht erkennen, was es war. Franka nestelte an ihrem Handy herum, bis sie die Leuchtfunktion gefunden hatte und die integrierte Taschenlampe einschaltete. Jetzt erkannte sie, dass sie mitten auf dem Klosterfriedhof stand. Dass die Ordensleute einen eigenen Friedhof hatten, hatte sie nicht gewusst. Unglücklicherweise war Franka über eines der Holzkreuze gestolpert und hatte es dabei aus der Verankerung im Boden gerissen. Sie richtete das Kreuz wieder auf und stellte es ordentlich an Ort und Stelle zurück. Sie wollte keine Spuren hinterlassen. Von ihrem nächtlichen Besuch mussten die Mönche ja nicht unbedingt etwas mitbekommen. Mithilfe der Handylampe entzifferte Franka die Kreuzinschrift. Natürlich war es ausgerechnet Schwester Scholastikas Grab, auf dem sie gerade wie ein Elefant im Porzellanladen herumtrampelte.

Ob Jan wusste, dass man die Nonne bereits beerdigt hatte? Sie selbst hatte davon auf jeden Fall nichts mitbekommen. Vermutlich war genau das die Absicht der Klostergemeinschaft. Von dem Mord durfte ja ohnehin nichts nach außen dringen. Als ob das auf Dauer geheimzuhalten wäre. Wie weltfremd waren die eigentlich? Franka verwischte ihre Fußabdrücke in der frischen Graberde mit beiden Händen und schlich wieder in Richtung Straße. Sie wollte schnell weg, bevor sie doch noch erwischt wurde. Nach dem Auftritt des Provinzoberen am Nachmittag, hatte sie keine große Lust, dem Mann noch einmal zu begegnen. Schon gar nicht allein im Dunkeln. Ohne eine Moralpredigt über das unerlaubte Eindringen auf ein Privatgrundstück käme sie bei dem sicher nicht davon. Und das war vermutlich noch die harmloseste Variante der Zurechtweisung. Sie gab den Versuch auf, eine der Schwestern um Hilfe zu bitten und machte sich zu Fuß auf den Heimweg. Ihr Handy behielt sie fest im Blick.

Sobald sich der erste Balken auf dem Display zeigte, versuchte Franka es noch einmal bei Leo. Die Mailbox meldete sich. Ohne etwas darauf zu sprechen, legte Franka auf und versuchte ihr Glück bei Hansen. Schon beim ersten Klingeln war der Polizist am Apparat. Franka erklärte die Situation und Hansen versprach, sich umgehend auf den Weg zu machen. Kaum eine Viertelstunde später schoss Hansen mit Blaulicht um die Kurve. Um ein Haar hätte er Franka überfahren.

„Ui, ui, ui. Das sieht nicht gut aus“, kommentierte der Polizist, während er Frankas Wagen in Augenschein nahm. Dann zückte er sein Diensthandy.

„Hier ist kein Empfang.“ Franka wusste wovon sie redete.

„Ach ja, stimmt. Denk ich nie dran. Rund um Maria Himmelfahrt is’ ja nix los mit Funk und Internet.“ Hansen konnte sich einen weiteren Kommentar wohl nicht verkneifen: „Die Mönche sollen ja auch nicht surfen, sondern beten.“ Er grinste. „Wenn es dir recht ist, rufe ich gleich schon mal den Abschleppdienst aus Altstrimmig an. So wie es aussieht, fährt dein Beetle keinen Meter mehr.“

Franka seufzte. Die Befürchtung, dass der Unfall das Ende ihrer lang gehegten Freundschaft mit ihrem Beetle bedeutete, schien sich schneller zu bewahrheiten, als ihr lieb war.

Sie hatte nur einen Moment weggeschaut, aber als sie sich wieder umdrehte, war von Hansen plötzlich nichts mehr zu sehen. Sie hatte doch gerade noch mit ihm gesprochen. Wo war der Kerl denn auf einmal hin?

„Hansen?“, rief Franka aufgeregt. Sie befürchtete, dass er in Gedankenlosigkeit schon mal ohne sie nach Hause gefahren war. Erleichtert stellte sie jedoch fest, dass das Polizeiauto noch an seinem Platz stand. Weit konnte er also nicht sein. Sie ging um ihr Auto herum und sah, dass der Polizist mit dem Kopf nach vorn unter dem Wagen lag und mit einer Taschenlampe den Unterboden absuchte.

„Was treibst du da?“

„Ich schaue mir die Unfallursache an.“

„Den Stein hab ich schon gesehen.“

„Offensichtlich zu spät“, frotzelte Hansen.

Plötzlich schoss Franka ein Gedanke durch den Kopf. Was, wenn es kein Zufall war, dass der Stein genau in dem Moment auf der Straße lag, als sie die Stelle passierte. Der Obermönch hatte ihr ja deutlich zu verstehen gegeben, dass sie aus seiner Sicht in Maria Himmelfahrt mehr als unerwünscht war. Aber machen Diener der Kirche so etwas? Franka äußerte ihre Bedenken auch Hansen gegenüber.

„Es ist eigentlich nicht ungewöhnlich, dass sich im Flaumbachtal Felsstücke lockern und auf die Straße knallen. Hier muss man eben achtgeben.“

Hansens Zeigefinger stieg vor Frankas geistigem Auge. Dann schaute sie sich in der Gegend um. Obwohl es dunkel war, erkannte sie neben der Straße den Bachlauf und angrenzende Wiesen. Ein paar Hecken und Gestrüpp wuchsen am Wegrand. Auch wenn der Klugscheißer gerade dabei war, sie aus einer misslichen Lage zu retten, konnte sie sich eine Frage nicht verkneifen: „Wo siehst du denn hier einen Felsen?“

Hansen guckte sich verunsichert um. „Stimmt, du hast recht“, betätigte er. „Die Felswände hast du ja längst passiert, wenn du hier an dieser Stelle ankommst.“

„Eben, das ist ja das Seltsame.“

Franka ging zum Streifenwagen, setzte sich auf den Beifahrersitz und wartete bis Hansen den Abschleppdienst verständigt hatte.

„Mann oh Mann“, stöhnte er grinsend, als er sich neben sie auf den Fahrersitz plumpsen ließ. Franka war nicht nach Späßchen zumute. Sie war müde und wollte nach Hause.

Sie war froh, als Hansen sie endlich in der Hofeinfahrt vor ihrem Haus absetzte. Darauf, dass er anschließend mit quietschenden Reifen startete und damit das halbe Dorf aufweckte, hätte Franka allerdings gern verzichtet. Aber vermutlich konnte bei der Hitze ohnehin niemand schlafen und die Nachbarn, einschließlich Elsjen, lauerten bei weit geöffneten Fenstern in ihren Betten, um beim erstbesten Geräusch aufzuspringen und nach dem Rechten zu sehen.

Auf der Temperaturanzeige im Display des Streifenwagens hatte sie vorhin noch achtundzwanzig Grad gelesen. Und das, obwohl es fast elf war. Die Nacht war schwül. Genau wie in den letzten Tagen. Ein Blick in den sternenklaren Himmel ließ vermuten, dass auch in naher Zukunft nicht an Regen zu denken war. Franka wischte sich den Schweiß von der Stirn. So einen Sommer hatte sie noch nie erlebt. Zumindest nicht in diesen Breitengraden. Für Hunsrücker grenzten diese tropischen Temperaturen nahezu an ein Wunder. Selbst die Alteingesessenen bestätigten, dass eine solche Hitze- und Dürreperiode noch nie da gewesen sei. Für das Bergvolk, das sich an das für die Region typisch raue Klima gewöhnt hatte, war die Hitze mehr als außergewöhnlich. Die Angst vor Flächenbränden stieg von Tag zu Tag. Inzwischen gab es offizielle Warnungen, draußen nicht zu rauchen und selbst beim Grillen im heimischen Garten sehr vorsichtig zu sein. Das Kreiswasserwerk hatte ein Verbot ausgesprochen, was das Sprengen von Rasenflächen anging. Wasserknappheit war das nächste Thema, mit dem sie sich redaktionell herumschlagen durfte. Sobald die Gemeinde den öffentlich zugänglichen Wasserhahn auf dem Friedhof abdrehte, war der Anfang einer Riesenkatastrophe vorprogrammiert. Da war Franka sich sicher.

Sie schaute sich um. Irgendwie wurde sie das Gefühl nicht los, dass sie beobachtet wurde. Vermutlich war es gar kein Witz und die schlaflosen Nachbarn lauerten tatsächlich hinter den Gardinen und beobachteten, was die Zugezogene da mitten in der Nacht trieb. Zu allem Überfluss klingelte jetzt auch noch Frankas Handy und zerriss mit einem Mal die gerade wieder hergestellte friedliche Stille. Der schrille Klingelton hallte laut durch die Nacht. Franka nahm das Gespräch an.

## Einundzwanzig
## Herbst 1956

Beten, essen, beten, arbeiten, beten, schlafen. Rosa war jetzt drei Monate in Maria Himmelfahrt und hatte sich inzwischen an den festen Tagesrhythmus gewöhnt. Die strenge Einhaltung des Tagesplanes hatte ihr dabei geholfen, sich in der neuen Umgebung zurechtzufinden. Sie dachte zwar immer noch jeden Tag an ihr altes Leben im Dorf zurück, aber der Gedanke an ihre Mutter schmerzte längst nicht mehr so wie am Anfang. Wenn Rosa ganz ehrlich zu sich selbst war, musste sie sich eingestehen, dass sie im Kloster ein neues Zuhause gefunden hatte und in der fast gleichaltrigen Schwester Klara sogar eine echte Freundin, die ihr schon nach der kurzen Zeit, die sie sich kannten, so nahe stand wie einst ihre Freundin Helga.

Helga schrieb ihr immer noch regelmäßig lange Briefe und informierte die ehemalige Schulfreundin über alles, was im Dorf passierte. Rosa erinnerte sich an die meisten Leute von denen Helga berichtete, auch wenn sie selbst keine Verwandten mehr im Dorf hatte. Rosas Mutter war, kurz nachdem sie ihre Tochter der Mutter Oberin anvertraut hatte, gestorben. Im Stall des Bauern, für den Rosas Mutter arbeitete, war der Zuchtbulle wild geworden, hatte seine Kette abgerissen und war mit voller Wucht auf Rosas Mutter zugerast. Die Hörner des Tiers rammten sich tief in die Eingeweide der Frau. Unstillbare innere Blutungen führten schnell zum Tod.

Helga hatte ihr von dem Unfall berichtet und ihr brühwarm alle Einzelheiten geschildert. Rosas Augen waren tagelang vom vielen Weinen gerötet. Die Oberin hatte Rosa zur Beerdigung begleitet. Es war ein Armenbegräbnis, bei dem nicht einmal zum Leichenschmaus geladen wurde. Die Kosten für die Bestattung hatte der Bauer zwar übernommen, doch weiteres Geld für die Beköstigung der Trauergemeinde wollte er dann doch nicht übernehmen. So machten sich Rosa und die Mutter Oberin gleich nach der Beisetzung wieder zu Fuß auf den Weg zurück nach Maria Himmelfahrt. An der Stelle, an der Rosa einige Monate zuvor mit ihrer Mutter Halt gemacht hatte, blieb sie stehen. Ihr schossen die Tränen in die Augen. Die Oberin legte behutsam die Hände auf Rosas Schultern. So standen sie eine Weile, bis Theophila ihrer Schutzbefohlen bedeutete, weiterzugehen.

Im Refektorium des Klosters war der Tisch frisch eingedeckt. Schwester Klara hatte Kaffee aufgebrüht und es gab für jeden ein Stück selbstgebackenen Streuselkuchen, der sonst nur zu besonderen Anlässen aufgetragen wurde. Nach dem Kaffee gingen alle gemeinsam in die Kapelle, um zu beten. Rosa schloss ganz besonders ihre Mutter in das Gebet mit ein.

## Zweiundzwanzig
## Sommer 2018

Im Gleichschritt marschierte die neu gegründete Bürgerwehr durch die Straßen und Gassen von Mörsdorf, kaum dass die Brückentouristen, die tagsüber das Dorf überschwemmten, fort waren. Bürgermeister Friedhoff schaute dem Treiben mit verzweifelter Miene zu. Was sollte er bloß tun? Die Unruhe im Dorf war nicht mehr in den Griff zu kriegen. Nach dem letzten Brand war die Angst der Einwohner bis ins Unermessliche gestiegen. Auf einmal konzentrierte sich die ganze Energie der Leute auf die Person, die angeblich für die Brandserie verantwortlich war. Dass es keinerlei Beweise dafür gab, das Kalle, der behinderte Sohn von Hermann Etges, der Feuerteufel war, schien Jupp Schmitz und seine Gang nicht zu jucken. Sie brauchten einen Schuldigen. Sie hatten einen Schuldigen. Einen, der sich Friedhoffs Meinung nach nicht einmal wehren konnte. Das perfekte Opfer also.

Friedhoff war sauer auf die Polizei. Ihm wäre es entschieden lieber gewesen, wenn die Beamten den Part der Überwachung übernommen hätten. Natürlich wusste er, dass das aus personellen Gründen nicht drin war. Aber Hansen hätte wenigstens so tun können, als lege er sich täglich auf die Lauer. Das hätte die Gemüter sicher beruhigt und es wäre nicht zu dieser peinlichen Gruppierung gekommen.

Der Bürgermeister kam sich vor wie im Krieg. Wenn er die Augen schloss und die gleichmäßigen Schritte der Gummistiefel auf dem heißen Asphalt hörte, kam ihm etwas in den Sinn, das ihn an die Schlägertruppen … weiter wollte er gar nicht denken.

Die Schritte der aufmarschierten Bauern entfernten sich langsam. Die Bürgerwehr hielt auf den Ortsrand zu. Was sie da wohl vermuteten, war Friedhoff nicht ganz klar. Natürlich traute er sich auch nicht, gegen die Gruppe aufzubegehren. Die Bauern genossen großen Rückhalt im Dorf. Man vertraute den hohlen Stammtischparolen. Das war heute leider noch genauso wie früher. Und das machte Friedhoff viel mehr Angst, als die Tatsache, dass vielleicht noch einmal eine Scheune in Brand geraten könnte.

Seit dem letzten Brand, und das war immerhin schon ein paar Tage her, war es ruhig geblieben im Dorf. Ob es tatsächlich damit zusammenhing, dass Kalle verschwunden war, wusste Friedhoff nicht. Es reichte, dass Jupp Schmitz sich sicher war, dass es nur daran liegen konnte.

Friedhoff war einer der wenigen aus dem Dorf, die sich zusammen mit Hermann auf die Suche nach Kalle machten. Leider hatten sie ebenso wenig Erfolg wie die Polizei. Wo konnte der Junge sich bloß aufhalten? Friedhoff grübelte seit Tagen und kam zu keinem Ergebnis. Gut, Kalle war kein Kind mehr. Aber er hatte nun mal die Intelligenz eines Pubertierenden. In dieser Hinsicht war er ein Kind, dem alles zuzutrauen war. Friedhoff vermutete, dass Kalle mindestens so viel Angst hatte wie alle anderen im Dorf. Und dass er sich nicht traute, zurückzukommen, weil er wusste, dass man ihn zum Sündenbock gemacht hatte. Nur deshalb blieb er verschwunden. Er bangte um sein Leben.

Friedhoff hielt an seiner Angewohnheit fest, jeden Morgen in aller Herrgottsfrühe durch Feld und Flur zu joggen. Seit Kalle vermisst wurde, trug er allerdings immer einen kleinen Beutel mit sich, in dem sich eine Flasche Wasser und ein paar Kekse befanden. Nur für den Fall, dass er zufällig auf Kalle stoßen sollte und der Junge vielleicht Hunger hatte. Die Temperaturen fielen zurzeit auch in der Nacht nur knapp unter die Dreißig-Grad-Marke. Erfrieren würde Kalle also sicher nicht. Und um den Hunger zu stillen gab es genügend Streuobstwiesen. Die Bäume hingen voller reifer Früchte, an denen Kalle sich bedienen konnte. Bloß, ob er genug zu trinken fand, war für Friedhoff fraglich. Er machte sich Sorgen, genau wie Kalles Vater Hermann. Am Schlimmsten war neben der Ungewissheit die eigene Hilflosigkeit.

Wenn Friedhoff ehrlich zu sich selbst war, konnte er nichts anderes tun, als abzuwarten, zu hoffen und zu beten, dass Kalle demnächst unversehrt wieder auftauchte.

Die Sorge um den Jungen fraß Friedhoff geradezu auf. Als ob er nicht schon genug Ärger am Hals hätte. Der Junge war verschwunden, die Brückengegner im Dorf machten ihm das Leben zur Hölle und jetzt gab es auch noch diese Bürgerwehr, für die Friedhoff sich mehr schämte, als er zugab. Er konnte vor Glück sagen, dass das nicht schon im ganzen Landkreis die Runde gemacht hatte. Es fehlte ihm gerade noch, dass die Zeitung darüber schrieb oder schlimmer noch, der SWR für einer Reportage aus Mainz anreiste. Das, was derzeit im Dorf vorging, konnte er nicht unterstützen. Er war wirklich ein toleranter Mensch, aber für das Verhalten mancher Bürger gab es eben keine Entschuldigung.

Andererseits war es ungerecht von ihm, alle über einen Kamm zu scheren. Es gab auch viele Leute, die hinter ihm standen und ihm den Rücken stärkten. Das war auch gut so, denn sonst hätte er den Job als Bürgermeister sowieso schon längst an den Nagel gehängt. Dieses Dorf zu regieren war eine Herausforderung. In etwa so, als versuche man, ein Kamel durch ein Nadelöhr zu bugsieren. Um in dieser katholischen Gegend bei einer biblischen Umschreibung zu bleiben.

## Dreiundzwanzig
## Sommer 2018

Die Luft war feucht und roch vermodert. Kalle war ganz schön weit gelaufen, um die Schieferhöhlen wiederzufinden. Aber er hatte es geschafft. Er war sehr stolz darauf, dass er so einen guten Orientierungssinn hatte. Vor vielen Jahren war er mit seinen Eltern während einer Wanderung schon einmal hier vorbeigekommen. Den Weg hatte er sich damals ganz genau eingeprägt, was sich im Nachhinein als sehr klug erwies. Dieses Mal hatte er allerdings die Abkürzung über die neue Hängeseilbrücke genommen. Die hatte es damals, als er mit den Eltern unterwegs war, noch gar nicht gegeben. Aber Kalle war sich sicher, dass die Strecke so viel kürzer war. Er hatte gewartet, bis es Abend wurde, damit keine Touristen mehr auf der Brücke waren und außerdem die Kamera, die auf der anderen Talseite befestigt war, wegen der Dunkelheit keine Bilder mehr übertrug. Das war ganz schön schlau von ihm. Kalle lachte laut auf.

Die Art, wie seine Stimme in der Höhle wiederhallte, war ihm fremd. Er erschrak. Es war eigenartig, sich selbst so zu hören. Wenn er darüber nachdachte, fiel ihm ein, dass er seit Tagen mit niemandem mehr gesprochen hatte. Er war immer darauf bedacht, sich möglichst leise und unauffällig zu verhalten, damit niemand ihn fand. Man suchte nach ihm, das wusste Kalle ganz genau, und deshalb musste er sich verstecken. In dem Schieferstollen würde man ihn nicht vermuten, da war Kalle sich ziemlich sicher. Zudem war das Betreten der Höhlen wegen Einsturzgefahr strikt verboten. Da traute sich von den Weicheiern also sowieso keiner rein. Kalle hatte keine Angst. Ihm würde schon nichts passieren. Dafür sorgte schon die Mutter Gottes, die so gut auf das kleine Büchlein aufgepasst hatte, das Kalle jetzt sein Eigen nannte. Obwohl es ein bisschen muffig roch, fühlte Kalle sich in der Höhle nicht unwohl. Hier konnte ihn keiner hören und sehen. Er konnte also ruhig ein bisschen herumschreien. Oder singen. Das tat Kalle nämlich viel lieber als zu schreien. Sofort kam ihm sein Lieblingslied in den Sinn. Herzzerreißend schmetterte er: „*Wir lagen vor Madagaskar und hatten die Pest an Bord …*“

Früher hatte er oft mit seinem Vater gesungen. Wenn er an Hermann dachte, wurde er traurig. Sicher machte er sich Sorgen um ihn, obwohl er ja gar nicht sein richtiger Vater war. Das wusste Kalle jetzt, weil es in dem kleinen Buch stand, auf das die Mutter Gottes für ihn aufgepasst hatte. Was das für ihn bedeutete, wusste Kalle allerdings nicht. Es musste aber etwas Schlimmes sein, sonst würde jetzt nicht das halbe Dorf nach ihm suchen. Vorsichtshalber versteckte er sich deshalb in der Höhle. Vorerst. Langfristig würde er sich etwas anderes suchen müssen. In dem moderigen Zuhause wollte er auf Dauer sowieso nicht bleiben. Kalle hatte schon eine bessere Idee. Auf dem Weg war er an einem verlassenen Wohnwagen vorbeigekommen. Dass der Wohnwagen verlassen war, wusste er ziemlich sicher, weil das kleine Schild auf dem die Buchstaben LOVE standen, nicht mehr rot leuchtete. So wie früher. Außerdem war die Tür nicht verschlossen und Kalle hatte einen Blick ins Wageninnere riskiert. So, wie es da aussah, wohnte dort ganz sicher niemand mehr. Aber für ihn wäre es ein richtig gutes Versteck, wenn die Leute aus dem Dorf die Suche aufgaben. Und das konnte so lange sicher nicht mehr dauern. Die waren doch froh, wenn sie ihn auf diese Weise endlich loswurden. Die meisten mochten ihn nicht. Kalle machte das nichts aus. Es war ihm egal, denn ihm selbst lag auch nichts an den Leuten im Dorf. Wirklich schlimm wäre für ihn nur, wenn Hermann ihn nicht mehr zurückhaben wollte, weil er ja gar nicht sein Kind war. Ob Hermann das wusste? Vermutlich nicht.

Kalle vermisste seinen Vater. Deshalb nahm er noch einmal den weiten Weg auf sich, um zu Hause nach dem Rechten zu sehen. Im Schutz der Dunkelheit lief er zurück ins Dorf, immer darauf bedacht, nicht gesehen zu werden. Im Haus brannte noch Licht. Hermann musste also noch wach sein. Kalle schlich um das Haus, betrat die Terrasse und schielte durch die Rollladenschlitze ins Wohnzimmer. Da lag Hermann zusammengekrümmt auf der Couch und rührte sich nicht. Kalle durchfuhr ein Schreck. Für einen Moment dachte er, Hermann sei tot. Aber nach einer Weile bewegte er sich, stand auf und und verließ den Raum. Vielleicht musste er aufs Klo oder er holte sich aus der Küche etwas zu trinken. So wie er es oft vor dem Schlafengehen tat. Kalle wartete nicht, bis er wieder zurückkam. Das Risiko entdeckt zu werden, war ihm zu groß. Außerdem genügte ihm die Gewissheit, dass Hermann lebte und wohlauf war. Deshalb machte er sich wieder auf den Weg zurück in die Höhle. Den Stoffbeutel, in dem eine Flasche Wasser, Obst und Butterbrote waren, nahm Kalle mit. Er vermutete, dass die Brotzeit für ihn bestimmt war. Im Gartenhäuschen holte er noch eine Isomatte und die alte Wolldecke, mit der Vater sich zudeckte, wenn er sich für sein Mittagsschläfchen dorthin zurückzog. Kalle vermisste Hermann und sein Zuhause. Aber er konnte noch nicht bleiben. Vielleicht würde er beim nächsten Mal an der Tür klopfen und Hermann fragen, ob er wieder heimkommen sollte. Aber jetzt war er dafür zu müde.

Kalle lief den ganzen weiten Weg in völliger Dunkelheit zurück zu der Höhle. Breitete die Isomatte aus und deckte sich mit der Wolldecke zu. Auch im Hochsommer, wo es draußen bis spät in die Nacht mörderisch heiß blieb, war es in der Höhle ziemlich kühl. Ihn fröstelte. Er hörte förmlich, wie seine Zähne klapperten. Die alte Wolldecke wärmte ihn kein bisschen. Er musste wieder ein Feuer machen, um nicht zu frieren. Kalle liebte Feuer. Schade, dass er das goldene Feuerzeug von Opa Johann verloren hatte. Aber dafür hatte er in einem Abfalleimer an der Hängeseilbrücke ein anderes gefunden. Es war ganz neu und aus Plastik, wenn auch nicht so schön, wie das von Opa Johann. Aber dafür war ein bunter Aufdruck darauf. Außerdem hatte es eine sehr große Flamme, wenn es zündete. Damit konnte man bestimmt ein sehr großes Feuer machen. Kalle lächelte glücklich. Er schob das kleine, in braunes Leder gebundene Büchlein unter seinen Kopf und schlief ein.

## Vierundzwanzig
## Sommer 2018

„Ihre Kollegin ist schon weg."

„Mein Kollegin?" Berger sah die Nonne erstaunt an.

„Ja, die Journalistin, die vorhin da war. Ist das nicht Ihre Kollegin?"

Berger zückte seinen Dienstausweis. „Jan Berger, Kriminalhauptkommissar", stellte er sich vor.

„Huch, Verzeihung. Ich dachte, Sie seien auch wegen des Jubiläums hier, wie Ihre Kollegin …" Die Stimme der Schwester war so zart, wie ihre äußere Erscheinung. In dem voluminösen Ordenskleid wirkte die zierliche Person irgendwie verloren. Die Frau war Berger auf Anhieb sympathisch, auch wenn er den Eindruck hatte, sie sei ein wenig überspannt. Das passte so gar nicht in sein Bild von einer Nonne.

„Sie ist nicht …" versuchte er noch einmal die Situation aufzuklären, Aber die Schwester fiel ihm ins Wort

„Nein, nein, Sie sagten ja bereits, Sie sind gar kein Journalist, sondern Polizist, nicht wahr?" Berger nickte. Dabei schaute er in die meerwasserblauen Augen dieser Schönheit. Er war wirklich fasziniert. So ebenmäßige Gesichtszüge hatte er selten gesehen. Dass diese Frau sich an einen Orden verschenkte, fand Berger seltsam. Aber so war das eben mit Gottes unergründlichen Wegen.

Die Nonne war Berger bei seinen vorigen Besuchen in Maria Himmelfahrt nicht aufgefallen. Das heißt, er hatte sie noch nicht zu Gesicht bekommen, denn sonst wäre sie ihm ganz sicher in Erinnerung geblieben. Bisher hatte Jan Berger nur mit den Mönchen sowie der Mutter Oberin und Maria Teresa zu tun gehabt. Maria Teresa war auch diejenige, die ihm etwas sehr Wichtiges mitzuteilen hatte. So jedenfalls deutete Berger die SMS, die ihn am Vormittag erreicht hatte. Es klang wirklich dringend. Deshalb war er, so schnell er konnte, von der Arbeit aus ins Kloster gefahren. Aber außer der hübschen Verwirrten, war weit und breit niemand zu sehen.

„Und Sie sind?" Aus Bergers Frage sprach die reine Neugier.

„Ah, Entschuldigung. Ich bin Schwester Edelgard. Ich bin hier für die Küche zuständig." Sie lachte. Dabei zeigte sie ihre strahlend weißen Zähne. „Wissen Sie, Kochen ist meine Leidenschaft." Edelgard strahlte den Kommissar an, als habe sie ihm gerade ein süßes Geheimnis verraten.

Vielleicht war Edelgard Berger deshalb so sympathisch, weil sie seine Leidenschaft fürs Kochen teilte. Oder war es vielmehr diese Unschuld, die Edelgard mit ihrer zarten Stimme und dem puppenhaften Aussehen verkörperte? Berger konnte die Augen nicht von ihr wenden.

Ungeniert erwiderte Edelgard Bergers Blick.

„Liebe Schwester Edelgard. Vielleicht können Sie mir weiterhelfen. Ich bin auf der Suche nach Schwester Maria Teresa."

„Maria Teresa, Maria Teresa", sagte die Schwester mehrmals vor sich hin. So, als müsse sie sich mit der Wiederholung des Namens ins Gedächtnis rufen, welche der Schwestern überhaupt so hieß.

Während sie weiter vor sich hin brabbelte, drehte sie sich auf dem Absatz um und verschwand aus Bergers Blickfeld. Der Kommissar blieb verwirrt zurück.

„Wusste ich's doch, dass die hier alle einen an der Klatsche haben", flüsterte er ins Halbdunkel der Eingangshalle. Die Dunkelheit verwirrte ihn genauso, wie die seltsame Nonne vorhin.

Warum musste es in Kirchen und Klöstern eigentlich immer so dunkel sein? Anscheinend waren diese Gottesanbeter doch ein lichtscheues Volk. Auch wenn Edelgard ihm sehr sympathisch war, blieb eine gewisse Skepsis gegenüber ihrer Zunft. Er wartete einen Moment, in der Hoffnung darauf, dass die Nonne zurückkam. Aber Edelgard blieb verschwunden. Berger wollte sich gerade auf den Weg zurück zur Pforte machen, als er Schritte hörte. Er fokussierte seinen Blick in Richtung Treppe und erkannte alsbald eine weitere Nonne, die sich mit schnellen Schritten auf ihn zubewegte.

Als sie näherkam, sah er, dass es sich um Maria Teresa handelte. Berger war erleichtert. Er ging der Nonne entgegen und hielt ihr die Hand zum Gruß hin. Maria Teresa nickte ihm freundlich zu, ohne den Händegruß zu erwidern. Ihre Hände blieben versteckt im unendlich großen Faltenwurf ihrer Ordenstracht. Berger fühlte sich unweigerlich an einen Pinguin erinnert.

Mit dem Kinn bedeutete die Nonne dem Kommissar mitzukommen. Berger folgte ihr zur Eingangstür.

„Wollen wir ein Stück gehen?“, fragte sie, als sie draußen waren.

Es war eine rhetorische Frage, denn ohne Bergers Antwort abzuwarten, steuerte die Ordensfrau auf den Kiesweg zwischen Bach und Klostermauer zu. Der Weg war gesäumt von mehreren hölzernen Tafeln. Vierzehn an der Zahl. Ein Kreuzweg. Berger erinnerte sich an seine Zeit als Messdiener. Ohne sich die Tafeln genauer anzusehen, fiel ihm auf, dass eine der Stationen beschädigt war. Vermutlich die Stelle, an der die Nonne ums Leben gekommen war. Weitere Anzeichen für den Mord gab es keine. Da hatten die Brüder und Schwestern ganze Arbeit geleistet. Berger war jetzt noch wütend, wenn er nur daran dachte, ließ sich aber Maria Teresa gegenüber nichts anmerken. Als die beiden eine Weile stillschweigend nebeneinander hergelaufen waren, verlangsamte die Nonne ihren Schritt. Das Koster lag jetzt etwa hundert Meter entfernt.

Berger hoffte, dass Maria Teresa sich hier sicher genug fühlte, um endlich zur Sprache zu bringen, was ihr auf dem Herzen lag. Er täuschte sich nicht.

„Ich glaube sie hat ihn gesehen.“

„Wer hat wen gesehen?“ Die Nonne sprach in Rätseln. Die hatte ihn doch wohl nicht hierher zitiert, um mit ihm Katz und Maus zu spielen. „Bitte drücken Sie sich etwas präziser aus, Schwester.“ Bergers Ansage klang unfreundlicher, als sie gemeint war. Maria Teresa sah ihn erschrocken an. Sie holte ihre rechte Hand aus dem üppigen Faltenwurf hervor und legte den Zeigefinger an ihre Lippen.

„Verzeihung“, sagte Berger.

Maria Teresa nickte gnädig mit dem Kopf und fuhr fast flüsternd fort: „Sie hatte einen Sohn."

„Ich weiß."

„Woher?" Maria Teresa schien überrascht. Mit weit aufgerissenen Augen sah sie den Kommissar an.

Berger hatte das Gefühl, sich erklären zu müssen. „Der Obduktionsbericht. Dem Pathologen erschien der weibliche Uterus zu groß für ... für eine Nonne." Berger räusperte sich. „Das heißt, er vermutete, dass die Tote schon einmal geboren hatte. Verzeihen Sie mir, wenn ich in Ihrer Gegenwart über solche weltlichen Dinge spreche, aber Sie haben mich gefragt. Außerdem war ich heute bei Pfarrer Arenz. Er hat mir alles, oder sagen wir besser, er hat mir einiges erzählt."

Maria Teresa nickte mit dem Kopf. Sie schien zufrieden mit dem zu sein, was sie hörte: „Es ist gut, dass es endlich ausgesprochen wird. Diese Geheimnistuerei hat Rosa das Leben gekostet."

„Rosa?"

„Rosa war Scholastikas weltlicher Name, den sie als Postulantin noch trug. Wir kennen uns schon sehr lange und haben uns immer mit unseren Taufnamen angesprochen. Auch wenn das hier nicht gern gesehen wird."

„Scholastika, ein ungewöhnlicher Name. Auch für eine Ordensschwester, finden Sie nicht?"

„Für Rosa hatte dieser Name eine besondere Bedeutung. Ihre Mutter muss sie früher scherzhaft „kleine Scholastika" genannt haben. Warum weiß ich nicht."

„Verstehe", sagte Berger, obwohl er, wenn er ehrlich war, nichts verstand.

„Was wollten Sie mir eigentlich sagen?"

„Rosa wusste nicht, dass sie einen Sohn hatte. Also, das heißt, sie wusste natürlich, dass sie ein Kind zur Welt gebracht hatte. Aber mehr auch nicht."

„Man hat ihr nie gesagt, ob es ein Mädchen oder ein Junge war?"

„Sie hat es erst erfahren, als er vor Kurzem hier auftauchte."

„Der Junge war hier?"

„Ich glaube ja." Sie schwieg einen kurzen Moment. „Aber das ist eigentlich immer noch nicht das, was ich Ihnen sagen will. Ich dachte mir ohnehin, dass Sie das mit dem Kind selbst herausfinden. Vermutlich werden Sie auch herausfinden, wer der Vater ist. Wusste der Pfarrer es?"

Berger verneinte.

„Ich weiß es auch nicht. Leider. Sonst würde ich es Ihnen sagen." Sie machte eine kurze Pause, bevor sie hinzufügte: „Vielleicht ist der Vater ja auch Rosas Mörder."

Maria Teresas Kombinationsgabe erstaunte Berger.

„Geben Sie es zu, Sie haben auch schon daran gedacht. Vielleicht kann man herausfinden, wer zu der Zeit, in der das Kind gezeugt wurde, in Maria Himmelfahrt wohnte. Außer den Nonnen, meine ich natürlich. Und um Ihnen die Frage zu ersparen: Nein, ich war damals noch nicht hier."

Maria Teresa überraschte Berger schon wieder. Unglaublich, was die Frau für Gedankengänge hatte.

„Wie gesagt, ich weiß es nicht. Aber ich weiß etwas anderes, das Ihnen vielleicht weiterhelfen kann." Sie schaute sich um, um sicherzugehen, dass sie nicht beobachtet wurden. Maria Teresa machte es wirklich spannend.

„Sie hat ihm Briefe geschrieben."

„Wem. Dem Vater oder dem Kind?"

Die Nonne warf Berger einen scharfen Blick zu.

„Dem Kind natürlich. Sie hat sie in einer Art Tagebuch aufbewahrt."

Berger verstand. „Das ist nicht außergewöhnlich."

„Das stimmt. Aber ich weiß, wo sie das Buch versteckte."

„Hmm." Wurde das doch jetzt so eine Art Ratespiel? Bergers Geduldsfaden war nach der langen Fahrt zu dem Pfarrer ins Saarland und zurück recht dünn. Er war müde und wollte eigentlich viel lieber nach Hause. Er schwieg, um der Nonne die Chance zu geben, endlich mit der Sprache herauszurücken. Es funktionierte.

„Jetzt ist es weg. Ich habe nachgesehen. Das Buch ist nicht mehr da, wo es immer war. Es muss jemand gestohlen haben." In Maria Teresas Stimme schwang plötzlich Angst mit. Sie legte ihre Hand auf Bergers Arm. „Herr Kommissar, was, wenn Rosa in dem Buch vermerkt hat, wer der Vater ihres Kindes ist. Grund genug für den Mörder, das Ding verschwinden zu lassen." Die Stimme der sonst so taffen Maria Teresa verlor an Kraft und auch sonst wirkte sie auf einmal irgendwie gebrechlich. Berger bot ihr seinen Arm an. Die Ordensschwester schaute sich wieder nach allen Seiten um, bevor sie das Angebot annahm.

„Woher wissen Sie davon?"

„Sie hat es mir erzählt."

„Was genau hat sie gesagt?" Maria Teresa überlegte kurz, bevor sie wieder mit fester Stimme sagte: „Ich habe ihn gesehen. Er hat mich erkannt und ich ihn auch."

„Das hat sie gesagt?"

„Ja, genau das waren ihre Worte."

„Und weiter?"

„Nichts weiter. Aber in den Tagen danach war sie anders. In sich gekehrt. Also noch mehr als sonst. Ich weiß nicht warum. Sie hat nicht mit mir darüber gesprochen. Ich habe sie nicht gedrängt. Aber verstanden habe ich es bis heute nicht. Irgendetwas muss sie sehr bedrückt haben."

Berger überlegte. „Haben Sie den Jungen auch gesehen?"

Maria Teresa schüttelte den Kopf.

Der Kommissar gab dem Gespräch noch einmal eine andere Richtung.

„Könnten Sie sich vorstellen, dass Scholastika sich das Leben nehmen wollte?"

Maria Teresas sah Berger entsetzt an. „Sie wollte nicht sterben. Sie wurde ermordet", entgegnete sie bestimmt.

Berger legte seine Hand beruhigend auf Maria Teresas Arm. Er wollte nicht, dass die Frau sich unnötig aufregte. Trotzdem ließ er nicht locker.

„Allerdings gibt es da … na sagen wir Unstimmigkeiten, was die Todesursache angeht. Genau genommen hätte der Mörder sich die Arbeit sparen können. Vorausgesetzt er hätte ein bisschen mehr Geduld gehabt."

Maria Teresa sah Berger mit weit aufgerissenen Augen an. Ihm war klar, dass er in Rätseln sprach. Eine Berufskrankheit. Aber eine gute Methode, um Verdächtige zu verunsichern. Berger hatte ein sicheres Urteilsvermögen, wenn es darum ging, ob einer log oder die Wahrheit sagte. Es gab zwar eigentlich keinen Anlass, der Nonne zu misstrauen. Aber Berger hatte im Laufe seines Berufslebens schon so viel erlebt, dass er vorsichtig geworden war, und sich lieber rückversicherte, bevor er sich endgültig ein Bild machte.

Maria Teresas Blick hatte sich nicht verändert. Sie schaute immer noch ehrlich verwundert: „Wie genau meinen Sie das, sie ist doch ermordet worden, oder etwa nicht?"

„Doch doch. Sonst wäre ich wohl kaum hier."

Die Nonne schien mit Bergers Antwort noch nicht zufrieden zu sein. Berger glaubte nicht, dass sie etwas mit dem Tod ihrer Mitschwester zu tun hatte. Und das, was sie wusste hatte sie ihm erzählt. Auch davon war er überzeugt. Jetzt tat sie ihm ein bisschen leid. Er war kurz davor, ganz gegen seine sonstige Überzeugung, alle Dienstvorschriften über den Haufen zu werfen.

„Sagen Sie mir, woran sie gestorben ist", flüsterte Maria Teresa.

„Das darf ich nicht. Das wäre Täterwissen. Ich kann es Ihnen nicht sagen."

Maria Teresa ließ ihren Blick nicht von Berger ab.

Es war herzerweichend. Aber er konnte natürlich in einem laufenden Ermittlungsverfahren nicht mit Informationen hausieren gehen. So gern er es in diesem Fall auch getan hätte. „Es wird sich alles aufklären", beruhigte er sie.

„Hoffentlich. Ich wünsche ihrer Seele, dass sie Ruhe findet."

„Kannte Scholastika sich mit Pflanzenkunde aus?"

„Ja natürlich." In Marias Teresas Augen trat ein Leuchten. „Sie wusste alles über Zier-, Nutz- und Heilpflanzen."

„Was wissen Sie darüber?"

Maria Teresa zuckte mit den Schultern.

„Sagt Ihnen der Begriff Schierling etwas?"

„Der gefleckte Schierling auf lateinisch auch Conium Maculatum genannt. Sieht ein bisschen aus wie Petersilie, stinkt aber übelst nach Mäusepisse. Das Zeug wächst hier überall. Sie wollen mir doch nicht weismachen, dass Sie die berühmte Geschichte des Schierlingsbechers nicht ..."

Maria Teresa erschrak. Ihr Talent zu kombinieren schaltete sich wieder ein. Berger spürte, wie sie innerlich verkrampfte. Das blanke Entsetzen stand ihr ins Gesicht geschrieben.

„Nein", rief sie laut aus. Zu laut für eine Klosterfrau, wie Berger fand.

Jetzt war er es, der den Zeigefinger an seine Lippen legte.

„Sie hat doch nicht versucht …"

„Doch, das hat sie."

„Das konnte der Mörder natürlich nicht wissen. Wie auch?"

## Fünfundzwanzig
## Sommer 2018

Günter Wendling hatte keine guten Nachrichten für Franka. Sein Anruf erreichte sie noch in der Hofeinfahrt. Wie schnell war der Kerl eigentlich? Leider änderte das nichts an seiner Botschaft. Der Unterboden des Beetles war komplett aufgerissen, die geschätzten Reparaturkosten waren deutlich höher, als der Restwert des Autos. „Totalschaden", diagnostizierte der Mechaniker. „Da is nix mehr zu machen", sagte er am Telefon. Franka schossen Tränen in die Augen. Der Verlust ihres geliebten Autos schmerzte sie mehr, als sie dachte. Aber noch viel schlimmer war die Frage, was sie im Hunsrück ohne fahrbaren Untersatz machen sollte? Wendling schien Frankas Verzweiflung zu spüren und bot sogleich eine Lösung an. „Wenn Sie Hilfe brauchen bei der Suche nach einem Neuen, kann ich da vielleicht was machen."

Im Moment war Franka nicht in der Lage weitreichende Entscheidungen zu treffen. Sie war müde und wollte eigentlich nur noch ins Bett. Andererseits brauchte sie natürlich möglichst schnell ein neues Auto. Wendling bot an, sie am Morgen abzuholen, damit sie sich einen zwei Jahre alten Mini, der bei ihm auf dem Hof stand, anschauen könnte. Franka sagte zu.

Was für ein Scheißtag. Zuerst der aggressive Mönch, der ihr fast an die Gurgel ging und dann auch noch der Unfall und von Jan weit und breit keine Spur. Das war mal wieder typisch, wenn man den Mann brauchte, war er nicht da. Wo steckte der Kerl bloß so lange? Langsam machte Franka sich allerdings Sorgen. Im Haus schien er nicht zu sein. Es brannte nirgends Licht. Außerdem stand Jans Wagen nicht in der Einfahrt. Dabei musste sie unbedingt mit ihm darüber sprechen,, was sie im Archiv herausgefunden hatte. Beim Durchblättern der Einträge aus dem Jahr 1953 war ihr nämlich etwas aufgefallen, das im Nachhinein einiges erklärte. Sie stellte eine Vermutung an und wenn sie damit recht hatte, rückte die Lösung des Falls in erreichbare Nähe. Franka checkte noch einmal die Nachrichten auf ihrem Handy. Von Jan war nichts dabei.

Sie entließ das Telefon wieder in die Untiefen ihrer Handtasche und zog stattdessen ihren Schlüssel hervor. Erst als sie ihn ins Schloss stecken wollte, bemerkte sie, dass die Tür einen Spaltbreit offen stand. Hatte sie vergessen, die Tür hinter sich zuzuziehen, als sie gegangen war? Oder war der Kater von innen gegen die Klinke gesprungen und hatte die Tür geöffnet? Nein, das war Blödsinn. Für Rubens gab es schon seit zwei Jahren eine Katzenklappe, die es dem Tier ermöglichte, zu kommen und zu gehen, wann immer es wollte. Von diesem Luxus machte Rubens tagtäglich regen Gebrauch. Es gab also keinen Anlass für das Tier, die Haustür zu benutzen. Auch nicht aus Tollerei. Viel naheliegender als ein Katzenstreich war – das musste Franka sich eingestehen – ein Einbruch. Franka beschlich ein ungutes Gefühl. Tausend Dinge schossen ihr durch den Kopf:

Wer um alles in der Welt brach in ein altes Bauernhaus ein? Das sah doch ein Blinder mit Krückstock, dass es hier nichts zu holen gab. Franka hatte kein Bargeld im Haus, besaß weder kostbaren Schmuck noch irgendwelche Kunstgegenstände oder teure elektronischen Geräte, die man gewinnbringend veräußern konnte. Von der neuen Mikrowelle für neunundsiebzig Euro mal abgesehen. Bei ihr einzubrechen, machte so was von überhaupt keinen Sinn. Vermutlich machte sie sich unnötig Sorgen und der Grund für die unabgeschlossene Tür, war ein ganz anderer. Vielleicht hatte Elsjen nach dem Rechten sehen wollen und die Tür nicht richtig zugemacht. Die Nachbarin besaß einen Ersatzschlüssel für Notfälle. Und das war gut so. Schon mehr als einmal hatte Franka ohne Schlüssel vor verschlossener Tür gestanden. Da war es sehr hilfreich, eine gute Nachbarin zu haben.

Mit einem mulmigen Gefühl gab Franka der Tür einen vorsichtigen Schubs und schaute in den Flur. Im Dunkeln war nichts Außergewöhnliches festzustellen. Franka drückte mutig auf den Lichtschalter. Doch anstatt Licht zu machen, gab es einen Knall. Die Lampe flackerte nur kurz auf, dann war es wieder dunkel. Franka betätigte den Schalter mehrmals hintereinander. Aber es half nichts. Die Lampe war kaputt. Franka tastete sich an der Wand entlang weiter und bemerkte, wie schlecht sie ihre eigene Wohnung doch kannte. Im Flur stolperte sie dann auch prompt über ein Paar Schuhe, bevor sie endlich die Küche erreichte. Immerhin funktionierte hier die Deckenbeleuchtung. Franka sah sich um.

Ihr blieb vor Schreck der Mund offen stehen. Unweigerlich schlug sie sich beide Hände vors Gesicht. In der Küche waren alle Schranktüren und Schubladen aufgerissen. Der Inhalt verteilte sich über den ganzen Fußboden. Frankas komplettes Porzellan war zerdeppert. Überall lagen Scherben. Dazwischen Küchenhandtücher, ausgekipptes Mehl,

Zucker und Gewürze. Es roch wie auf einem orientalischen Markt. Der Kater hatte mit seinen Pfoten Abdrücke hinterlassen, die verrieten, dass er in Richtung Wohnzimmer geflüchtet war. Hoffentlich war dem Tier nichts passiert.

„Rubens", rief Franka vorsichtig. Doch der Kater gab keinen Mucks von sich. Vielleicht versteckte er sich unter dem Sofa. Franka schaltete das Licht im Wohnzimmer ein. Sie war nicht sonderlich überrascht, hier das gleiche Chaos vorzufinden. Bücher, Hefte, Zeitungen. Alles lag kreuz und quer im Raum verstreut. Sogar die Kissenbezüge waren aufgerissen. Federn und Füllmaterial flogen durch die Luft. Ob etwas fehlte, konnte Franka in dem Durcheinander noch nicht einmal sagen. Aber was sollte schon fehlen? Es war kaum anzunehmen, dass jemand Interesse an ihrer Böll-Sammlung hatte. Trotzdem vergewisserte Franka sich mit einem Blick nach links, dass die Bände noch unversehrt im Bücherregal standen. Irgendwie beruhigte sie das. Sie kniete sich auf den Boden, um nachzusehen, ob Rubens unter dem Sofa lag und sich vor lauter Angst nicht mehr heraustraute. Aber außer ein paar alten Erdnussschalen und einer Kugelschreiberhülle war nichts zu sehen. Möglicherweise hatte der Kater die Flucht durch die Katzenklappe ergriffen. Franka richtete sich auf, als sie plötzlich ein ungewohntes Geräusch hinter sich vernahm. Der Kater war wohl doch nicht getürmt. Franka war erleichtert. Sie drehte sich um, spürte aber im selben Moment einen dumpfen Schlag auf ihrem Hinterkopf.

Schemenhaft konnte sie noch eine dunkel gekleidete Gestalt erkennen. Dann wurde ihr schwindlig und sie ging zu Boden. In ihrem rechten Arm spürte sie einen stechenden Schmerz, bevor sie endgültig das Bewusstsein verlor.

## Sechsundzwanzig
## Frühjahr 1957

Rosa und Klara teilten ein ähnliches Schicksal. Beide Mädchen hatten früh ihre Familie verloren und in Maria Himmelfahrt eine neue Heimat gefunden. Das Schicksal wollte es wohl, dass die beiden Mädchen wie Geschwister aufwuchsen deren gemeinsame Mutter die Oberin war. Im Gegensatz zu Klara hatte Rosa nicht den rechten Zugang zum Glauben gefunden. Aber sie fühlte sich wohl im Kreis der Betschwestern, die ihr wie eine echte Familie ans Herz wuchsen.

Theophila war eine warmherzige Frau und obwohl ihr strenger Glaube ihr eine gewisse Härte verlieh, drückte sie bei den Mädchen gern auch mal ein Auge zu und ließ ihnen die Chance, sich als freie Menschen zu entfalten. Neben den täglichen Gebeten und der Arbeit in Stall und Garten gab es im Kloster manchmal auch Gelegenheiten zum Feiern und Fröhlichsein. Dann saßen die Schwestern im Klosterhof zusammen und sangen gemeinsam geistliche Lieder. Es kam sogar vor, dass dabei getanzt wurde. Rosa fühlte sich in der Gemeinschaft gut aufgehoben und im Schutz der alten Gemäuer auch irgendwie geborgen.

*

Unter den jüngeren Schwestern herrschte große Aufregung. Die Ordensleitung hatte beschlossen, Maria Himmelfahrt um ein Priesterseminar zu erweitern. Was bedeutete, dass die Betschwestern sich die alten Mauern demnächst mit den männlichen Anwärtern teilen mussten.

Rosas Herz schlug bis zum Hals, als der Kleintransporter mit den jungen Männern in die Hofeinfahrt einbog. Gleich nach dem Mittagessen hatten sich Klara und Rosa heimlich aus dem Refektorium geschlichen und sich in einer Kammer im oberen Stockwerke am Fenster postiert. Von hier aus hatten sie freien Blick in den Klosterhof, ohne selbst gesehen zu werden.

Acht junge Männer, alle in Ordenstracht und einer besser aussehend als der andere, fand Rosa, kletterten nach und nach aus dem Wagen und stellten sich brav in Zweierreihen auf, um dann der Mutter Oberin ins Kloster zu folgen. Klara hatte herausgefunden, dass die Seminaristen künftig im Ostflügel untergebracht waren, während die weiblichen Bewohner den westlichen Gebäudetrakt bewohnten.

Die Blicke der beiden Mädchen folgten den Männern, bis nicht ein schwarzer Talar mehr zu sehen war. Rosa schaute Klara an und bemerkte, dass ihre Freundin mindestens so rote Backen hatte wie sie selbst. Die beiden Mädchen fingen an zu kichern. Bisher hatte Rosa sich überhaupt nicht für das andere Geschlecht interessiert und wenn ihre alte Schulfreundin Helga ihr von ihrem ersten Kuss schrieb, hatte sie kein Verständnis für die Aufregung aufbringen können, die diese Sache mit sich zu bringen schien. Helgas Auserwählter war Pitt, der Sohn des Metzgers. Rosa erinnerte sich dunkel an den rundlichen Jungen, dessen Gesicht mit großen roten Pickeln übersät war. Aber Helgas Gedanken waren anderer Natur. Wenn sie Pitt heiraten würde, hätte sie ausgesorgt. Er würde die Metzgerei des Vaters übernehmen und Helga sah sich schon in weißer Schürze hinter dem Verkaufstresen stehen und Wurst und Fleisch abwiegen. Seit dem ersten Rendezvous drehte sich bei Helga alles um Pickel-Pitt.

Auch wenn Rosa erst nur wenig Verständnis für die Freundin aufbrachte, fieberte sie doch mit Feuereifer dem nächsten Brief entgegen. Zu gern wollte sie wissen, wie es mit den beiden Turteltauben weiterging. Leider wurden Helgas Briefe immer seltener, je öfter sie sich mit Pitt traf. Rosa führte das darauf zurück, dass Helga jetzt Besseres zu tun hatte, als einer angehenden Betschwester Briefe zu schreiben. Rosa gönnte der Schulfreundin das Glück. Erstaunlicherweise sehnte sie selbst sich nicht nach einem Leben mit Mann und Kind. Sie hatte sich inzwischen so an das sichere Leben im Kloster gewöhnt, dass sie sich nicht vorstellen konnte, die alten Mauern jemals wieder zu verlassen. So absurd das auch klingen mochte.

Theophila hatte schnell erkannt, dass Rosa sich zwischen den Blumen und Gewächsen am wohlsten fühlte. Und auch, dass sie schon als junges Mädchen einen grünen Daumen besaß. Deshalb stand Rosa nach der ersten Woche ihrer Ankunft unter dem Schutz von Schwester Anthea, die ihrem Ruf als Gottesgärtnerin alle Ehre machte. Mit großer Leidenschaft eiferte Rosa Schwester Anthea nach, lernte täglich neue Pflanzen kennen und wusste schnell, welche Exemplare giftig und gefährlich waren und welche Heilkräfte besaßen.

Der Klostergarten wuchs von Jahr zu Jahr und bald kannte Rosa sich mit Kräutern und Pflanzen ebenso gut aus wie die ältere Nonne.

Von allergrößtem Interesse neben der Pflanzenkunde blieben für Rosa und die jüngeren Schwestern die Seminaristen. Bei den Mahlzeiten, die gemeinsam im Refektorium eingenommen wurden, wurden gern heimliche Blicke getauscht. Rosa gefiel einer besonders gut. Er war hochgewachsen, hatte dunkelblondes Haar und stahlblaue Augen. Bei den Mahlzeiten musste Rosa sich zwingen, ihn nicht dauernd anzustarren. Auch sie schien ihm zu gefallen. Denn jedes Mal, wenn sie einen scheuen Blick riskierte, trafen sich ihre Blicke.

Rosas Schicksal nahm seinen Anfang, als der junge Anwärter Rosa eines Abends beim Verlassen des Speisesaals heimlich ein zusammengefaltetes Briefchen zusteckte. Schnell ließ Rosa das Papier in ihrem Mantel verschwinden. Ihr Herz klopfte bis zum Hals, sie war kaum in der Lage, noch einen Bissen hinunterzubekommen und musste sich förmlich dazu zwingen, ihren Teller leer zu essen, damit niemand Verdacht schöpfte. Erst als sie später allein in ihrer Zelle war, faltete Rosa das Paper sorgfältig auseinander. Sechs Worte waren in sauberer Handschrift darauf zu lesen: *Um Mitternacht im Klostergarten. Ich warte.*

Wieder kam Rosas Herz aus dem Takt. Sie las die Worte wieder und wieder und überlegte dabei, was sie tun sollte. Diesmal konnte sie sich nicht ihrer Freundin anvertrauen. Sie wollte Klara damit nicht belasten. Rosa zwang sich, in Ruhe zu überlegen. Sie wohnte zwar im Kloster, aber sie war noch keine Ordensfrau. Bisher hatte sie noch kein Gelübde abgelegt. Dafür war sie noch zu jung. Doch auch ohne ein offizielles Versprechen, fühlte sie sich dem Orden verpflichtet. Wie gern hätte sie jetzt mit Klara zusammen überlegt, was sie tun sollte.

Als die schwere Eichentür hinter Rosa ins Schloss fiel, schlug die Kirchturmuhr zwölf Mal.

## Siebenundzwanzig
## Sommer 2018

Hansen hatte sich, nachdem er Franka vor ihrem Haus abgesetzt hatte, mit einem kühlen Bier die nötige Bettschwere verpassen wollen. Leider erfolglos. Zum Schlafen war es einfach viel zu heiß. Sein Plumeau hatte er schon auf den Boden verfrachtet. Er selbst lag nur mit einer Unterhose bekleidet auf der Matratze, als Zudecke diente ihm ein dünnes Leintuch. Aber selbst das war zu nichts nütze, außer dass er sich damit von Zeit zu Zeit den Schweiß vom Körper wischte.

Ulla schien die Hitze nichts auszumachen. Sie lag friedlich schlafend neben ihm und war bis zum Kinn unter dem dicken Federbett verschwunden. Hansen kam schon ins Schwitzen, wenn er Ulla nur ansah.

Ans Schlafen war ohnehin nicht zu denken. Seine Gedanken fuhren mal wieder Achterbahn. Was, wenn Franka recht hatte und der Felsbrocken tatsächlich nicht zufällig vor ihrem Auto gelandet war. Hansen machte sich ernsthaft Sorgen. Berger war den ganzen Tag über nicht zu erreichen gewesen. Wo der sich bloß wieder herumtrieb? Vermutlich verfolgte er eine heiße Spur, von der der kleine Dorfbulle nichts wissen durfte. In Hansen stieg der Zorn auf, was dazu führte, dass seine Körpertemperatur auf ein unerträgliches Maß mit anstieg. Es war so heiß, dass Hansen es keine Sekunde länger im Bett aushielt. Er schlich sich aus dem Zimmer, um Ulla nicht zu wecken und ging in die Küche. Dort blieb er so lange vor dem offenen Kühlschrank stehen, bis das Gerät die vorprogrammierte Kühltemperatur überschritt und zu piepsen anfing. Aus Angst, dass Ulla von dem Geräusch wach werden könnte, schloss er schnell die Tür und setzte sich mit einem Beutel Eiswürfel vor den Fernseher, ohne jedoch das Gerät einzuschalten. Er wollte nachdenken und dabei möglichst keinen Krach machen. Ulla konnte fuchsteufelswild werden, wenn ihr Schönheitsschlaf gestört wurde.

Was er vorzuweisen hatte, war ein Mord an einer Nonne, ein Anschlag auf Franka – wenn es denn einer war – und eine lange Liste von Brandanschlägen. Und das Schlimmste: Es war keine Lösung in Sicht. Da brauchte er sich eigentlich nicht zu wundern, dass er nicht einschlafen konnte. Selbst bei sibirischen Kältewerten wäre es ihm in Anbetracht der Sorgen schwergefallen, ein Auge zuzutun. Wenn er wenigstens in Sachen Brandstiftung weiterkäme. Mit dem Mord hatte er ja so gesehen gar nichts zu tun. Erstens wusste er offiziell gar nichts von der Sache. Und zweitens gab es ja immer noch die Nachrichtensperre. Tatsächlich schien seine Ulla ja mal dicht gehalten zu haben. Ihm war jedenfalls im Dorf noch nichts von dem Mord in Maria Himmelfahrt zu Ohren gekommen. Insgeheim war Hansen stolz auf seine Ulla, im Ernstfall konnte er sich also doch auf sie verlassen.

Die Serie der Brandstiftungen ging ihm trotzdem nicht aus dem Sinn. Während sich die Schweißperlen auf seiner Stirn sammelten und zu einem mittelgroßen Rinnsal formierten, um anschließend über Nase und Kinn auf seine Brust zu tropfen, dachte er über Lösungsmöglichkeiten nach. Er grübelte intensiv. Eigentlich hatte er immer noch die Dorfjugend im Verdacht. Ein Lausbubenstreich, der außer Kontrolle geraten war, heimlich gerauchte Kippen, fahrlässig weggeworfen. Bei der momentanen Trockenheit brauchte man eine Wiese doch nur scharf anzuschauen, damit sie Feuer fing.

Wenn es tatsächlich die Rotzlöffel aus dem Ort waren, würde er sie kriegen. Und er wusste auch schon wie. Hansen zog sich ein dunkles T-Shirt über seine schwarzen Boxershorts und schlich nach draußen. Der Treffpunkt der Jugend war der Platz in der Dorfmitte. Das war schon so, als er jung war. Wie so vieles, hatte auch das sich in all den Jahren nicht verändert. Es war zwar schon spät, aber Hansen wusste aus eigener Erfahrung, dass man lieber wartete, bis die Alten in ihren Häusern verschwunden waren. Die Jugend hatte Zeit. Schließlich waren gerade Sommerferien und schlafen konnte sowieso niemand. Um nicht gesehen zu werden, versteckte Hansen sich in einer Hecke, direkt hinter der Parkbank und wartete. Es dauerte nicht lange, bis er Schritte und dann ein lauter werdendes Gespräch vernahm. Er lauschte intensiv, aber er hatte sich nicht getäuscht. Nur wenige Augenblicke später konnte er aus seinem Versteck heraus drei dunkle Gestalten ausmachen. Die Männer – den Stimmen nach zu urteilen junge Männer – hockten sich auf die Rückenlehne der Parkbank. Die Füße stellten sie auf der Sitzfläche ab. Auch das hatte sich nicht geändert.

Hansen hielt die Luft an. Er bewegte sich keinen Zentimeter in seinem Versteck, um nicht entdeckt zu werden. Er war so nah an den Jugendlichen dran, dass er, wenn er die Hand ausstreckte, ihre Hintern berühren konnte. Was er natürlich nicht tat. Stattdessen stellte er seine Lauscher auf und versuchte, dem Gespräch der Jugendlichen zu folgen.

Allerdings konnte er nur Wortfetzen aufschnappen. „… geht ab wie Zunder, mein lieber Alter …“, sagte eine tiefe Stimme, gefolgt von dem wohlwollenden Raunen der anderen.

Zunder, das war für Hansen das richtige Stichwort. Messerscharf kombinierte er das Nomen mit dem passenden

Verb brennen. Er war also auf der richtigen Fährte. Vor dem Zugriff musste er allerdings noch auf den richtigen Moment warten. Aber der würde kommen, da war er ganz sicher. Hansen lauschte weiter. Die Rotzlöffel kehrten ihm den Rücken zu und machten es ihm ganz schön schwer mitzubekommen, über was geredet wurde.

Hansen war von vorneherein klar, dass sich das Gespräch um Brandstiftung drehte. Aber er brauchte Beweise, wenn er sich nicht lächerlich machen wollte. Ein konkreter Ansatz würde ihm da schon genügen.

„Geil, Alter, geil. So eine Flamme hab ich noch nie gesehen …“ Diesmal sprach eine Fistelstimme.

Hansen grinste. Er fühlte sich seinem Ziel schon ziemlich nah. Gleich konnte er aus dem Gebüsch heraus die Festnahme einleiten.

Ein Feuerzeug flammte auf. Wieder ein Beweis. Allein der Besitz eines Feuerzeugs reichte doch aus, um seinen Anfangsverdacht zu bestätigen. Im Geiste hörte Hansen schon das Klicken der Handschellen. Dann fiel ihm ein, dass er lediglich mit T-Shirt und Unterhose bekleidet war und er seine Handschellen zusammen mit der Dienstwaffe gut verschlossen zu Hause aufbewahrte. Mist, dachte er. Im Dunkeln waren jetzt drei orangefarbene Glühwürmchen zu sehen und es roch nach Zigarettenqualm. Hansen spitzte die Ohren, um im entscheidenden Moment aus seinem Versteck zu kommen. Wenn er es richtig mitkriegte, ging es inzwischen schon um Details. Die Uhrzeit der nächsten Aktion wurde verhandelt.

„Wieviel Uhr ham wa?“, wollte der Bass wissen. Der Dritte, den Hansen bisher noch nicht identifiziert hatte, antwortete. Erst jetzt bemerkte Hansen, dass die dritte Person eine Frau war. Das machte die Sache für ihn erheblich schwieriger. Wenn man ihm etwas anhängen wollte, könnte man ihn des Voyeurismus bezichtigen. Obwohl er als Staatsgewalt natürlich das Recht dazu hatte, andere zu belauschen. Hatte er doch, oder?

Er konzentrierte sich wieder auf das Gespräch.

„Noch 'ne viertel Stunde, höchstens", antwortete der Bass auf die Frage nach der Zeit.

Du lieber Himmel. Hansen wurde es mulmig. Die hatten tatsächlich vor, das Ding noch am selben Abend steigen zu lassen und er hockte in der Unterhose im Gebüsch.

„So eine verdammte Scheiße", zischte er wohl einen Tick zu laut.

Plötzlich richteten sich drei Augenpaare auf ihn. Das Feuerzeug flammte wieder auf, diesmal war das Licht auf ihn gerichtet.

„Ej Alter, was'n datt?", grölte der Bass, gefolgt von dem hellen Lachen der Frau. Die kreischte: „Da sitzt einer im Busch. Ein Spanner."

Jetzt wurde es Hansen zu blöd. Er kroch rückwärts aus seinem Versteck, um sich aus dem Staub zu machen. In dem Moment wurden die drei glücklicherweise von einem Motorrad mit kaputtem Auspuff abgelenkt, das höllisch lärmend an ihnen vorbeiraste. Hansen nutzte die Gelegenheit, um im Schutz der Dunkelheit zu verschwinden.

„Lo issa", brüllte die Fistelstimme. Hansen drehte sich erschrocken um, aber nicht er war gemeint, sondern das vorbeifahrende Motorrad. Plötzlich fiel es ihm wie Schuppen von den Augen. Der Fokus der Rotzlöffel galt nicht etwa einem geplanten Brandanschlag, sondern einer frisierten BMW, die nachts mit einem Affenzahn durchs Dorf bretterte. Und er dachte, er könnte eine ganze Bande von Brandstiftern überführen. War wohl nix. Der Misserfolg schmerzte schon sehr. Außerdem brannte die Haut auf seinen Armen und Beinen wie Feuer. In der Hecke hatte er sich abgesehen von einem Hämatom auch etliche kleine Schnitt- und Schürfwunden zugezogen. Aber viel schlimmer war, dass er sich gerade zum Gespött des Dorfes gemacht hatte. Blieb nur zu hoffen, dass die drei ihn im Dunkeln nicht erkannt hatten. Ansonsten war er geliefert. In der Dorfkneipe brauchte er sich dann jedenfalls nicht mehr blicken zu lassen. Nie mehr. Und dass Ulla ihn – wenn das herauskäme – zur Schnecke machen würde, war ohnehin sonnenklar.

## Achtundzwanzig
## Frühjahr/Sommer 1957

Die Nacht war sternenklar. Rosa lauschte in die Dunkelheit. Es war mucksmäuschenstill. Nur das leise Rauschen des nahen Flaumbachs war zu hören.

Rosa fürchtete sich nicht vor der Dunkelheit. Sicheren Schrittes bewegte sie sich auf dem knirschenden Kiesweg in Richtung Klostergarten. Ihre Augen gewöhnten sich schnell an die Dunkelheit, sodass ihr das Vorwärtskommen keine Schwierigkeiten bereitete. Auf halbem Weg blieb sie jedoch noch einmal stehen und lauschte in die Nacht. Es war beängstigend still. In Rosa regten sich leise Zweifel, ob es richtig war, sich einfach aus dem Kloster zu schleichen. Sie hatte niemandem etwas verraten. Auch Klara wusste nichts von dem heimlichen Treffen. Sie wollte die Freundin nicht in Schwierigkeiten bringen. Falls man Rosa vermisste, sollte Klara reinen Gewissens sagen können, dass sie keine Ahnung hatte. Trotz aufkommender Zweifel siegten Neugier und Abenteuerlust und Rosa setzte ihren Weg fort.

Plötzlich hörte sie ein lautes Knacken im Gebüsch. Rosa fuhr zusammen und drehte sich hastig um. Bevor sie begriff, was vorging, wurde ihr ein Tuch über die Augen gelegt. Gleich darauf spürte Rosa einen dumpfen Schlag am Hinterkopf. Dann wurde alles um sie herum schwarz und Rosa brach bewusstlos zusammen.

Als sie wieder erwachte, dämmerte es bereits. Sie lag mit ausgestreckten Gliedern auf dem Kiesweg unweit von der Stelle, an der sie in der Nacht ein Knacken im Gebüsch vernommen hatte. Sie konnte sich dunkel daran erinnern, dass sie sich um Mitternacht aus dem Kloster geschlichen hatte und auf dem Weg zum Garten ein ungewohnt lautes Geräusch vernommen hatte. Mehr wusste sie nicht. Rosas Kopf tat höllisch weh. Sie rappelte sich auf und strich mit den Händen über ihr schmutziges Kleid. Wenn die Mutter Oberin sie so sehen würde, schoss es ihr durch den Kopf. Das Hämmern an ihren Schläfen wurde stärker. Rosa kam ins Taumeln. Sie lehnte ihren Körper an die Bruchsteinmauer, die das Kloster vom Garten trennte und schaute an sich herunter. Erst jetzt bemerkte sie das Blut an ihren Beinen, spürte den stechenden Schmerz zwischen ihren Schenkeln. Ein Schreck durchzuckte sie. In Rosa stieg eine böse Vorahnung auf. Sie riss sich zusammen und schlich unbemerkt zurück ins Haus, damit niemand von ihrer Schande Notiz nahm. In ihrer Zelle zog sie sich aus, wusch das vertrocknete Blut von Beinen und Oberschenkeln und holte ein frisches Gewand aus dem Schrank. Sie sah auf die Uhr. In wenigen Minuten würde Klara an ihre Tür klopfen, um sie zur Laudes abzuholen. Nur ganz kurz wollte Rosa sich ausruhen. Erschöpft fiel sie auf das unbenutzte Bett und ließ den Tränen, die über ihre Wangen rollten, freien Lauf. Das zarte Klopfen der Freundin schreckte sie auf. Rosa trocknete mit dem Handrücken die Tränen, öffnete der Mitschwester die Tür und folgte ihr mit gesenktem Blick in die Klosterkapelle. Sie wollte auf keinen Fall, dass Klara merkte, dass mit Rosa etwas nicht stimmte. Rosa wusste zwar nicht genau, was passiert war, aber sie spürte, dass es falsch war und fühlte sich schuldig. Sie kam sich unnütz und schmutzig vor. In der Kapelle kniete sie auf der harten Holzbank nieder und stimmte gemeinsam mit den Mitschwestern in den gleichmäßigen Singsang des Morgengebets mit ein.

Mit einer gewissen Erleichterung nahm Rosa zur Kenntnis, dass im Refektorium nur der Schwesterntisch fürs Frühstück hergerichtet war. Das Priesterseminar war zu Ende, die Teilnehmer waren in den frühen Morgenstunden abgereist und auf andere Klöster oder Pfarreien verteilt worden.

## Neunundzwanzig
## Winter 1957

Kurz vor Weihnachten war nicht mehr zu übersehen, dass sich der Bauch unter Rosas Kleidung wölbte. Sechs Monate waren vergangen, seit Rosa sich in der Nacht aus dem Kloster geschlichen hatte. Ihre zunehmend rundlicher werdende Form hatte sie zuerst auf die emsige Weihnachtsbäckerei zurückgeführt. Seit Wochen wurden in der Klosterküche Christstollen und Spritzgebäck hergestellt. Von dem süßen Backwerk verschwand natürlich hin und wieder auch das eine oder andere Teil in Rosas Mund. Nur zu gern hatte Rosa die Vorstellung verdrängt, dass es viel wahrscheinlicher war, dass die Größe ihres Leibesumfanges etwas mit der schrecklichen Nacht zu tun haben könnte. Rosa quälte ein schlechtes Gewissen, und so fand sie auch in der Nacht keine Ruhe.

Aber sie hatte weder den Mut, sich ihrer Freundin Klara noch der Mutter Oberin anzuvertrauen. Lange konnte sie jedoch nicht mehr verheimlichen, dass sie ein Kind erwartete.

So war Rosa fast erleichtert, als Theophila sie nach der Laudes in ihr Sprechzimmer bat. Die Oberin bat Rosa, sich zu setzen. Unter ihrem durchdringenden Blick brach Rosa augenblicklich in Tränen aus. Theophila nahm die werdende Mutter in den Arm. Unter Schluchzen berichtete Rosa der Oberin alles, woran sie sich erinnern konnte. Das war leider nicht sehr viel. Denn Rosa hatte nicht erkennen können, wer ihr aufgelauert hatte. Sie erinnerte sich lediglich an einen intensiven Geruch, den sie aber mit Worten nicht beschreiben konnte.

Nachdem Rosa Theophila alles gebeichtet hatte, fühlte sie sich besser. Es war, als sei ihr ein dicker Felsbrocken vom Herzen gefallen. Theophila hatte Rosas Ausführungen wortlos zur Kenntnis genommen. Als sie geendet hatte, ordnete sie an, dass Rosa offiziell an einer ansteckenden Krankheit leide, für einige Monate in Quarantäne musste und ab sofort von den anderen Schwestern getrennt im Gesindehaus untergebracht wurde. Einzig Klara und Schwester Anthea, die vor ihrem Eintritt ins Kloster den Beruf der Hebamme ausgeübt hatte, wurden eingeweiht.

## Dreißig
## Frühjahr 1958

Außer zu Klara, die Rosa regelmäßig mit Essen und Informationen über das Klosterleben versorgte, fehlte Rosa in den kommenden Monaten komplett der Kontakt zur Außenwelt. Sie hatte also genügend Zeit, sich Gedanken über ihre Zukunft zu machen. Nur wusste sie leider überhaupt nicht, wie es mit ihr weitergehen sollte.

Theophila hatte ihr aufgetragen, zusätzlich zum täglichen Pflichtgebet noch vier weitere Vaterunser und zehn *Gegrüßet seist du Maria* zu verrichten. Als Buße für ihre Schandtat. Rosa tat, was man von ihr verlangte. Obwohl sie noch immer keinen Zugang zu Gott im Gebet fand und auch nicht wirklich wusste, was sie eigentlich falsch gemacht hatte. Außer, dass sie in der Nacht aus dem Kloster geschlichen war.

Während Rosa gebetsmühlenartig ihre Litaneien herunterbetete, ging ihr immer wieder derselbe Gedanke durch den Kopf. Wie würde es weitergehen, wenn das Kind auf der Welt war? Ob man sie aus der klösterlichen Gemeinschaft ausschließen würde? Unmöglich konnte sie sich allein mit einem unehelichen Kind da draußen in der Welt durchschlagen. Man sagte den Betschwestern zwar gern nach, dass sie vollkommen weltfremd seien, aber dumm war Rosa nicht. Inbrünstig hoffte sie, dass Theophila eine Lösung für sie parat hatte. Am besten eine, bei der sie ihr Kind behalten und trotzdem im Kloster bleiben konnte.

Rosas Bitten wurden erhört, zumindest zum Teil. Wenn auch die Lösung des Problems nicht ganz Rosas Wünschen entsprach.

Beim nächsten Besuch kam Klara in Begleitung der Mutter Oberin.

„Mein Kind“, sagte Theophila mit ihrer warmherzigen Stimme und strich Rosa dabei liebevoll übers Haar.

Der Bauch unter Rosas Kleid wölbte sich inzwischen so stark, dass der Stoff ihres Kleides zu zerreißen drohte, sobald Rosa sich bewegte. Lange konnte es bis zur Niederkunft nicht mehr dauern.

Das schien auch Theophila zu denken. „Du wirst bald ein Kind zur Welt bringen", sagte sie. Dann gab Theophila Klara ein Zeichen, den Raum zu verlassen.

Als die beiden Frauen allein waren, sprach die Oberin weiter: „Hör mir gut zu. Ich habe mir in den vergangenen Wochen ausführlich Gedanken über deine Zukunft gemacht und bin zu einem Entschluss gekommen, den du, wie ich hoffe, mitträgst."

Rosa nickte zustimmend. Ganz egal, wie die Oberin entschied, Rosa würde sich ihrem Wunsch beugen.

„Schwester Anthea wird dir bei der Geburt zur Seite stehen. Anschließend wird das Kind in eine Pflegefamilie gebracht, wo es in Ruhe und Frieden aufwachsen kann. Pfarrer Arenz hat mir dabei geholfen ein passendes Ehepaar zu finden, bei dem dein Kind es gut haben wird."

Rosa schossen die Tränen in die Augen. Große Traurigkeit erfüllte sie, aber sie wagte nicht, Theophila zu widersprechen. Die Oberin hatte recht. Rosa konnte ihr Kind nicht alleine großziehen. Sie verfügte über keinerlei Einkommen und eine Familie, zu der sie hätte zurückgehen können, gab es auch nicht mehr. Und im Kloster hätte der Säugling für viel zu viel Aufsehen gesorgt. Rosa legte ihren Kopf in Theophilas Schoß und weinte so lange, bis kein Tropfen Flüssigkeit mehr aus ihr herauskam. Die Oberin strich ihr über den Kopf. Als Rosa sich wieder beruhigt hatte, stand Theophila auf und wandte sich zum Gehen.

An der Zellentür drehte sie sich noch einmal um. „Gib mir Bescheid, wenn es so weit ist", sagte sie.

„Woher soll ich wissen, wann es losgeht?"

„Glaub mir, du wirst es merken."

Die Oberin verließ den Raum und schloss die Tür von außen. Rosa war wieder allein. Sie warf sich auf ihr Bett und weinte alles Leid der vergangenen Monate aus sich heraus. Dann fühlte sie sich besser. Sie wusste, dass die Entscheidung der Mutter Oberin richtig war.

*

Als Rosa mitten in der Nacht von einem stechenden Schmerz im Unterleib erwachte, wusste sie, dass die Zeit gekommen war. Sie griff nach dem kleinen Glöckchen auf ihrem Nachttisch und läutete so stark sie konnte. Die Wehen hatten eingesetzt. In regelmäßigen Abständen wurde Rosa von einem unerträglichen Schmerz übermannt, der sich wie eine aus dem Meer anrollende Welle aufbaute, näher und näher kam, um auf dem Höhepunkt ihren ganzen Körper in Besitz zu nehmen und dann, wenn Rosa glaubte, sterben zu müssen, langsam wieder abebbte. Dieses Spiel hatte sich bereits einige Male wiederholt, bis Schwester Anthea in ihre Zelle kam, gefolgt von der Mutter Oberin. Die beiden Frauen bezogen Stellung an Rosas Bett. Während Anthea Rosa klare Anweisungen gab, wie sie zu atmen hatte, um die Schmerzen erträglicher zu machen und dem Kind dabei zu helfen in den Geburtskanal zu rutschen, tupfte Theophila mit einem feuchten Tuch den Schweiß von Rosas Stirn.

„Tief einatmen und dann in kurzen Stößen ausatmen."

Rosa tat, was die Hebamme verlangte, aber die ständigen Wehen und die unerträglichen Schmerzen wollten einfach kein Ende nehmen. Rosa hatte keine Kraft mehr. Am liebsten hätte sie aufgegeben.

Draußen war es inzwischen taghell. Rosa hatte jegliches Zeitgefühl verloren. Ihr kam es vor, als ertrüge sie diese unsagbare Pein seit Tagen. Immer wieder wurde ihr schwindlig.

Sie schloss die Augen, bis sie spürte, dass Anthea ihr leicht auf die Wangen schlug und sie anschrie: „Du musst hier bleiben. Es ist gleich geschafft. Ich kann das Köpfchen schon sehen."

Rosa presste so fest sie konnte, aber sie war von der Anstrengung so erschöpft, dass ihre Kräfte versagten.

„Das Kind bekommt zu wenig Sauerstoff", hörte Rosa Anthea sagen, dann wurde ihr schwarz vor Augen. Rosa war ohnmächtig.

## Einunddreißig
## Sommer 2018

„Was haben Sie dem Kommissar erzählt?" Benedikt lauerte Maria Teresa auf, als sie gerade auf dem Weg in die Hauskapelle war. Wie aus dem Nichts stand er plötzlich im Halbdunkel der Eingangshalle vor ihr und hielt die Nonne am Arm fest.

„Lassen Sie mich los, Sie tun mir weh."

„WAS, will ich wissen." In Benedikts Augen zeigten sich Wut und Hass. Maria Teresa erschrak. So hatte sie den Konventoberen noch nicht kennengelernt.

„Loslassen", befahl sie bestimmt. „Sonst erfahren Sie von mir überhaupt nichts. Zudem bin ich Ihnen keine Rechenschaft schuldig."

„Mein liebes Mädchen, ich warne Sie, wenn irgendetwas von den Ereignissen der vergangenen Tage nach außen dringt, dann gnade Ihnen Gott."

Benedikts Hand drückte so fest zu, dass Maria Teresa spürte, wie ihr Blut in den Adern pulsierte. Langsam bekam sie Angst vor dem Pater. Er kam ihr so nahe, dass sie sein Rasierwasser riechen konnte. Es war derselbe Duft, den auch der Provinzobere benutzte. Maria Teresa mochte die Mischung aus Moschus und Sandelholz nicht. Der Geruch verursachte bei ihr Brechreiz. Wenn Benedikt sie nicht augenblicklich losließ, würde sie anfangen, um Hilfe zu schreien. Doch so weit kam es nicht. Im entscheidenden Moment tauchte Felicitas auf.

„Was geht hier schon wieder vor?“

Benedikt ließ augenblicklich von Maria Teresa ab und wandte sich zum Gehen.

„So geht das nicht, Pater Benedikt. Wenn wir hier nicht mehr vernünftig zusammenleben können, ohne uns gegenseitig zu bedrohen, müssen wir unser Arrangement auflösen.“ Felicitas folgte Benedikt mit schnellen Schritten und redete dabei weiter unaufhörlich auf ihn ein. „Und Ihnen ist klar, dass es die Schwestern sind, die in diesem Kloster bleiben werden, nicht die Mönche. Ich will nur daran erinnern, dass wir die längeren Rechte …

„Papperlapapp“, unterbrach Benedikt Felicitas’ heroische Rede. Ohne sich noch einmal nach ihr umzusehen, verschwand er schnellen Schrittes im Trakt der männlichen Ordensleute. Für Nonnen war der Zutritt hier verboten.

Felicitas blieb stehen und wartete auf Maria Teresa, die ihr in sicherem Abstand gefolgt war: „Hat er dir etwas getan?“

Maria Teresa schüttelte den Kopf. „Alles in Ordnung. Danke, Mutter Oberin.“

„Keine Ursache. Aber ich verspreche dir, das wird ein Nachspiel haben. Mir reicht es jetzt.“

Maria Teresa dachte an das unrühmliche Verhalten, das der Provinzobere an den Tag gelegt hatte. So konnte es in ihrem Kloster wirklich nicht mehr weitergehen. Schließlich stand ihr Orden doch für Frieden und Nächstenliebe.

Da konnte es nicht angehen, dass man sich hier im Kloster gegenseitig zerfleischte. Wenn das erst mal bis in die umliegenden Ortschaften vordringen würde, könnten sie sich vor Journalisten nicht mehr retten. Und die waren in der Regel nicht so zahm wie diese Frau Fröhlich.

Maria Teresa war gespannt, was die Oberin in diesem Fall vorhatte. Ihrem Gesichtsausdruck nach zu urteilen, wusste sie bereits genau, was sie wollte. Felicitas öffnete die Tür und schob Maria Teresa vor sich in die Kapelle. Es war höchste Zeit für die nächtliche Anbetung.

## Zweiunddreißig
## Frühjahr 1958

Als Rosa die Augen aufschlug, waren Anthea und Theophila verschwunden. Rosa blickte sich suchend in ihrer Kammer um, auch von dem Baby war nichts zu sehen. Rosa richtete sich im Bett auf, um nach dem Kind zu suchen. Dann fiel ihr ein, was sie der Oberin versprochen hatte. Schon wieder konnte Rosa die Tränen nicht zurückhalten. Eine unendliche Traurigkeit erfüllte sie. Sie ließ ihren Kopf zurück auf das Kissen fallen und zog sich die Decke über den Kopf. Am liebsten wäre sie tot gewesen. Zwischen Tränen, Schmerz und Erschöpfung schlief Rosa wieder ein. Sie erwachte von einem Flüstern.

„Eine schwere Geburt … zu wenig Sauerstoff … , wird überleben, aber …"

Schlagartig war Rosa klar, dass es um ihr Kind ging. „Was ist mit dem Kind?", schrie sie aufgeregt. Theophila legte ihr, wie so oft in den vergangenen Tagen, die Hand aufs Haupt und sprach beruhigend auf sie ein.

„Man hat das Kind bereits zu den Leuten gebracht, die ab jetzt seine Eltern sein werden.“

Das Kind lebte, wie schön. Für einen kurzen Moment spürte Rosa so etwas wie Glück. Doch im nächsten Augenblick holte die Traurigkeit sie wieder ein. Irgendwann würde sie ihrem Kind erklären können, warum sie es hatte weggeben müssen. Ihr Herz gehörte ihm ganz und gar. Sie liebte es, wie eine Mutter ihr Kind nur lieben konnte. Vielleicht hatte es eines Tages die Gelegenheit, die Aufzeichnungen, die Rosa vom Tag der Empfängnis bis zur Geburt in einem Tagebuch festgehalten hatte, zu lesen. Und vielleicht konnte er ihre Entscheidung dann verstehen und ihr verzeihen. Sie hatte keine Wahl. Rosa beugte sich dem Willen der Oberin. Weil sie es musste und weil sie ohnehin viel zu erschöpft war, um dagegen aufzubegehren.

„Sie hat ziemlich viel Blut verloren“, hörte sie Anthea sagen. „Am besten lassen wir sie jetzt schlafen.“

Bevor Rosa wieder in Tiefschlaf fiel, spürte sie noch, dass Theophila sich zu ihr auf die Bettkante setzte und ihre Hand hielt.

## Dreiunddreißig
## Sommer 2018

Jan hatte Mühe, die Augen offen zu halten, als er sich von Maria Teresa verabschiedet hatte und sich endlich auf den Heimweg machte. Es war spät geworden. Franka würde sich sicher schon Sorgen machen. Er holte sein Handy aus der Tasche, um ihr eine Nachricht zu schreiben, musste aber feststellen, dass er kein Netz hatte. Er steckte das mobile Telefon zurück in seine Jackentasche. In wenigen Minuten war er ohnehin zu Hause, dann konnte er Franka seine lange Abwesenheit auch persönlich erklären.

Als er den Motor seines SUV vor dem Haus abstellte, stand Frankas Auto nicht wie sonst im Hof. Von draußen konnte er sehen, dass in der Küche Licht brannte. Ebenso im Wohnzimmer. Das war seltsam. Ein ungutes Gefühl beschlich den Kommissar. Es schien sich zu bestätigen, als er die Haustür offen vorfand. Ein weiteres Zeichen dafür, dass hier etwas nicht stimmte. Bei Jan Berger schrillten sämtliche Alarmglocken. Er zückte seine Dienstwaffe und stieß die Tür mit einem gezielten Tritt ganz auf. Aus der Küche drang ein spärlicher Lichtschein in den dunklen Flur. Berger pirschte sich, geschützt mit dem Rücken zur Wand, weiter vorwärts und fand einen völlig verwüsteten Raum vor. Seine Vermutung, dass hier ein Einbruch stattgefunden hatte, schien sich zu bestätigen. Doch der oder die Täter waren wohl bereits geflohen. Er spitzte die Ohren, aber es blieb totenstill. Obwohl er als Polizist solche Situationen schon oft erlebt hatte, spürte er, dass sein Herz stärker klopfte als sonst. Was, wenn Franka bei dem Einbruch doch zu Hause war und vielleicht als Geisel mitgenommen wurde. In Bergers Kopf machten sich die wildesten Fantasien breit. Er stieg über Berge von zerschlagenem Porzellan und Unrat und warf einen Blick ins angrenzende Wohnzimmer. Sein Herz blieb vor Schreck fast stehen, als er Franka verletzt auf dem Boden liegen sah. Aus der Platzwunde am Kopf lief Blut. Berger ging schnell näher und legte seine Hand an ihren Hals. Er war erleichtert. Franka war zwar nicht bei Bewusstsein, aber sie lebte.

Mit zitternden Fingern nestelte er sein Handy aus seiner Jackentasche und wählte die eins eins zwo. Keine fünf Minuten später ertönte das Martinshorn des Rettungswagens. Dass Franka ärztlich versorgt wurde, war jetzt erst einmal das Wichtigste. Darüber, was man bei ihr gesucht hatte, konnte er sich später noch Gedanken machen. Als die Notfallsanitäter Franka abtransportierten, folgte er dem Wagen nach Simmern.

*

Franka erwachte im Krankenhaus. Ihr Kopf dröhnte. Der rechte Arm war eingegipst. Sie hatte höllische Schmerzen in der Schulter. Sie richtete sich auf und erfühlte mit der linken Hand eine dicke Beule am Hinterkopf. Was war passiert? Das Letzte, an das Franka sich erinnern konnte, waren ein paar alte Erdnüsse unter ihrer Couch. Aber warum um alles in der Welt war sie überhaupt auf dem Boden herumgekrochen? Hatte sie etwas gesucht? Den Kater vielleicht? Ihr Hirn war wie benebelt. Sie wusste einfach gar nichts mehr. Sie legte ihren schmerzenden Kopf zurück auf das Kopfkissen, schloss die Augen.

Plötzlich fiel es ihr wie Schuppen von den Augen. Na klar. Bei ihr war eingebrochen worden. Die Bilder von einer völlig verwüsteten Wohnung traten vor ihr geistiges Auge. Der Einbrecher musste bei ihrer Rückkehr noch im Haus gewesen sein und hatte ihr im entscheidenden Moment eins übergebraten. Vermutlich damit sie ihn nicht erkannte. Ob er gefunden hatte, wonach er suchte? Das Grübeln verstärkte den Schmerz in ihrem Kopf. Sie versuchte, nicht weiter nachzudenken und sich zu entspannen.

Es klopfte zaghaft an der Tür. Jan streckte den Kopf herein.

„Da bist du ja wieder." Freudestrahlend trat ihr Freund ans Krankenbett, nahm sie in die Arme und drückte sie so fest, als seien sie wochenlang getrennt gewesen. „Ich bin ja so froh, dass dir nichts passiert ist."

„Jan, nicht so fest. Du tust mir weh." Unter nichts passiert verstand Franka wohl etwas anderes, als Herr Kommissar. Jan löste die Umarmung und strich ihr liebevoll übers Haar. „Was ist eigentlich passiert?", fragten beide wie aus einem Mund.

Franka musste lachen, was allerdings keine gute Idee war. Der Druck in ihrem Kopf nahm zu.

Jan berichtete ihr, was sie selbst auch wusste. Bei ihr war eingebrochen worden, das Haus war verwüstet. Ob etwas gestohlen wurde, konnte Jan nicht beurteilen.

„Wann kann ich hier raus?"

„Wenn du vollständig wieder hergestellt bist, würde ich sagen."

„Okay, dann hol mir meine Klamotten und nix wie weg hier." Franka hatte keine Lust auch nur eine Sekunde länger in diesem Bett zu bleiben, während es bei ihr zu Hause aussah, als hätte eine Bombe eingeschlagen. „Ich muss aufräumen."

Jetzt fing Jan an, laut zu lachen.

„Das wirst du schön bleiben lassen. Elsjen hat mir bereits dabei geholfen, das Gröbste zu erledigen. Das Feintuning überlassen wir später natürlich dir. Übrigens ist das eine gute Gelegenheit, mal deine Schränke auszumisten."

„Was soll das denn heißen?" Franka war empört. „Untersteh dich und schmeiß irgendwas weg, von dem du denkst, dass ich es nicht mehr bräuchte. Aua." Die Aufregung war Gift für Frankas Kopf. „Jetzt ärgere mich nicht schon, kaum dass du da bist. Es wäre mal gescheiter gewesen, wenn du gestern nicht so lange weggeblieben wärst. Wo warst du überhaupt?"

Jan setzt sich zu Franka auf die Bettkante und berichtete ihr haarklein alles, was sowohl Maria Teresa als auch der pensionierte Altpfarrer ihm erzählt hatten. Franka lag mit geschlossenen Augen im Bett und hörte aufmerksam zu.

„Glaubst du, der Einbruch bei mir hat was mit dem Fall zu tun? Ich habe ehrlich gesagt keinen blassen Schimmer, was es bei mir zu klauen gibt."

Jan zuckte mit den Schultern.

„Ich bin mir nicht sicher, aber es kann gut sein, dass die Fälle zusammenhängen. Alle drei. Solange die Ermittlungen andauern, werde ich dich auf keinen Fall auch nur eine Sekunde allein lassen."

„Na, das kann ja heiter werden." Insgeheim freute Franka sich schon darauf, von Jan verwöhnt zu werden. Plötzlich verspürte sie einen unbändigen Heißhunger auf Herrencreme.

„Könntest du mir was Süßes aus der Caféteria holen?" So gut wie Jan kriegte die Krankenhausküche das zwar vermutlich nicht hin, aber ein einfacher Vanillepudding tat's fürs Erste auch.

Jan war schon auf dem Weg in die Küche, als die Sirenen der städtischen Feuerwehr losheulten. Frankas Versuch, aus dem Bett zu springen, endete mit einem stechenden Schmerz im Kopf, der so unerträglich war, dass sie sich freiwillig wieder zurück ins Kissen fallen ließ. Franka brachte nur ein Stöhnen hervor: „Oh nein. Geht das jetzt auch hier los?"

Jan strafte sie mit einem bösen Blick. „Liegenbleiben. Du hast eine Gehirnerschütterung", befahl er.

Vom Fenster aus waren weder Feuer noch Rauchschwaden zu sehen.

Als Jans Handy klingelte, nahm er das Gespräch an: „Ja?"

Franka hörte, dass Hansen am anderen Ende der Leitung war. Er sprach schnell und so laut, dass Franka zwar seine Stimme erkannte, aber nicht verstehen konnte, was er sagte.

Nachdem Jan ein kurzes „Hmmm. Komme sofort“ ins Mikrofon gemurmelt hatte, beendete er das Gespräch.

„Was ist los?“ Franka war total neugierig, gleichzeitig aber auch besorgt. „Es brennt doch nicht schon wieder in Mörsdorf?“

„Leider doch“, sagte Jan, drückte ihr schnell einen Kuss auf die Stirn und verschwand.

„Wo denn? Kommst du später nochmal vorbei?“, rief Franka hinter ihm her. Jan blieb ihr vorerst die Antwort schuldig. Er war so schnell aus dem Zimmer gestürzt, dass er die Frage gar nicht mehr gehört hatte.

*

In einem Affenzahn raste Jan Berger nach Mörsdorf. Er nahm die kürzere Strecke über die Landstraße, anstatt über die Bundesstraße zu fahren, auf der um diese Uhrzeit immer ziemlich viel Verkehr war, Rushhour eben. Kurz vor dem Ortseingang sah er den Rettungswagen in einen Feldweg einbiegen, der zu einem Platz führte, den Berger noch von früher kannte. Als Streifenpolizist hatte er öfter mal bei Tanja vorbeigeschaut, die in ihrem Wohnwagen einsamen Männern Liebesdienste anbot. Der Polizist hatte ihre Dienste natürlich nicht in Anspruch genommen. Im Gegenteil. Für ihn und seine Kollegen war es damals Ehrensache, die Frau zu beschützen. Soweit Berger wusste, hatte Tanja den Wagen aber längst geräumt. Und zwar schon vor Jahren. Das Geschäft, mit dem schnellen Sex nach Feierabend schien längst nicht mehr so lukrativ zu sein wie früher. Das

Geld saß bei den Familien auch nicht mehr so locker wie damals. So nebenbei mal eben einen Fuffi auszugeben, ohne erklären zu können, wo das Geld abgeblieben war, war bei den meisten Männern heute einfach nicht mehr drin. Vielen wäre es wohl auch zu heikel gewesen. Schließlich kannte fast jeder das Auto des anderen. Wer wollte schon gern gesehen werden, wenn er in der Nähe eines Lustmobils parkte? Außerdem musste Tanja inzwischen doch auch in die Jahre gekommen sein. Berger hatte lange nichts von ihr gehört.

Dass Tanja in Anbetracht der vielen Brückentouristen das Geschäft wieder aufgenommen hatte, konnte Berger sich fast nicht vorstellen. Seitdem die Hängeseilbrücke so viele Gäste ins Dorf zog, war die Wahrscheinlichkeit für Kunden hier gesehen zu werden, noch einmal deutlich gestiegen.

Berger war trotzdem verwundert als er sah, dass es tatsächlich Tanjas Wohnwagen war, der da gerade in Flammen stand. Unter der Hitze bogen sich die vertrauten Leuchtbuchstaben hinter dem Fenster. Die Feuerwehrleute hielten den Wasserstrahl gezielt auf das Wageninnere und brachten das Feuer schnell zum Erlöschen. Mehr Sorgen bereitete den Rettungskräften der angrenzende Wald, der wegen der anhaltenden Trockenheit und der damit verbundenen erhöhten Brandgefahr besonders gefährdet war.

Berger stieg aus dem Wagen und näherte sich der Brandstelle. Als Hansen ihn erspähte, kam er mit schnellen Schritten auf ihn zu.

Der Kollege sah ziemlich mitgenommen aus. Er war bleich um die Nase, als er sagte: „Chef, diesmal gibt es einen Toten.“

Berger durchfuhr ein Schreck. „Tanja?“, fragte er sofort.

Hansen schüttelte den Kopf.

„Sieht eher nach einer männlichen Leiche aus. Der Tote ist ziemlich stark verkohlt. Wir werden abwarten müssen, bis die Spurensicherung mit ihrer Arbeit fertig ist."

Berger nickte. In sicherem Abstand umrundete er den Wohnwagen und suchte mit den Augen den Boden nach möglichen Spuren ab. Vielleicht hatten die Kollegen von der Spusi ja etwas übersehen, das ihm möglicherweise Aufschluss über den Toten geben könnte. Berger sah es sofort. Schon von Weitem war sein Blick an dem Gegenstand hängengeblieben, der nicht auf diese Wiese gehörte. Warum das Buch so weit weg vom Wohnwagen in dem vertrockneten Gras lag, war ihm allerdings rätselhaft. Berger blieb an der Unfallstelle, bis ihm klar war, um wen es sich bei dem Toten handelte.

*

Später fuhr er zurück nach Simmern. Er klopfte wieder nur zaghaft an die Tür des Krankenzimmers, um Franka nicht aufzuwecken, falls sie schon schlief. Vorsichtig drückte Jan die Klinke herunter, sah dann aber, dass seine Freundin noch wach war. Er trat langsam an das Krankenbett. In der Hand hielt er ein in braunes Leder gebundenes Buch. Frankas Blick entging das Büchlein natürlich nicht.

„Was ist das?", fragte sie neugierig.

„Vermutlich der Grund für deine Kopfschmerzen."

Jan erntete einen ungläubigen Blick. Ohne die Hintergrundinformationen konnte Franka nicht verstehen, um was es ging.

Jan überbrachte ihr die traurige Nachricht von Karljosefs Tod. Der Vermisste hatte sich wohl in dem Wohnwagen, der seit längerer Zeit leer stand, verstecken wollen. Bei dem

Versuch, sich etwas zu essen zu machen, kollidierte Kalles Feuerzeug vermutlich mit der defekten Gasflasche. Die Explosion hatte er nicht überlebt. Er war tot, bevor der Wagen komplett ausbrannte. Jan wollte Franka nicht unnötig mit unschönen Details aufregen. Andererseits lieferte Kalles Tod aber auch eine plausible Erklärung für den Einbruch bei ihr.

„Ich geh mal davon aus, dass es das ist, was man bei dir gesucht hat." Jan hielt Franka Rosas Tagebuch vor die Nase.

Franka betrachtete das Buch. Sie ahnte, um was es sich handelte.

„Lass mich raten", sagte sie. „Es ist das Tagebuch der toten Nonne."

Jan sah sie verwundert an. „Woher weißt du von dem Tagebuch?"

„Betriebsgeheimnis." Franka ging es deutlich besser als am Vormittag. Sie streckte die Hand nach dem Büchlein aus. Doch Jan hielt es vorerst zurück.

„Ich sehe schon, so frech wie du schon wieder bist, musst du gar nicht mehr geschont werden. Ich werde dem Arzt sagen, dass er dir ein bisschen Sport verordnen soll."

Bei dem Versuch, nach Jan zu schlagen, merkte Franka, dass sie doch weit weniger fit war, als sie angenommen hatte. Sie hatte immer noch Schmerzen. Vorsichtig ließ sie sich zurück auf ihr Kissen sinken.

Jan legte das Buch auf die Bettdecke und fuhr Franka zum Abschied noch einmal zärtlich mit der Hand übers Haar.

„Du weißt, dass du dich nicht allzu sehr anstrengen darfst", mahnte er.

Er überließ Franka das Buch, wohl wissend, dass sie, kaum dass er aus dem Zimmer war, sofort anfangen würde, darin zu lesen.

## Vierunddreißig
## Frühjahr 1963

Rosa entscheid sich bei ihrer Weihe für den Namen Scholastika. Sie war jetzt zwanzig Jahre alt und lebte seit sieben Jahren im Kloster. Ein Leben außerhalb dieser schützenden Mauern konnte und wollte sie sich nicht mehr vorstellen. Die Gemeinschaft der Schwestern war ihr eine so gute Familie geworden, dass sie nur noch selten an ihre eigene Familie zurückdachte. Sie hatte in ihrem jungen Leben schon so viel Trauer erlebt, dass auch Klaras Tod sie nicht so mitnahm, wie sie befürchtete. Die Krankheit hatte alle Zellen im Körper ihrer vertrauten Freundin befallen, sodass sie am Ende nicht mehr wusste, wer sie war und wie sie hieß. Der Tod war für Klara eine Erlösung, für die Rosa letzten Endes wirklich dankbar war. Klara war für Rosa ein Geschenk. Eine solche Freundin würde sie in ihrem Leben nicht ein zweites Mal finden. Das wusste Rosa von dem Moment an, an dem die beiden sich zum ersten Mal begegnet waren. Sie war froh, dass Klara endlich von ihrem Leiden erlöst wurde und keine Schmerzen mehr ertragen musste und dachte liebevoll an die schöne Zeit mit ihr.

An wen sie aber täglich denken musste, war ihr Kind. Sie fragte sich, ob sie einem Jungen oder einem Mädchen das Leben geschenkt hatte. Ob es dem Kind gutging? Theophila hatte ihr fest versprochen, eine Familie auszusuchen, die ihr Kind in Liebe aufnahm und in christlichem Glauben erzog. Das mit dem christlichen Glauben war Rosa weitaus weniger wichtig, als ein liebevolles Zuhause, in dem es harmonisch zuging, so wie es früher, als ihr eigener Vater noch lebte, bei ihr zu Hause zugegangen war. Wäre der Krieg nicht gewesen, dann wäre sicher alles anders gekommen. Aber alles Jammern hatte keinen Sinn. Rosa hatte sich in ihr Schicksal gefügt und wenn sie ehrlich zu sich selbst war, war sie nicht einmal unglücklich mit dem Satus quo.

Im Kloster hatte man ihr eine gute Ausbildung ermöglicht. Sie lernte Griechisch und Latein und wusste zudem alles, was man zur Führung eines Haushalts wissen musste. Sie konnte nähen und kochen und war sogar in der Lage, andere zu unterrichten.

Ihr Leben war komplett anders verlaufen, als sie es sich in jungen Jahren ausgemalt hatte. An der Gewohnheit jeden Abend zur Mutter-Gottes-Grotte zu gehen, hielt Rosa noch immer fest. Hier bewahrte sie ihr Geheimnis auf. Wenn sie das kleine in braunes Leder eingebundene Büchlein unter der Statue hervorholte und darin las oder etwas Neues hineinschrieb, dann war sie ihrem Kind ganz nahe. Im nächsten Frühjahr wurde es schon eingeschult. Dann begann für es der Ernst des Lebens. In Gedanken war Rosa immer bei ihm. Sie zündete eine Kerze an, kniete vor der Statue nieder und sprach ein Gebet … Und gebenedeit ist die Frucht deines Leibes, Jesus. Heilige Maria, Mutter Gottes, bitte für uns Sünder, jetzt und in der Stunde unseres Todes. Amen.

## Fünfunddreißig
## Sommer 2018

*Mein liebes Kind. Jetzt hast du mich gefunden.* So begann der letzte Eintrag in Schwester Scholastikas Tagebuch, das sie als die junge Rosa begonnen hatte. Franka konnte das Buch nicht aus der Hand legen. Obwohl ihr das Lesen zusätzliche Kopfschmerzen bereitete. Draußen war es inzwischen dunkel geworden. Von Abkühlung war allerdings immer noch nichts zu spüren. Franka sehnte sich nach den kühlen Bruchsteinwänden ihres alten Bauernhauses. Die Krankenschwester hatte auf Frankas Wunsch hin das Fenster in Kippstellung gebracht. Wodurch von Zeit zu Zeit wenigstens ein zarter Lufthauch bis zum Krankenbett vordrang. Sie las weiter. Jan würde es spätestens am nächsten Morgen wieder zurückhaben wollen. Bis dahin musste Franka mit der Geschichte durch sein. Sie war gespannt, wie es weiterging, auch wenn sie das traurige Ende bereits kannte. Rosas verschnörkelte Handschrift machte es Franka nicht gerade leicht, den Text zu entziffern. Aber sie spürte schon beim ersten Satz, mit wie viel Gefühl die Ordensschwester den Text für ihr Kind verfasst hatte, dem sie erst kurz vor ihrem Tod begegnet war.

*Ich habe dich sofort erkannt, als ich dich zum ersten Mal gesehen habe. Du hast meine Augen und die Nase deiner Großmutter. Aber ich will ehrlich zu dir sein. Ich habe mich sehr erschrocken, als ich gesehen habe, welches Leid du im Leben hast ertragen müssen. Leid, das ich, deine Mutter, dir zugefügt habe. Mit dieser Schuld kann ich nicht mehr weiterleben. Bitte verzeih mir alles und sei dir immer gewiss, dass ich dich keine Sekunde meines Lebens je vergessen habe. In meinem Herzen bist du immer mein Kind gewesen und du wirst es auch immer bleiben. In unserem Garten hier im Kloster wächst eine Pflanze, der Schierling. Schon Sokrates – du weißt vielleicht nicht wer Sokrates war, aber man hat ihm damit nach dem Leben getrachtet.*

Ob Kalle verstanden hatte, was seine Mutter ihm damit sagen wollte? Franka wusste es nicht. Auf alle Fälle aber hatte der Junge kapiert, dass sie es war, die ihm das Leben schenkte. Möglicherweise verstand er auch die Umstände, die es ihr unmöglich machten, ihn selbst großzuziehen.

Zumindest aus Rosas Sicht war es unmöglich. Vermutlich war es das zu jener Zeit tatsächlich. Eine junge Frau, fast selbst noch ein Kind, die bereits Mutter war und noch dazu keinen Mann vorzuweisen hatte. Wahrscheinlich hätte man Rosa gesteinigt. Nicht wirklich, aber geachtet worden wäre sie sicher nicht. Theophila, die damalige Oberin, hatte bestimmt das Beste für Rosa gewollt. Und letztlich war es das ja auch. Dass Kalle geistig beeinträchtigt war, hätte die Sache für Rosa zusätzlich erschwert. Einrichtungen wie es sie heute gab, waren damals in der Region noch rar.

Franka hatte Tränen in den Augen, als sie das Buch auf der letzten Seite zuklappte. Das Schicksal der Ordensschwester nahm sie sichtlich mit.

Rosa hatte sich schuldig gefühlt an dem Schicksal ihres Kindes. Vermutlich auch deshalb, weil sie ihr beeinträchtigtes Kind weggeben musste. Machte es für Rosa tatsächlich einen so großen Unterschied, ob das Kind krank oder gesund war? Franka konnte es nicht nachvollziehen. Es ging doch darum, dass sie ihr Kind nicht bei sich haben konnte. Ob beeinträchtigt oder nicht, spielte doch dabei kein Rolle. Rosa wollte sterben. Der gute alte Schierling kam ihr da sehr gelegen. Ob sie auf dem Weg zur Grotte war, wo sie das Buch versteckte, um noch einen letzten Eintrag vorzunehmen? Das würde wohl für immer Rosas Geheimnis bleiben. Fraglich blieb auch, wer Rosa die tödliche Dosis Insulin verpasst hatte. Wer hatte einen Vorteil von ihrem Tod?

## Sechsunddreißig
## Sommer 2018

Die Spurensicherung leistete ganze Arbeit. So schnell hatte Berger noch nie Ergebnisse auf dem Tisch. Die DNA, die an allen Tatorten gefunden wurde, stimmte zu 99,9 Prozent mit der von Kalle überein. Es gab keinen Zweifel, dass er der Brandstifter war. Die Beweggründe lagen auf der Hand. Die Wahrheit, die Kalle teilweise aus einem Brief seiner Ziehmutter und teilweise aus dem Tagebuch seiner echten Mutter erfuhr, hatte er nicht verkraftet. Berger konnte das verstehen. Wobei es natürlich keine Lösung war, wahllos irgendwelche Sachen abzufackeln. Berger bezweifelte, dass Kalle sich des Ausmaßes seiner Taten überhaupt bewusst war. In einem Gerichtsverfahren hätte die verminderte Schuldfähigkeit des Angeklagten das Urteil sicherlich gemildert. Aber dazu würde es ja nun nicht mehr kommen.

Hermann Etges tat Jan leid. Wenn der Mann klug war, würde er so schnell wie möglich seine sieben Sachen packen und aus Mörsdorf verschwinden. Jupp Schmitz und seinen Schergen kam die Aufklärung des Falles mehr als gelegen. Schließlich hatten sie Kalle schon längst verurteilt. Dass sie mit ihren unhaltbaren Beschuldigungen letzten Endes auch noch recht behielten, ärgerte Berger. Er hatte sich das Ende der Ermittlungen anders vorgestellt. Aber leider lag das nicht in seiner Macht.

Hansen hingegen schien mit dem Ausgang zufrieden zu sein. Er saß Berger gegenüber an seinem Schreibtisch und machte einen sehr entspannten Eindruck. Jan sah großzügig darüber hinweg. Hansens Erfolg war zwar von zweifelhaftem Ruhm. Aber er gönnte dem jungen Kollegen eine

Pause. Der Brandstifter war in gewisser Weise tatsächlich ermittelt. Kalle würde ganz sicher nichts mehr abfackeln.

Berger selbst hatte allerdings noch eine schwierige Aufgabe vor sich. Rosas Mörder war schließlich immer noch nicht überführt.

Berger grübelte. Dabei rieb er sich mit Daumen und Zeigefinger sein Kinn, so wie er es immer tat, wenn er nicht mehr weiterwusste. Er brauchte endlich Gewissheit, wer Kalles Vater war. Maria Teresa lag mit ihrer Vermutung ganz richtig. Der Vater hatte möglicherweise einen Grund, Rosa zum Schweigen zu bringen. Aus Angst, dass die Nonne plaudern könnte. Vor allem dann, wenn der Vater aus dem klerikalen Umfeld des Klosters stammte. Andererseits fragte Berger sich, warum Scholastika ihn ans Messer liefern sollte, wenn sie zuvor ein halbes Jahrhundert geschwiegen hatte. Oder gab es vielleicht doch einen Grund? Jan wusste es nicht. Noch nicht. Deshalb brauchte er die Speichelproben der Männer, die als Vater infrage kämen. Natürlich konnte er nicht alle Mönche testen. Aber das war auch gar nicht nötig. Mit dem, was Franka im Archiv recherchiert hatte, in Kombination mit seinem untrüglichem Bauchgefühl, blieben da gar nicht mehr so viele potenzielle Täter übrig.

Berger ließ Hansen, der sich immer noch wie ein Glücksschwein in seinem Erfolg suhlte, im Büro zurück und machte sich allein auf den Weg nach Maria Himmelfahrt.

Es war Zufall, dass Johannes Stein, der Provinzobere, ihm als Erster über den Weg lief. Der hohe Besuch, als den Pater Benedikt den Ordensmann vorgestellt hatte, schien seine Visitation beendet zu haben. Er schenkte Berger nur ein kurzes Kopfnicken und öffnete die Fahrertür seines

Wagens – übrigens ein Audi der Achterserie – als Berger ihn am Einsteigen hinderte.

„Sie wollen was?“ Der Geistliche war mehr als aufgebracht.

„Sie haben richtig gehört. Ich bitte Sie um eine Speichelprobe. Freiwillig natürlich. Es dauert nur ein paar Sekunden. Dann können Sie gern ihre Reise antreten.“

Berger hielt die Luft an. Er war sich nicht sicher, wie der Ordensmann reagieren würde. Umso überraschter war er, als Stein sein Handgepäck auf den Boden stellte und nach dem Stäbchen griff. Berger atmete erleichtert aus. Im selben Moment ging Pater Benedikt dazwischen. Er riss dem Provinzoberen den Test aus der Hand und schleuderte ihn zu Boden.

Genau wie Berger sah Stein Benedikt verdutzt an.

„Auf keinen Fall werden Sie so etwas tun. Die dürfen das gar nicht. Ich weiß ganz genau, dass Speichelproben nur auf freiwilliger Basis abgegeben werden dürfen.“ Benedikt redetet sich in Rage und fuchtelte dabei wild mit den Armen.

„Wenn man nichts zu verbergen hat, dürfte das aber doch kein Problem sein“, sagte Berger besonnen.

Benedikt ließ sich nicht bremsen. Er lief zur Höchstform auf.

„Solange Sie keine Beweise gegen unseren Provinzial haben, werden Sie wohl verstehen, dass er jetzt Besseres zu tun hat. In Rom wartet man bereits auf seine Ankunft“, blaffte er. Das triumphierende Lächeln, das er plötzlich aufsetzte, legte die Vermutung nahe, dass er sich mehr über die Beförderung seines Chefs freute, als dieser selbst.

Moment, plötzlich fiel bei Berger der Groschen. Natürlich: die Karriere. Das war doch bei Kirchens nicht anders, als in der freien Wirtschaft. Wenn herauskäme, dass der Provinzobere Vater eines Kindes war, wäre es vermutlich aus mit dem Ruf nach Rom. Die Ordensbrüder in Maria Himmelfahrt könnten es sich abschminken, sich damit zu schmücken, dass einer aus ihren Reihen so eng mit dem Papst zusammenarbeitete. War das Grund, warum Benedikt derart ausflippte?

Während Berger noch darüber nachdachte, sah er, wie Maria Teresa schnellen Schrittes auf die Männer zueilte. In der Hand hielt sie ein vergilbtes Stück Papier.

„Was wollen Sie denn hier?“, fragte Benedikt und starrte die Nonne mit funkelnden Augen an.

Maria Teresa ließ sich nicht beirren und ging schnurstracks auf Berger zu.

„Ich habe beim Aufräumen von Rosas Sachen noch etwas gefunden. Vielleicht hilft Ihnen das bei Ihren weiteren Ermittlungen.“

Berger faltete den Brief auseinander und überflog die Seiten. Im Grunde stand in dem kurzen Scheiben nichts anderes, als das, was Rosa in ihrem Tagebuch festgehalten hatte. Allerdings war diesmal auch der Name ihres Peinigers vermerkt. Berger hielt dem Provinzoberen das Schreiben unter die Nase.

„Wir können auf die Speichelprobe verzichten“, sagte Stein kleinlaut. „Ich bin der Vater von Scholastikas Kind. Es tut mir ehrlich leid, was damals passiert ist. Aber umgebracht habe ich sie nicht. Das schwöre ich Ihnen.“

Johannes Stein war kreidebleich geworden. Der Provinzobere sagte nichts mehr, er streckte Berger seine Hände entgegen und ließ sich widerstandslos festnehmen.

Benedikt stieß einen dumpfen Schrei aus und klammerte sich in gekrümmter Haltung an den Audi.

„Rufen Sie den Notarzt.“ Berger reichte Maria Teresa sein Handy.

Während er Stein in Handschellen abführte, raunte er ihm zu: „Die Vergewaltigung ist ja leider verjährt, aber wegen des Mordes kriegen wir Sie ran, darauf können Sie Gift nehmen."

Auf dem Weg zu Bergers Wagen grätschte plötzlich Pater Benedikt dazwischen. Er hatte Maria Teresa zur Seite gestoßen, kroch auf Berger zu und streckte ihm seine Arme entgegen. „Sie haben den Falschen erwischt. Ich bin der Mann, den Sie suchen."

Berger schaute den Konventoberen ebenso verdutzt an wie Maria Teresa und Johannes Stein es taten.

*

Bei der späteren Vernehmung legte Pater Benedikt ein umfassendes Geständnis ab. Berger war tatsächlich entgangen, dass nicht nur Johannes Stein, der heutige Provinzobere, in den Fünfzigerjahren seine Priesterausbildung in Maria Himmelfahrt absolviert hatte, sondern auch Pater Benedikt, der damals noch seinen bürgerlichen Namen Ferdinand Nicolay trug und ursprünglich aus Mörsdorf stammte. Deshalb hatte er sich schon damals seinen eigenen Reim auf die Gerüchte gemacht, die im Ort kursierten, als Hermann und Anna Etges so plötzlich Eltern wurden. Und zeitgleich eine der Novizinnen monatelang von der Bildfläche verschwand. Benedikt war klug genug, dieses Wissen für sich zu behalten, ließ die Nonne von da an allerdings nicht mehr aus den Augen. So wusste er von dem Tagebuch und auch von dem Geheimnis des Provinzoberen. Niemals hätte Benedikt Johannes ans Messer geliefert. Seit ihrer ersten Begegnung fühlte er zu diesem Mann eine tiefe Zuneigung, die allerdings bisweilen einseitig geblieben war und es vermutlich auch immer bleiben würde.

„Es war ein Leichtes für mich, an Bruder Ottos Insulin zu kommen. Der Alte hat schon lange keinen Überblick über die Medikation. Wenn ich ihm nicht regelmäßig das Insulin verabreichen würde, wäre er längst tot."

Benedikts Versuch, sich zu verteidigen, machte keinen großen Eindruck auf Berger. „Wussten Sie, dass Schwester Scholastika einen Cocktail aus Schierling und Alkohol im Blut hatte?"

Benedikt sah Berger erstaunt an, kapierte aber sofort worauf der Kommissar hinaus wollte. „Scheiße", entfuhr es ihm. „Sie meinen, die Schwester wäre ohnehin … auch ohne mein Zutun …"

Im Raum entstand eine peinliche Stille, die der Pater selbst unterbrach. „Verflucht", schimpfte er noch einmal.

„Tja, so kann das Leben einem böse mitspielen." Berger kostete seinen Triumph aus.

Genau wie Hansen, der immer noch mit diesem zufriedenen Lächeln in seinem Bürostuhl auf und ab wippte. Zugegeben, Jan hatte seinen Erfolg diesmal auch eher Kommissar Zufall zu verdanken. Den Rest hatte Franka mit ihren Recherchen beigesteuert. Aber das war jetzt unwichtig. Hauptsache, der Fall war gelöst. Zusammen mit Pater Benedikt warteten die Polizisten auf die Ankunft der Justizbeamten, die den Konventobern in die Untersuchungshaft nach Koblenz überführen sollten. Bis zum Prozessbeginn saß er jedenfalls „auf der Karthause" ein, wie man im Volksmund den Koblenzer Knast nannte.

Insgeheim hoffte Jan Berger auf das strenge Urteil eines weiblichen Richters. Benedikt würde seine gerechte Strafe bekommen. Was ihn aber wirklich wütend machte, war, dass er gegen Stein nichts in der Hand hatte. Die Vergewaltigung, die Rosa in ihrem Tagebuch beschrieb, lag zu lange zurück, als dass man ihn dafür noch vor Gericht zerren konnte. Berger hoffte inständig, dass ihn wenigstens sein schlechtes Gewissen lebenslänglich quälte. Außerdem hatte er höchstpersönlich dafür gesorgt, dass die Presse Wind von der Geschichte bekam. Mit einer solchen Publicity brauchte der Provinzial beim Papst gar nicht erst anzuklopfen. Es war das Ende seiner klerikalen Karriere. Allein das verschaffte Berger eine gewisse Genugtuung. Er fand, es war den Nonnen gegenüber wenigstens eine kleine Widergutmachung.

## Siebenunddreißig
## Sommer 2018

Mariä Himmelfahrt fiel in diesem Jahr auf einen Mittwoch. Genau der richtige Tag, um das *LaGare* zu eröffnen, wie Leo fand.

„Dou hos doch dei Lebdaach nix met da Kerch zu do gehat, wiesu willst du dann om Feierdach dei Lokal offmaache?"

Elsejn tat empört, obwohl Maria Himmelfahrt in Rheinland-Pfalz gar kein offizieller Feiertag war. Leo kannte seine Mutter gut genug, um zu wissen, dass sie sich in Wirklichkeit genau wie er auf den großen Tag freute.

Der Alte Bahnhof platzte aus allen Nähten. Zur Eröffnung des *LaGare* war das halbe Dorf gekommen. Franka stütze sich auf eine Gehhilfe. Ihren rechten Arm trug sie noch in Gips. Außer dem Bruch hatte sie sich bei dem Sturz auch noch die Hüfte ausgekugelt, was man leider erst nach einigen Tagen Krankenhausaufenthalt festgestellt hatte. Aber außer diesen kleinen Blessuren ging es Franka ausgezeichnet. Die Aussicht auf leckeres Essen weckte neue Lebensgeister in ihr.

Die Stimmung im Lokal war hervorragend. Die Musikbox spielte gerade *Freiheit* von Marius Müller Westernhagen, einen ihrer Lieblingstitel. Gut gelaunt humpelte Franka von Tisch zu Tisch, so als sei sie selbst die Gastgeberin. Sie fand, dass sie Leo das schon schuldig war. Er hatte in letzter Zeit weitestgehend ohne ihre Hilfe auskommen müssen und im Lokal so gut wie alles allein gemanagt. Bei der Eröffnung konnte Franka aber ihr Talent im Smalltalk mal wieder unter Beweis stellen. Die Gäste lobten die Hunsrücker Spezialitäten, die Pierre in übersichtlichen Portionsgläsern servierte, über den grünen Klee. Franka sah zu Leo hinüber, der mit hochroten Backen hinter dem Tresen stand und angestrengt ein Bier nach dem anderen zapfte, bis ihm der Arm lahm wurde.

Jan erbarmte sich seiner und löste ihn hinter der Theke ab, damit Leo sich zusammen mit Franka um die Gäste kümmern konnte.

„Iss nicht so viel“, raunte Jan Franka im Vorbeigehen zu. „Du bist ja nur neidisch, weil es mir schmeckt“, sagte sie keck. Um eine Antwort war Franka noch nie verlegen. Aus dem Augenwinkel sah sie, dass Jan grinste. Wie vermutet, hatte er sie bloß wieder ärgern wollen.

Als sie sah, dass im Gastraum alles glatt lief, machte sie einen Schlenker in die Küche, merkte aber schnell, dass man sie hier gerade überhaupt nicht gebrauchen konnte. Am Herd war sie wahrlich keine Hilfe. Pierre und Elsjen hatten alle Hände voll zu tun. Die gefüllten Klöße dampften im heißen Wasser. Aus dem Ofen kam Franka der Duft von

Zwiebeln und Speck entgegen. Sie tippte auf Deppekoche, womit sie recht hatte. Gerade als sie die Küche verlassen wollte, holte Peter ein dampfendes Blech mit der leckeren Kartoffelspeise aus dem Ofen.

Voll Vorfreude ging Franka wieder zurück in den Gastraum. An einem der Tische entdeckte sie Felicitas und Maria Teresa. Sie freute sich, dass die Ordensfrauen Leos Einladung gefolgt waren und setzte sich zu ihnen. Die beiden machten einen zufriedenen Eindruck, sichtlich erleichtert darüber, dass der Mord an ihrer Mitschwester aufgeklärt war. Aber das war es nicht allein. Im Laufe des Gesprächs fand Franka heraus, dass die beiden tatsächlich so emanzipiert waren, wie sie sie einschätzte.

„Jawohl, Frau Fröhlich. Wir können endlich unseren Traum verwirklichen." Franka verstand nicht sofort, was gemeint war. Aber mit der Erklärung hielten die Nonnen nicht lange hinterm Berg. „Mit Unterstützung unseres Ordens haben wir uns von den männlichen Mitgliedern getrennt", sagte Felicitas und klopfte mit der flachen Hand auf den Tisch, um der Aussage Nachdruck zu verleihen. Franka glaubte sogar einen schelmischen Zug um den Mundwinkel der Mutter Oberin aufblitzen zu sehen.

„Und was bedeutet das konkret?"

„Konkret bedeutet das, dass wir die freigewordenen Zimmer zukünftig an Gäste vermieten werden. Außerdem eröffnen wir im Gewölbekeller ein Café. Ist das nicht toll?" Die beiden Schwestern freuten sich wie zwei kleine Pinguine. Vor Aufregung hatten sich ihre Wangen gerötet. Das konnte allerdings auch an dem guten Winzersekt liegen, den Leo den Gästen zur Begrüßung ausschenkte.

Franka ließ sich von der Begeisterung der Nonnen anstecken. Sie freute sich ehrlich mit ihnen.

„Wie wäre es mit einer Auszeit im Kloster, falls Ihnen zu Hause mal die Decke auf den Kopf fällt?“, schlug Maria Teresa vor.

Franka musste zugeben, dass das Angebot wirklich verlockend klang. Ein paar Tage Urlaub im Koster sollte sie sich tatsächlich einmal gönnen. Die Schwestern strahlten noch immer um die Wette. „Um unser Projekt zu bewerben, wäre eine gute Presse natürlich schon hilfreich. So ein peinliches Erlebnis wie beim letzten Mal wird Ihnen ab jetzt aber ganz sicher erspart bleiben.“ Die beiden stießen ein helles Lachen aus.

Es war also kein Zufall, dass Franka eine der Ersten war, die von den neuen Plänen erfuhr.

Felcitas schien überglücklich. Sie zeigte ihre strahlendweißen Zähne und wirkte so ganz und gar nicht wie eine Nonne. Franka hatte vielmehr das Gefühl, einer ehrgeizigen Geschäftsfrau gegenüberzusitzen. Sie freute sich ehrlich mit den Schwestern. Vor allem, weil sie spürte, dass sie selbst vor Feuereifer brannten, um ihre Pläne umzusetzen.

„Sobald ich meinen Gips los bin und wieder ohne Krücken gehen kann, werde ich ganz bestimmt zu den ersten Gästen im Kloster gehören“, versprach Franka.

*

Es war schon spät, als Franka und Jan das Lokal verließen. Trotzdem war es draußen noch so heiß, dass es einem die Schweißperlen auf die Stirn trieb. Aber es gab Hoffnung. Von Weitem war bereits ein leises Donnern zu hören. Die Dunkelheit war also nicht allein der fortgeschrittenen Uhrzeit geschuldet. Schwer und schwarz hingen dicke Wolken über dem Hunsrück. Ob der ersehnte Regen doch noch kommen würde?

Jan stellte den Wagen in der Hofeinfahrt vor Frankas Haus ab und ging um das Auto herum, um ihr beim Aussteigen zu helfen. Sie hatten Jans Dienstwagen genommen. Franka bedauerte, dass sie ihren schicken Mini noch nicht fahren konnte. Aber das ging leider erst, wenn sie wieder vollständig genesen war. Solange musste der kleine rote Flitzer noch warten. Die Trauer über den Verlust des Beetles war in Anbetracht des flotten Gefährts aber schon fast vergessen. Jan und Franka hatten die Haustür noch nicht erreicht, als der ersehnte Regen einsetzte. Franka war so froh über die Abkühlung, dass sie einfach im Hof stehen blieb. Dicke Tropfen fielen vom Himmel und sorgten in kürzester Zeit dafür, dass sie von Kopf bis Fuß klatschnass war. Sogar Jan war neben ihr stehen geblieben und freute sich wie ein Schnitzel. Der Niederschlag spülte den klebrigen Schweiß der vergangenen Wochen in den Rinnstein. Die Luft roch nach frischer Wäsche. Franka fühlte sich plötzlich um Jahre verjüngt. Es wunderte sie nicht, dass Jan ihr genau in diesem Moment dic cntscheidende Frage stellte. Was sollte sie anderes tun, als seinen Antrag anzunehmen?

## Nachwort

„Himmelfahrt“ ist ein Roman. Alle in diesem Buch geschilderten Handlungen und Personen sind frei erfunden. Ähnlichkeiten mit lebenden oder verstorbenen Personen oder Begebenheiten sind rein zufällig und nicht beabsichtigt. Das Dorf Mörsdorf mitsamt einer Hängeseilbrücke gibt es aber tatsächlich. Mörsdorf ist ein staatlich anerkannter Erholungsort mit rund 630 Einwohnern und liegt im Rhein-Hunsrück-Kreis in Rheinland-Pfalz. Seit April 2015 führt ein Abschnitt des Fernwanderwegs Saar-Hunsrück-Steig am Ort vorbei. Die im Oktober 2015 eingeweihte Hängeseilbrücke, die vor allem in dem Kriminalroman *Überm Abgrund*, dem ersten Fall von Jan Berger und Franka Fröhlich, eine Rolle spielt, kommt auch in *Himmelfahrt* vor. Rund zwei Jahre lang galt das 360 Meter lange Bauwerk als „längste Hängeseilbrücke Deutschlands“, bis es den Titel an ein ähnliches Projekt im Harz abtreten musste. Bis zum Sommer 2018 haben bereits mehr als 730.000 Menschen die Brücke besucht. In der Nähe von Mörsdorf, im Flaumbachtal, befindet sich auch ein Kloster: Maria Engelport. Alle klösterlichen, kirchlichen und religiösen Begebenheiten und Personen in *Himmelfahrt* haben aber nichts mit der Realität zu tun, sondern sind frei erfunden und dienen lediglich dem Zweck spannender Unterhaltung. Den Hunsrück zu besuchen, um sich die Schauplätze des vermeintlich kriminellen Geschehens einmal anzuschauen, lohnt sich trotzdem. Allein wegen der atemberaubenden Landschaft.

**Ulrike Platten-Wirtz, im August 2018**

## Die Rezepte von Jan Berger und Peter Laux zum Nachkochen

### Deppekooche

1,5 Kilo rohe Kartoffeln und 3 rohe Zwiebeln reiben
1 Brötchen in Milch einweichen.
Alles mit 1 Ei, Rauchfleischwürfeln, Salz, Pfeffer und Muskat mischen.
In eine ausgefettete Auflaufform geben und bei 180 Grad 1 Stunde backen.

### Markklößchensuppe (Marschliessopp) ohne Knochenmark

1 altbackendes Brötchen in Milch einweichen und ausdrücken, 100 g Semmelbrösel, 1 Ei, 1 EL Butter zerlassen, bis sie gebräunt ist und 1 El gehackte Petersilie dazugeben.
Alles verkneten. Mit Salz, Pfeffer und Muskat abschmecken.
Kleine Klößchen formen und in Rinderbrühe garen.

### Rendfläsch met Senfsooß

Tafelspitz kochen.
10 Eier hart kochen. Dotter mit der Gabel zerdrücken, mit Senf und ½ Glas Mayonnaise mischen. Saure Gurken kleinschneiden.
1 Becher Sahne schlagen, mit der Eigelbmasse verrühren.
Eiweiß kleinschneiden und unterheben.
Mit Salz und Pfeffer abschmecken.

**Gefüllte Klöße (Gefellde Klies)**
Aus 2 Kilo rohen und 500 Gramm gekochten Kartoffeln. Rohe Kartoffeln reiben und in einem Geschirrtuch ausdrücken, Pellkartoffeln kochen. Etwas Salz zugeben. Alles verkneten.
Sechs Klöße formen und je 1 EL Hausmacher Leberwust in die Mitte geben. In siedendem Wasser ziehen lassen, bis die Klöße hochkommen.

**Mehlklöße (Mählkließ)**
Kommen im Buch nicht vor, sind aber auch lecker:
400 g Mehl, 4 Eier, 1 El Butter, Salz, 250 Ml Milch verrühren.
Wasser in einem großen Topf kochen, salzen, evt. 1 El Öl zufügen, Masse mit zwei Esslöffeln Masse portionsweise ins Wasser geben.
Nach dem Abseihen Klöße in einer Pfanne mit Margarine und Semmelbröseln leicht anbraten.

**Herrencreme (Engelporter Pudding)**
1 Päckchen Vanillepudding nach Anleitung kochen.
1 Becher Sahne schlagen.
1 Tafel Zartbitterschokolade hacken.
Alles vermischen. Am Schluss den Pudding mit 1 Esslöffel Cognac verfeinern.